THEIR HEADS BENT, THEIR
SHOULDERS TOUCHING, THEY
STROLL LIKE ONE EAGER THEY
PERSON THROUGH THE TOWN,
DOWN
WHERE THE FENNEL GROWS
WILD: THE WIND IS SO
STRONG THAT THEY HAVE
TO FIGHT THEIR WAY
THROUGH IT, ROCKING LIKE
TWO OLD DRUNKARDS.

New Zealand:
The Untouched World

新西兰：
未经触摸

陶　理 /著

暨南大学出版社
JINAN UNIVERSITY PRESS

中国·广州

图书在版编目（CIP）数据

新西兰：未经触摸 / 陶理著. —广州：暨南大学出版社，2005.6（2023.8 重印）
ISBN 978-7-81079-559-3

Ⅰ. 新… Ⅱ. 陶… Ⅲ. 散文—作品集—中国—当代 Ⅳ. I267

中国版本图书馆 CIP 数据核字（2005）第 038034 号

新西兰：未经触摸
XINXILAN：WEI JING CHUMO
著　者：陶　理

出 版 人：张晋升
责任编辑：李　战　姚晓莉
责任校对：刘舜怡　盛　超
　　　　　袁嘉俊　张　钊
责任印制：周一丹　郑玉婷

出版发行：暨南大学出版社（511443）
电　　话：总编室（8620）37332601
　　　　　营销部（8620）37332680　37332681　37332682　37332683
传　　真：（8620）37332660（办公室）　37332684（营销部）
网　　址：http://www.jnupress.com
排　　版：广州市广知园教育科技有限公司
印　　刷：广州市友盛彩印有限公司
开　　本：787 mm × 1092 mm　1/16
印　　张：21.5
字　　数：293 千
版　　次：2005 年 6 月第 1 版
印　　次：2023 年 8 月第 2 次
定　　价：39.80 元

（暨大版图书如有印装质量问题，请与出版社总编室联系调换）

序

陶理现在常常隔着重洋和我们这拨温州的老朋友打电话联系。

有时候声音很清晰,就好像她依然在环城路的家里,打个电话说,"我来找你",然后就穿着缀满了明艳大花的长裙,垂着根粗粗的麻花辫子,晃悠晃悠着走到公园路我们报社大楼;有时候声音又很断续,一句话像被风吹散了似的,聚拢到我的耳朵里的时候,已经过去好几秒钟了,这样两个人的对话之间常常出现一段空白,像是磁带没录好,这令我们这两个爱说话的人常常感到惆怅。

很多年前了,我们这一拨人从各个城市读书归来,隐在小小的温州城里。幸亏有语言文字,成为彼此之间共通的密码,大家借着那种不可言传的气息,找到了自己的同类。之后,共度了一段也迷惘也单纯、也快乐也伤痛的日子,一起抢着说话,"为一个字、一首歌大笑或者惊呼",喝茶,也喝酒——再后来,那个短暂的青春的尾巴,就随着她的远走,一起高飞了。

我叹息着,这么热闹的一个人到了那么安静的新西兰,可怎么耐得住呢?虽然她的英语后来好到可以给留学生上课,不过我深深知道,一个学中文的女生骨子里对英文的那种隔膜,是与生俱来的,就像对中文的那种亲和,也不是可以被时间和空间隔断的。

当然也可以发邮件、写信,但那是静态的,慢了几拍的,怎么能比得上语言和声音的灵动、即时、过瘾?

因此陶理还是坚持给我们打电话。

她告诉我们，她正在教远离中文的小留学生诵读，"轻轻的我走了，正如我轻轻的来……"她结识了新的朋友，因共同的对狄更斯的喜爱，和英国女子有了"他乡遇故知"的亲近；她这么一个在国内自行车都骑不稳的人，居然在新西兰的高速公路上飞车而过，居然背包旅行从北岛到南岛……

透明的光、大片的云、沉静的海、大朵的花，全是纯自然的惊艳的美。她在异国风情中读出了《诗经》里面的风景，或者感觉一脚踏进了《山海经》。她总是用新西兰的美景诱惑我们："风景怎么可以干净成这样！那云啊，像香槟酒一样……"是我们熟悉的陶理的风格：谈笑风生，眉飞色舞，妙语连珠。

然而，终究是不尽兴。美的风景、深的感触，更需要相同文化背景的人才能有共鸣。离开五年之久的陶理回来了。

她一身T恤短裙，拖着的大行李里有准备送给我们的各种礼物，那是她在如玻璃般纯净澄明的惠灵顿海边小镇搜罗来的，薰衣草制成的浴盐、玫瑰花制成的浴皂，当然更具分量的，还是她厚厚几大本的作品。

一页页打印稿装帧齐整，配上自己拍摄的图片。有散文、小说，居然还有诗！相识十余年，我并没有认真读过她的诗。其实，二十世纪八十年代后期读中文的女生，大约没有人没写过诗。只是，经过岁月的磨蚀、日子的冲淡，那份诗心、诗情早已不知丢在途经的哪条小路上了。谁曾想，一番去国怀乡的经历，一份异国风情的体悟，倒让陶理重新写起了诗。

我们几个老友聚在江滨路上的咖啡馆里。窗外即是瓯江，隔江眺望是温州著名的江心孤屿，火树银花，一片璀璨；窗内一灯如豆，荧荧烛光中，陶理全然不理会服务生诧异的眼光，大声地朗读着她的诗句：

> 慢慢习惯孤独
> 习惯
> 说英文的蝇
> 在我颊上浏览
> 轻道一声
> HELLO
>
> 习惯
> 翻动乡愁
> 像翻动一枚硬币
> 一面是走
> 一面是留
>
> 我用一种语言购物
> 另一种语言写诗
> 孤独
> 逐渐成为
> 我的左右手
>
> …………

这样恣情恣性的一幕，好多年不曾有过。好多年后，亦不会再有。

我闭上眼，让声音在耳畔流淌，让这一刻——时光停留。

　　陶理把她这么多年要说的话，最终都变成了文字。

　　而这些文字，就成了手边的这本书。

　　　　　　　　　　　　金丹霞

　　　　　　　　　　2005 年 4 月 7 日于温州

自序

在这本小小的文集中，收集了我近年来写的散文。

我虽然是学中文的学生，但是因为进入繁忙的电视媒体工作，很长时间也没有分身去写什么，后来出国学习，又开始努力触摸另外一种语言，写中文变成了一种周末的休闲。

而就在这时候，我对中文的依赖，在疏离中反而清晰了。

在这本文集中，有在国内写就的，表现我们二十世纪七十年代出生的一群人心态的一些文字，更多的是关于新西兰的文字。我把这两部分称为"天空中的"和"大地里的"，黄土地和蓝海水的感觉，对我都是同样重要的。因为我可以用中文，或者说用中文给我的人生感觉，将它们贯通起来的缘故。

在新西兰纯净的风景中，我常常可以看见非常亲切的唐朝诗歌，甚至《诗经》短句里的意境。因为这些好的风景，在他乡的生活少了寂寞，多了滋味。

新西兰的风景，被冠以一个旅游口号是这里有"未经触摸"的自然（untouched nature）。

而我希望借用这句口号，来说明自己希冀的一种文字意态。

在中国人比较注重的性灵培育中，天人是合一的，有未经触摸之纯粹天然，就有未经触摸之和谐心灵境界。而中国的文字，无论诗歌、散文、小说，几千年来都被工匠们纯熟地雕刻成贯通人天之间小小的玉石，我们随

时可以在诗人们写的山水和楼台中，默默赤足走过那些发光的石头，走到天人合一的宁静和一种对生命本身的感悟中去，由此获得一种特殊的滋味。

生命逐渐消逝，却在这些滋味之中，循环和保存了一种仿佛永远未经触摸的年轻光芒。在这本小小的文集里，还是刻意保存了某个中国文字的女儿，对方块字给我们的资产中未经触摸的部分，一种悄悄的挖掘。

如果在中国的夏天来新西兰，会看到这里的雪山还正在冬天里，显示出没有被触摸过的处子姿容。如果这本文集里的一些文字，会让你在短短的阅读时间，有飞过了千江水千江月，体会到地球村落上另一季节中缤纷树叶的感觉，那么我一定会比较欢喜。

那些未经过触摸、不能被具体勾勒的欢颜，是写作者和阅读者之间永远的默契。在此小序中，我特别感谢支持我的家人、朋友和许多读者，并感谢出版社的李战编辑。没有你们，这本小集子不可能面世。

2005 年 3 月

目　录

第一辑 惠灵顿的海事与花事

惠灵顿的海事与花事

　　按照毛利语里的传统比喻，新西兰南北两岛里，北岛是"一条大鱼"。如此说来，处在北岛最南端的首都惠灵顿正是这条大鱼的头部，它朝着库克海峡，与南岛隔海相望。惠灵顿海湾向北画出一个半圆的弧形，于是，波涛浩瀚的南太平洋就在海湾里休息下来，变成大鱼的圆眼睛。城市紧依着海湾，沿着海展开，好像海是蓝色的裙摆，城市是这裙的花边。海就如此成为惠城的心脏。

在毛利人的神话里，北岛是一条大鱼

海就如此成为惠城的心脏

　　贯通惠灵顿城与它的三个主要卫星城上哈特、下哈特和波里露娃有一条历史逾百年的铁路，发黄的铁轨顺着海岸一路铺开，是被十九世纪英国移民捎到这里的第一大文明。当时这里只有毛利人，从此也一起搭上了新的时空车。铁路旁边平行跟上来新的高速路，两条路都以海为背景，就把惠城的过去都摊在了海面前。不顶萧条，不顶富丽，海边的惠灵顿，从原始社会变成资本主义社会，没有太复杂的过去将来，而这一点简简单单的东西，在海的眼里是格外不值一提的。住久了，你就知道，是海在气质上全力滋养着这个城市。

城中的楼都不高，但是因为地处山上，好多路连着坡，楼就分外见得峻峭，也因为这份峻峭，在惠城的街道上走，会看到楼和楼之间都剪着不远处的海做蓝色衬里，尖尖的屋顶上还有被海风吹得格外碧蓝的天，像是城背上搭着一条透明披肩。天海之间，白云白得没有选择，城市像一条活泼泼的大鱼盘在海湾边上。起大风的时候，从海到陆都是风声。夜里，觉得自己的屋子像要开动的船扑扑作响，第二天醒来却往往又是海蓝天蓝、简单的世界，每条路都在太阳里闪闪发光。著名的惠灵顿大风是急性子的清道工，使这个南半球的城市保持了一种超出岁月的洁净：其他城市的风尘多半不是因为垃

市中心海边的白石碑上，刻着新西兰女作家曼殊菲尔德的名句"风起的时候"

皇后码头

城中楼都不高

坂而是因年月而心力交瘁。但是惠灵顿好像顺着海水在不断循环，把年轮冲远了。

　　说到惠灵顿海水的蓝，一个足迹遍全球的澳大利亚旅行家 Colin Simpson 在他的游记《在新西兰醒来》里写道：这里的海水比地中海的更蓝，是那样一种深蓝，但比钴更亮。

那是一种深蓝,比钴更亮

Simpson 地处惠城中心维多利亚山，这是惠城著名的海景观赏点，正处在惠灵顿市中心，可以一览全城与海湾里的海。但是在其他两个卫星城，你也可以看海：下哈特市的彭特尼区，是英国移民最早登陆的地方，那里海岸平坦，沙滩上满是白色小贝壳，岸边另有"移民博物馆"可以参观；波里露娃海岸边巨石累累，有风的日子端的是"惊涛拍岸，卷起千堆雪"。因为要看海，你醒觉惠灵顿是个山城的好处，山海呼应，空间层次丰富，海涛和海风的声音交响乐般在里面穿梭。这样你就了解新西兰电影《钢琴课》的灵感从何而来，那样的画面——孤寂的海滩上一架钢琴，旁边是穿一袭黑色维多利亚时代大伞裙的弹钢琴的女子，她是个来自异乡的聋哑人。人、海、琴，三者好像尽了惠城的所有。

惠灵顿市中心维多利亚山是看海景的著名地点

Kapiti Coast 的海景

彭特尼，英国移民最早登陆的地方

波里露娃：时见惊涛拍岸

东方湾的海

英国移民是这个城市文明的基础，所以雅驯的温良的内容保存在这个海的边框里面。出身于这个城市的女作家，短篇小说圣手曼殊菲尔德（Katharine Mansfield）不能够忍受它的单调，带着乡愁跨越了殖民者父亲这一代而回到英国去，在那里恋爱、写作，最后病死。但是飘过半个地球的海域，她的小说人物还是不可逃避地回到惠灵顿父辈的身上。那被她所渴求而在惠灵顿不可得的文化之根，终于还是顺着她的灵思栽种到了这个海的城市里。慢慢地，惠城是有了一些超越蓝天碧海的人迹，比如市中心象征首都地位的国家议会大楼（the Beehive），造成蜂窝的式样，建筑上颇有特色；海边落成于1998年的大型国家博物馆 Te Papa，气势宏大、构思巧妙，收藏和介绍国家历史地理文化资料不遗余力，也是值得一看的地方。但海的边框仍然在那里，蓝蓝的、亮亮的、洁净的，嘲笑着文明的负累。在惠城，海鸥犹如他城的街头报童般常见于大街小巷，飞得低且近，兜售着海的最新消息。我们的车常常慢行等一只海鸥过人行道，常常在黄昏时候，还可以看见路边每一个路灯柱顶上都停着一只海鸥，蓝天白羽，顺路展开，像一行写在天边的诗句。清晨刚醒来时，恍惚间可以听见它们清亮的鸣叫，如同中国古诗里的晨鸡，但是它鸣叫的是另一种时间。

没有红尘的味道，也不提醒你赶路，它用的是"海"的钟表，轻轻切开了你另外一部分的心脏，让你听到另外一种心跳。

　　和惠灵顿的海一样，总是在人眼眸里的还有惠灵顿的花。这里的花不是争奇斗艳的极品，但在一个海蓝蓝的背景上你看到的花，总是特别滋润和光洁，是海水还是海风给了花朵开放特别长久的可能？总之，初来惠城的人，会为这里处处可见、长年不衰的鲜花吃惊不已！我记得朋友给我的生日礼物是两盆小小的无名草花，但

它用的是另一种钟表

国家博物馆

圣诞红开在圣诞

这两盆花竟在我最简单的照顾（隔日偶然浇点清水）下盛放了两个月，红亮如电力充足的灯火。惠城的人爱花，超市里玫瑰和水果一起出售，街边常有小小的花店，用自制的厚木头椅子，栽了盆盆鲜花来卖。海边的小街上，终年没有尘土飞扬，一幢幢粉红、淡黄、天蓝的木头小楼，每家都附有一坪绿地为自己的花园，于是种花护园又消磨掉了好些人的时间。一个主妇在这里的日子，也许一生就是照顾孩子和花。花既然成为人的家属和朋友，就没有了空谷幽兰那些傲气，也不会出现被情人节的市场操纵、价格像股票一样涨跌的玫瑰花。它们在海风中恣意生长，照抚着人的孤独，久久久久，花开不败。

秋冬最好的是山茶，这里的茶花可以开足到《红楼梦》里贾母害怕为"花妖"的程度，一树数百朵，每每花大如碗，硕硕然无语向人。但并无妖气，街角屋边，随处可见，淳朴有若这里的岛国原住民。有花开就有花落，这里的山茶却是安然将大片落花锦缎般剥下来，像是丰发女子梳头偶然掉下发丝，不觉凄凉但感平和。早春时节有漫布原野的小小黄花，在无尽的青草地中闪烁不已，我常亲眼见割草机碾过这些青草地小黄花，但是不过隔个一天它们又蓬勃起来，是那种不需你反复关照的生命，没有一点犹豫地占尽南半球这块年轻的土地。

在新西兰地产花里面，我喜欢圣诞红，厚沉沉的绿树身子，像一把伞打开着，自然就成了惠城行道树的最佳选择。它们平素都是乖乖地绿着，圣诞节前后却约好了来给人添喜气，赶着南半球的夏阳盛放起来。花是一簇簇集体开放、一丝丝针型的红，聚集成一把把红色的小刷子。远看，那红也是厚厚的，和树的绿对着歌。红色本来是易俗的颜色，但是圣诞红偏偏红得大气，是那种绝不会吵了你的艳。落的时候也是一丝丝荡下来，地上茸茸的红了一片——这时候节已过了。它们又回去等明年的热闹。

惠灵顿的花大都是占着天时，美在淳朴自然，但也有巧尽了人心思的花。城中的诺伍德玫瑰园是游人必到

作者：陶理

的地方。青翠山谷间一个圆形的大花圃，里面有百多种从世界各地引进、精心种植的玫瑰。花圃整整齐齐由四块扇形组成一个大圆，每种花的名字就够外行人流连不已，有叫"英格丽·褒曼"的，小而娇艳；"沉默的夜"则常常含苞不语；"冰山"是白玫瑰，有仙人之姿。等到每年十一月中旬，满园玫瑰一齐盛放。正是南半球的夏天，长长的黄昏，太阳斜斜总是不肯掉到海里。这时候来访玫瑰园，游人尽散，两边山上青青水杉林有如叠叠海浪，那绿意拳头般拢紧了，护住了下面这颗小小的、圆圆的玫瑰心。园中，红有从深到浅的所有红，黄有从艳到清的一切黄……晚风轻送，花香淡飘。目光所及，像非人间的一块红尘。如此绝尘盛放，每朵花都是世人无法想见的一种爱情。

　　我相信那是一黄昏玫瑰魇，饱了我一生看花的心。从此，可以行走黄沙而无遗憾。

闲情万种的新西兰人

　　新西兰是个闲情万种之国。晴日海上的风帆，溪涧里漂流的皮划艇，高速公路上一队又一队的自行车健将，都是这个国家常见的风景……试想一片青青草地，一带悠悠流水，一个小小女孩，牵一条蹦蹦跳跳的小狗。女孩站在河边，将一树枝抛在水中央，小狗便下水去用嘴叼住它，游回来交给主人，小女孩再将那树枝扔下去，小狗又下水去捕它，一次又一次。也许这幅新西兰风情画中让你最羡慕的不是草地，不是河水，不是小狗，而是女孩心中的闲情，那是通过一个社会长时间的积累，良久良久的，才能有这样一种闲情。

　　因为这闲情万种，便引发了新西兰人（他们自称为Kiwi，和岛上的Kiwi鸟同名）很多性灵之举。

　　1999年上海国际电影节曾爆出来一条大新闻：新西兰青年麦克·思白凭实习作品《悬情疯人院》挤进参赛

圈又获得"评委会特别奖"。据悉，麦克是一个金融专业的毕业生，以前没有接触过电影，只是在英国培训过两周制作知识，之后拿着变卖家产得来的两万五千美元，就捣鼓出这部电影，在新西兰电影制作委员会的帮助下参赛了。

一个门外汉来和圈内的名家们叫阵，难免让吃电影饭的人惊奇，大陆《扬子晚报》一名记者不免带点义愤地评论说："国际电影节就是这样国际的吗？"——言外之意是新西兰电影界此举颇有"凑数"的嫌疑。

新西兰不是文化大国，但是有过纯烈深挚的"美片"《钢琴课》，还有反映毛利文化的《曾经是战士》，都在国际上有一定的知名度。新西兰国内电影界对电影的好坏，应该还是分得出来。想来"容忍"实习作品代表国内电影去参加国际电影节的原因，一大半是因为新西兰很多人在性情上没把"圈内圈外"分得太井水不犯河水。不仅于电影，似乎在其他行业，也总有一大群有水准的"门外汉"，每每总给我们爆出惊喜来。

朋友海沃德是名资深电脑硬件工程师，动手能力很强，将家中的车库做了工作间，钉、锤、刨、锯一应俱全，海沃德可以做出专业水准的家具，但是有他自己的风格。我们中国人看到他这样的白领在家挥汗如雨刨刨

花、钉钉子，会觉得大跌眼镜，海沃德却乐在其中。海沃德的弟弟大卫在这方面更高一筹，他从小爱玩航模，长大了就一心想完成童年梦想，造一架自己的飞机。说干就干，大卫辞掉工作，变卖了家产，埋头画图纸，买零件，两年后，他的单引擎小飞机试航成功，飞上了天。试飞期间，飞机曾经出过事故，大卫也受了伤，但是他没有害怕，事后将柴油发动机改成汽油的，照样在天上飞来飞去，朋友们每每抬头看到天上飞机飞过，会笑着说一句："恐怕是大卫吧？"

造飞机的有，造屋的更不在少数，做会计师的爱伦在山顶买下地皮，就开始谋划造一幢自己喜爱的房屋。此后六年，爱伦节假日都在忙活，画图纸，上梁，装门，刷油漆，除了找些工人打下手，爱伦大部分是自己动手。最后，我们有了一个喝茶的好地方，那是爱伦的新屋，三层蓝色的小木楼，顶楼一间小屋有玻璃天窗，可以看星星。楼梯转弯处的墙壁也是玻璃窗，视野里装满了山外的海景。客厅墙上挂着爱伦和太太的合影，照片上的他穿西装戴眼镜，却是文静的会计师样子。

　　所以新西兰的平民大概很能理解拍电影的银行职员
麦克是怎么回事，他的电影挤进国际电影节的消息在新
西兰国内倒没人惊奇，大概态度就像看到大卫开着自己
的飞机飞过天空一样。

　　文章写到这里，看到手头一份惠灵顿市的地方小报，
上面登了最近的一条市民新闻，标题是"'疯狂计划'让
造船人登上了'第七天堂号'"，说的是本地两位七旬老
人联手，用十三年时间造出属于自己的航船"第七天堂
号"。两位老人自少年以来就是死党，一个曾是商人，一
个则是干了一辈子的中学物理教师。造一艘自己的船去
航海一直是他们少年时的梦想，于是退休后他们开始着
手此事。

　　"十三年前我们开始着手造自己的船时，我们对造船
的了解不会比一张邮票更多，因此我们知道这是一个疯
狂的计划。不过我们有一条共同的人生哲学，就是心想
事必成。"两位老人花了十三年时间来造这条 12.5 米长
的船，花掉积蓄 90 000 纽币，终于在千禧年将停在自家
花园建造的大船完工，并通过了有关部门的质检。他们
驾着自己的海船去漂流的梦想也将要实现了。因为两位
老人还是冒险小说的爱好者，他们便将船命名为"第七

天堂号"，取之于他们最爱的一本冒险小说的名字。报纸文章上附有两位古稀老人的照片，他们瘦削而精神矍铄，站在自己的"第七天堂号"前微笑。

看了这篇报道，我不禁想起还在国内做记者的时候，因为国家开始执行双休日，便做了一档《话说休闲》的节目，让大家讨论有了假日我们该如何。事实上节目做了很久以后，我们的"休闲"还是被无地可去、无事可做、无闲情可挥霍所困扰。有人花十几万元买贵族俱乐部会卡，更多不为休闲，而是为了显身份。我们也许在心中也偷偷羡慕着 Kiwi 的"闲情万种"，但是，谁又有这样不顾一切去创新的冒险精神，掷千金（家产而非公款）而不顾的淡泊心境，历尽灰色生活也不忘心中梦想的豪情，还有自小培养出来的动手能力？这一切，是闲情万种的基础——这是一份自由的性灵。

新西兰：
寂寞而绚烂的新千年黄昏

2000年最后一天是周日，又在圣诞节的大假里。本来闲静的惠市，更是街如镜面，来往都不太见到行人。

黄昏的风有点寒意，小河里的野鸭依旧活跃，游来游去，不知今夕何夕。殷殷的圣诞红在晚霞的金色中格外艳，犹如一种不了情。我心里想着这是这一年的最后一天，就觉得这一天的黄昏落日格外柔和，像旧照片给人的心理直觉。

想起去年此日，全球沸腾着迎接新千年，而到了2000年结束，我们又在说"世纪末"。爱"新"的人，想多来一次"新"的感受，喜"旧"的人，愿再咂摸一次"末"。而我，只是依旧感觉着年月流逝，但能在"年"的台阶上，悄悄坐个半分钟，看看周围，就是自己的庆祝了。

我决定去看一场电影，做一点与往日不同的事。不料上网一看，惠市的所有影院在晚七点就结束了最后一场放映，以便让放电影的人也有过年的机会。于是连最后一点"人境"的欢乐麻醉也找不到了。心里直念着国内的多少消遣，然而清淡的惠市里，许多居民都已经外出度假，没有人愿意在假日依然流连舞榭歌台，不同于我们中国人爱"聚"，又因怕散了宴席，更加浓"聚"的分量、场合和方式，而将人生变成一连串的同台演出。

回首故乡，人情之浓，越到了年节，越显得热闹：吃不完的菜，访不完的客，或又有人借此做"关系"的文章。

然而今天的我，不是不怀念那样浓汤式的节日，在

爱你，情深意绵

安全的距离之外，乡思总是狡猾的，然而狡猾的乡思也还是乡思。

惠市的小国寡民风度，到了节日更是毕现。无市，无行人，无朋友串门，只有斜阳轻扫空街。不是荒凉，是那种自足、清淡，不惊不诧，淡对流光。或者是文化太年轻，没有古国的感世伤怀故而借年节放浪形骸。我于是照例在心里比较着东和西、中和外。总是没完没了地，和虚拟的"西"做永远的选择题。踏出国门，只是这个大选择题的开篇，而之后的每一生活细节，都跟随着这样无穷尽的、看不见的选择和比较。常常问自己，如果自家的背景是一个没有文化历史传统（又兼悠悠岁月）的小国，精神生活是否会轻松健康许多？这样无穷尽地对自己文化归属的拷问，应只属于我们这个国度的人吧。

想起惠市去年除夕的黄昏。因为第二日，新世纪第

一缕阳光要射向新西兰，举国皆狂，一向的清淡也微有变化。迎东的海岸边，背对青青群山，许多人在沙滩上面对夕阳，久久流连，更有青年们于沙上搭起小小透明的帐篷，打算在那里过夜，迎接新世纪的朝阳。我记得他们在帐篷的四角外分别放了四支红烛，在夕阳里，小小的烛火跃着金色的苗，碧蓝的海在一旁做永远的深呼吸。沙滩旁的公路上，黛色的古松成群，松下仍然不停走来看夕阳的人，我发现其中颇有几个晚妆明艳的，女子着露背晚礼服，男子着黑色西装，手挽手走着，与惠市人穿衣一向的清淡随意大不相同，原来他们是来参加那晚海边举行的一个小型音乐会的。

玫瑰紫的黄昏里，沙滩上的红烛火光，还有金发女子莲青色的晚礼服，这是我记得的惠市除夕夜最激烈的过节姿势。

而今年的除夕则没有更多的变幻，没有太多人再谈起新世纪的话题，惠市又恢复它的清淡。

我在电脑前坐了五十秒钟，最终很不忍心除夕夜的平淡，就对 D 提议说："我们去山顶看灯火吧。"

于是车行向山。惠市本来是山城，约半居民住在山上，所以登山望四周灯火，兼以海色，就是可以入画的好景。我们去的是惠市西部的小镇"娃奴依玛塔"的山顶瞭望处。这里离我住的彭特尼不过十分钟车路。

车到瞭望处，发现早停着几辆车子，也是来消磨除夕夜的人。外面风大，就只在车里待着，听音乐，吃小食，看看窗外的灯火。此处，山并不高，然而难得前头一片开阔，正好将惠市包括海湾几乎全城的夜色灯火尽收眼底。灯火初看是星星点点，细品则发现它们沿路依屋，是连成或线或弧的轮廓的。颜色大抵是金，但也掺着淡银色，难得是万家灯火的联盟，就有一种人间才有的气势。我细看，这里的灯火中几乎没有霓虹，没有高楼大厦上的密集星灯，而是守着一户一屋的清和，所以非常纯粹。没有修饰、虚拟、夸张的叫喊，那些都市的印痕。我觉得它们美得玲珑剔透，不需更多褒扬。

风景的节日是淡对流年

天上有一弯月牙，下面垂着一颗大星星，成为灯火的伴奏。

走下车，还可以看到被树影遮住的海，被灯火包围，举手投降，成为人间之物。

"爱你，情深意绵。"车里，一盘从中国带来的老磁带在放中国摇滚歌手为邓丽君逝世唱的老歌。听到下一曲仍是他们翻唱的《在水一方》的时候，车子点着火，又开下山去，告别除夕夜的灯火。

《在水一方》，也是老歌了，它热的时候是十多年前，那时候，我在中国南方一个小县城里念高中，这歌是同桌女孩的最爱。

我们的同桌都是同性的，防早恋。然而我的同桌后来还是嫁给了高中同学。

那时候也有除夕，那时候除夕我也爱爬到宿舍楼顶去看灯火。

一晃，都是往事了。我们的车在山路上飞驰着。我听着《在水一方》，伸手将眼前那朵在恍惚中出现的除夕夜的睡莲，轻轻拨到了后面时间的逝水中。

我们踏浪而来

——新西兰：漂流木的故事

1

新西兰的海滩上，常常可以见到被海浪冲上岸的木头。它们逗留在沙滩上，被人们叫做"漂流木"。

晴天，我常常在海边，坐在某根漂流木上看海，这该算是在新西兰的日子里一种独特的"奢侈"。

"漂流木"是远方飘来的木头，被大海邀请做客人，却最终被主人带走，回不了家。

在海里漂流久了，又被大海推上新岸来，有意无意，给了它新家。

新家就是沙滩——这沙滩，像块大桌布，是浪的玩具，被淘气的海浪冲上来又退回去，揉皱又拉平，再搓开，永远没有结束地和海默默对话着。

漂流木停在某块沙滩上，开始也许只是在这里歇脚，慢慢地，又和新的落脚地生了情谊。

这沙滩上的漂流木，虽然不再有根有须，却仍是旧年的树。尽管漂流之中始终没有开出海上花来，但是自从它们离开森林的母体之后，就不再被年轮拘束，孤独的漂流换来了某种超越大地的永恒。

——这些流浪的木头，不知道自己属于海，属于陆地，属于沙滩，还是属于漂流本身？

漂流木一律被洗得白白的，去了表皮，露出木的内质，那种颜色，像是坚强的又像是脆弱的，是一种流体。因为不再有年龄，每一段木头都很抽象。有的已是秃秃的一段，有的还有枝丫，也就有姿态，漂流中也还不是笔直地在思考，而是有所挣扎。

因为海，也因为漂流木，周围一切任是无情也动人。新西兰这个人口仅三百万的小国家，虽然僻居南太平洋之南，有若天涯海角，然而这里的居民，却全部是来自各洲各洋的迁徙者，"小小的国土，大大的心"一直是这里人民的自诩。几百年短短的国家历史里，重叠着来自不同地域、各种颜色的故事。这里，仿佛是一个漂流木的故乡。

2

我遇到新西兰老太太麦格的时候，六十出头的她，正忙着将她进行了四年的"建立家庭树"计划收尾。

麦格原是惠灵顿一间中学的物理老师。退休以后，麦格养猫、搞园艺，做所有平静的老太太做的一切事。

麦格有一儿一女，儿子是商人，女儿是公务员，业余爱写诗。

有一天，麦格在家中整理书架，突然，在一本旧书中掉出一张发黄的纸来。

麦格戴上老花眼镜一看，纸上是老式打印机敲出来
的一首诗，油墨深浅有些不匀。

　　一见钟情

　　好奇怪，我会一见钟情
　　倾心
　　那个刚刚漂洋过海来的姑娘
　　她竟注定
　　是我的新娘我的贤妻

　　记得那天初相见
　　该说啥言语
　　我一无准备
　　然而上帝暗中为我使劲
　　让我说出了心里话
　　…………
　　握住心头温柔记忆
　　我回望
　　这六十年的婚姻
　　我的爱未有减少
　　而是与日俱增

　　为啥泪眼蒙眬
　　或者抽泣轻叹
　　来悲伤时光飞逝——
　　然我们的爱从未止熄
　　在这柴米油盐的小家里？

　　我已年迈
　　却还想倾诉一句
　　心头蜜语：
　　家中的珍宝

不是宫殿
不是黄金
而是我深深爱着的
妻

麦格揉了揉眼睛。这不是女儿的诗作，因为女儿只用电脑。

麦格仔细辨认了一下底下的作者署名。

——爱德华·海

是曾祖父的名字。

后来，麦格弄清楚这是曾祖父写的诗。写给曾祖母，为庆祝他们的八十年结婚纪念日。

那年，曾祖父一百零二岁，曾祖母九十七岁。

之后两年，是他们生命的最后一段日子。

书中的旧诗，是麦格的祖母交给麦格的父亲保存的。而他们，也都已经离开人世了。

麦格决心弄清楚他们的故事。

3

就是这么简单，麦格说。几代人的痕迹，可以用一个短短的黄昏就诉说清楚。

可是你不知道这有多么动人，麦格说。我们坐在海边一个小小的咖啡座里聊天，木头的桌子上摆着油绿叶子的盆景，开着细碎但是火辣的小红花，很像是凡人的感情，不经意去看，就注意不到那份深深的投入。我和麦格相差三十余岁，肤色不同，文化不同，但面对生活中某一些场景，我们的感觉是一样的。比如，关于她寻找并且逐日拼出完整的这个古董花瓶——她曾祖的故事。

麦格缓缓翻动她手中的资料册，这是她寻找四年的结果。现在麦格有了曾祖母伊莉莎白十七岁时的照片，那是1871年，她从英格兰的一个乡村出发，独自登上一艘开往新大陆"新西兰"的大船。四个月之后，她提着一只大箱子走上北岛奥克兰码头。

一番周折之后，麦格找到了那艘船上所有客人的名单，甚至还有曾祖母的行李单。

十七岁的新移民少女个子不高，神情坚毅，戴着维多利亚时代英国女子常见的宽边帽。

她为何独自一人来到新大陆？没有人知道，只是你可以从历史书上记载的当时开往新大陆的轮船舱位安排中（十九世纪晚期，从欧洲开来的移民船一般安排九十五个给家庭的床位，另外有二十个单身男子床位，二十个单身女子床位），知道这样的独身女子在当时还不多。

少女走上码头，目光中显露出些许迷惘。她在此地没有熟人，一切要重新开始。她在船上结识的一位女伴有亲戚在此，于是，她们商量好，她先在这个同伴处借住几天。

来接船的不是女伴的亲戚，而是他派来的一个朋友，爱尔兰来的移民爱德华。

爱德华帮少女提过箱子。这里的年轻女孩实在不多，提上箱子，虽然手上加了分量，他的心里却感到奇异的轻松。爱德华从都柏林来这里一年多了，和大家一样，住在海边的棚屋里，没日没夜地伐木头。新大陆没有阶级之分，虽然辛苦，心却是自由的。

"他们在码头认识，一见钟情，一周后就决定结婚。婚姻持续了八十二年，生有五个孩子。"麦格说。麦格找到了他们当时登在教区小报上的结婚照，找到了他们的结婚证件影印本。为他们拍结婚照的摄影屋现在是家百年老店了，有朋友知道麦格在建"家族树"，就把关于这个老店的报道也从报纸上剪了下来寄给她。

麦格的曾祖爱德华夫妇后来在奥克兰开设了一家草药铺。爱德华遵纪守法，辛勤劳作，成为当地有名的商人。夫妇俩都是忠实的基督徒，爱德华业余时间为教会写诗歌。每周日的教堂里，手风琴伴奏着，在密林里劳作了一周的新移民们一起唱道：

我们的日子在流逝
它流失永不停
直到我们离开

这人世

一句话

一个举动

所有点点滴滴

都在考验着我们

是否有一份信仰

…………

歌声飞越，身后的新大陆逐渐由蛮荒向文明递进，棚屋变为木屋，木屋添了花园，铁路代替了林间小道，成船的农产品开始运向英国和全世界。爱德华夫妇寿至百岁，经历了这一切。他们金婚纪念日的那一天，奥克兰当地日报登载了他们的照片，首相也致电祝贺。

4

"亲爱的爱玛：

"真高兴收到你的回信，正如你说的，我想将时钟往回拨。我父亲是1989年去世的，他是个精力充沛的人，而且性格温和，妈妈二十四年前因心脏问题离开了人间。我知道祖父有几个兄弟，但是我都没见过，你还有这些方面的资料吗？我的'家庭树'刚刚开始搞，不过幸运的是，已经弄到了曾祖父的结婚登记证明……"

麦格坐在黄昏的光线里，将手头那本厚厚的资料册合拢了。她戴一顶蓝色的绒线帽，穿着灰蓝色的、宽大的毛衣。六十二岁的她，慢慢从时间的曾经沧海里露出头来。现在她已经有了家族的故事轮廓，正打算着手去把这些写出来。在这个过程里，她发现了更广阔的生活空间，她重新去结识了很多从未谋面的亲戚，也见到了很多和祖父祖母们有来往的朋友。接着，在新西兰"寻找家庭树协会"里做义工的麦格，又认识了很多也在重回旧日细细寻根的人。他们一起举行了一个关于祖辈痕迹（照片、资料）的展览，将自己的经验跟其他打算开始寻找家庭树的人分享。这个展览，他们取名为"我们踏浪而来"，纪念祖辈们的迁徙历程。

麦格总是想，对于一个普通人，能自觉地了解和记载自己家庭的历史，也就足慰平生了。

5

晴日的海边，我坐在沙滩的漂流木上看海。到夕阳西下的时候，常会有一两个人家到沙滩上晚餐，饮着红酒吃点东西。如果里面有孩子，他们会捡一根漂流木来烧了，为了看看火如何在海边的风里面飘。

燃烧着的漂流木，有和夕阳一样金红的颜色。也许这么一烧，它的漂流也就结束了。这个火的葬礼的背景音乐，也许是一百只白色海鸥在沙滩边起起落落，它们那种"呀、呀"的清亮的叫声。

我这时会想起麦格的曾祖父爱德华的业余诗作。在一首名叫《信任》的教会诗里，草药铺主人这么写：

> 这世界也许日渐荒唐
> 也许罪恶处处
> 也许我们只是荒草般
> 在这地球上
> 来来往往
>
> 奈何我已有信仰
> 被深深平静环绕了心灵
> 相信爱
> 能拯救更多
> …………

漂流木留在了岸边，而歌声飘上了岸，连同我们这些流浪者的故事——无论来自东方还是西方，在上两个世纪还是这个时代。

于是在海和城市之间，有一种莫名的默契一直在低声唱着记忆着。

——是的，我们踏浪而来。

惠灵顿：乡愁之城

海滨白屋

刚刚到惠灵顿的那段日子，我几乎天天晚上都去看海。

通常是吃过晚饭后，满天江流式的红云都已经静下来了，和夜合抱成砚墨的黑。灯火，像哪个女子的珠宝匣，静静打开在四周浅浅的山里，光珠在风里闪着眼睛，一粒粒，一串串，灰姑娘在舞会前遇到仙子的那种惊喜，被这些灯儿扮演出来。

沿海的小街上几乎从来没看到其他人，偶然有只猫在人家的木屋前蹲着。大半时间是要开车的，虽然海就离家几百米，可风大。惠灵顿的风，大半从海上来，又催着我们去海边探它。于是就有了那样的夜，我们竖着衣领，在海岸边站一站，转个半圈，就又赶紧上车去。

车趴在岸边，成了一个好好的碉堡，我们舒开车椅半躺下，隔着玻璃看大海，车里，齐豫《敢梦》的旋律在暗夜、海面、无人的海岸之间反复着。

我沉默着看风里的夜海，白浪咬出深海，一排排齿牙交错，像一条条鳄鱼出了洞，挤着彼此，往沙滩上参差前行。如此凶残荒凉的夜海景观让我不敢多看，侧过头去，才发现秃秃的海滩边还停着一个静静的建筑。

那是一间小教堂大小、一高一矮两间连在一起的白色水泥平顶屋子，离海很近，像一艘老船泊在沙滩边。屋的前墙外，向着陆地的那一面，果然伸出一个船型的头部来，被一小片固体的"浪"围绕。在暗红的路灯下，它们的原色——黑和蓝——还可以艰难地被辨认出来。

这是一间被造成船的意象的纪念馆。

我跳下车在风里快跑着去看清楚它。

"彭特尼早年移民纪念馆"，灰色的字在墙上朴实地显现出来，大门关着，但见墙上油彩纷呈的壁画。

"你想知道祖先的故事吗？"又一排小小的灰字在壁画人物上动人地询问着。四周静静，只有海浪在澎湃，顿时我感到这简单的一句话有符咒般的力量。

大门前有一个小小的圆形喷水台，台沿用蓝色的陶瓦砌就，池里面的清水被反衬成晴天海的蓝色。

回去的路上，还是一直想着荒凉的夜海边那个白色的小屋。奇怪的是，那个屋子的姿态给我一种情绪的牵引。那竟是出国以后，别的东西还未曾在我心中引起的一种乡愁。

而对于正在新西兰求学的我来说，用心触摸他族迁移的历史时，却也产生了一种奇异的共鸣——这些十九世纪的英国新移民，万里迢迢来到陌生之地，心里也会时时浮现出被我们华夏古歌里反复吟诵的乡愁，他们的乡愁，又会是什么颜色的呢？

是"日暮乡关何处是"的迷惘？

是"何当共剪西窗烛"的缠绵？

还是"红了樱桃绿了芭蕉"的感慨？

同是飘移天涯人，我渴盼了解别人的故事，折叠了放进自己的行囊，让自己有一份更开阔的心胸，也许，这是我远行的目的之一？

过去的"新"移民

虽然对海滨白屋有了莫大的兴趣，我却克制自己，没有立刻选个明朗的白天踏入那艘小船去看个究竟，在对新西兰的历史文化有更多的了解之前，我觉得走马观花地去浏览这个充满乡愁意味的白屋将毫无意义。

暑假，我在惠灵顿图书馆里找了一些和这个海的城有关的历史书来看。在其中的一本上，看到了我忘不了的几帧图片。

一张是1845—1853年英国派驻新西兰的第三任总督 George Grey 的夫人 Eliza Grey。Eliza 来新西兰的时候，岛上只有原始森林和毛利人，George Grey 原是军人，但在任几年内，用了很多办法接近和了解毛利人，学习他们的语言，了解他们的文化，逐渐消除了彼此之间的许多误解和成见，尽量和土著和平共处来开发新西兰，于是他在毛利人部落和白人之间都很有威望。

当这位年轻能干的总督在新大陆四处奔忙的时候，他美丽优雅的夫人 Eliza 却被孤单地留在总督府里，留守在一个完全没有交际、没有朋友、没有商业、没有许多生活必需品的环境里，靠给英国的朋友写信打发时光。她在一封信里说："我觉得水土不服，常常发烧。而且我在这儿简直形单影只，我的丈夫常在几百里地之外——我今天开出一个大清单到悉尼去买一些要用的东西，这简直是一无所有。——我比我想象的更要郁郁寡欢。这国家、这里的人，一切让我无法适应。这里连一个淑女都没有，周围也见不到什么绅士。我大概得要好多年才能适应下来，逐渐变得独立。这儿的毛利人对我非常轻视，直叫我'毛丫头'。"

孤独的夫人是第一批经长途跋涉漂洋过海而来到新大陆新西兰的欧洲女子之一。在时光流逝一百多年后，我们还可以在她照片中那双明眸中看到丝丝缕缕的乡愁。

殖民者的开辟之后，第一批欧洲平民移民于十九世纪中晚期大量涌入新西兰，承担起将一个处处是原始森林的孤岛开发改造成文明社会的重任，这是一个需要几代人默默付出的过程，繁重的劳动淹没了一切，Eliza 这样频频回望故乡的身影再也没有出现。对于一切远离故乡迁移到别土的人们来说，开始的岁月总是没有声音的鲜有色彩的默片。夫人满是哀怨的信件，在后来看来反而显得奢侈了。新移民们（大量是英国当时的城市贫民和无地的农民）梦想逃脱当时故乡给他们带来的物资匮乏，不惜用自己乃至子孙几代人的艰辛来换取一个在新大陆的、可能的美丽新世界。他们携家带口，登上远洋的轮船（由于当时交通工具的限制，一旦离家，大部分人就将终身不能返回故乡），经过通常是四个半月的海上漂泊到达新大陆。其间，他们拥挤在狭小的船舱里，吃着有限的配给粮食，并为不时发生的海上风暴担惊受怕。疾病也是一大敌人，在 1842 年自英国开到新西兰的 Lloyds 船上，65 个移民的孩子在航行中病死，他们小小的身躯被扔进海里，在新的家乡和故乡之间永远漂流着。

然而如此的艰辛并不足以阻拦这些新移民，因为对他们而言，自由选择的迁移，使得前面的目的地比身后的故乡更可珍惜。

也许对他们而言，心之所向，就是故乡。

有一种遗产叫乡愁

我在惠灵顿维多利亚大学英文系念书以后，终于有一天，我的新西兰同学 Steven 陪我去看了那个彭特尼海边的小纪念馆。在晴天的海边，它看起来更像两片淡淡奶油黄色的大贝壳。走进这个小小的纪念馆，先看见馆中央站着一副立体的彩色相片合影，是四个不同肤色的人：一个毛利原住民，一个欧洲移民，一个太平洋岛国移民，一个亚洲移民。他们是在先后不同时期移入新西兰的不同民族的移民。

"惠灵顿第一批白人移民在1840年从英国抵达彭特尼时，这里还是一片原始森林，新移民拿着行李，涉水走过沙滩。这里没有屋子，没有路，没有商店，他们梦想中的家还遥遥无期，那时候，甚至住帐篷都还是件奢侈的事，大部分人就用两片篷布做了家。他们是为了更多的耕地而来的，但是实际上二十年之内这里还开垦不出大面积的耕地。他们这一代人将只是开拓而享受不到收获。"

女馆员指给我看馆中十九世纪第一批欧洲移民的图片资料，第一艘到达的船的模型，当时的地形沙盘。接着是二十世纪七十年代从太平洋岛国如萨摩亚来这里的移民资料，为了表现新西兰作为移民国家的多元文化格局，馆里特别收藏了太平洋岛国移民的手工艺品，并专门放了两部录音电话，你拿起听筒，就可以听到两个女性岛人用她们自己的语言问好的声音。在另外一间屋子里，隔一小时就开始播放记载彭特尼发展的黑白纪录片：第一条街道，第一个商店，钟楼的建成过程，桥，铁路，医院……

馆里备有舒适的椅子，电声效果一流，干干净净，对游客不收费。

馆员特别指出纪念馆入口处有一个触摸式的电脑。

"这里载有第一批到达彭特尼的所有移民的名字和其他资料，你只要敲进你的姓名，就能看看你的祖先是否也在这艘船上。"

我惊讶于这个纪念馆对那些初看可能是无关紧要的细节的保存。开拓者们当时忙于劳作，来不及为自己发言，而在这个纪念馆里，他们存在的痕迹被精心呵护起来。这个纪念馆提供的不是悠久炫目的文化古迹，而是为曾经参与过社会进步者留下的带汗味的人迹。是沉默劳作的数代不同民族移民让彭特尼变成了我们今天散步的地方：花园和海滨大道、干净的木屋，在鲜花前面撒娇的小猫儿……

在我们回到学校以后，坐在英文系那间小咖啡室里，

Steven 开始跟我讲他对于"故乡"一词的感受。

"我去了英国，二十五岁那年。之前，我一直想着，我要去英国，不，我想我要回英国……"我们喝着系里供应的、坏牌子的黑咖啡，烟气缭绕，飘过 Steven 的蓝眼睛。

"我是说，我和很多新西兰白人孩子一样，骨子里认为自己是英国人。不，不是因为我们是英联邦国家，有一个共同的女王，是因为我的祖先从那里来，我们承受着那边的文化，我们有共同的语言，我一直认为我对那里有一种特殊的感情，就像离家的小孩对故乡那种依恋。"他边说边喝着似甜似苦的咖啡。窗外盘旋着惠灵顿的群山，翠生生的，海浪般一片片越绕越远。

"可是等我长大了，我来到了英国，我发现那里不是我的，我们接纳不了彼此，在心的最深处。我突然发现我在那里是多余的。我很失落，真的，就像碎掉一个很久以来的梦。从那以后，我才发现我是完全属于新西兰的，这里其实就是我心理上的故乡。"Steven 低下头，声音很轻地说，好像还在维护着自己曾经的依恋，不忍心全线将它抛杀了。

我看着 Steven 的蓝眼睛，那里面乡愁萦绕。好像父辈们在艰难创业中压抑下来的情怀，被 Steven 继承到血液里了，慢慢成为他们成长的背景，而最终酿成另一种回味悠长的、特殊版本的乡愁。

原来一如我在那个大风之夜的直觉所感，乡愁确实是海滨白屋真正的内容。那是后辈人对没有来得及品味乡愁的祖辈足迹的追寻和触摸，也是他们在原乡寻根之后对当年冒死迁移的父辈创立的新乡之认可。

只有在离乡之后才有乡愁，又只有在回乡之后才能发现真正乡愁的方向：不在远方，而在身边。一个乡愁的故事，也许需要三代人才能说完。

对于在历史上缺失"大航海时代"的华夏民族而言，如今正有着越来越多的迁移者行向各个方向，他们是否将经历如海滨白屋主人一样的心路历程？我相信是的。因为种族虽异，乡愁的情节却会如一。

于是，我看着 Steven，轻轻说："你可晓得有一种遗产叫做乡愁？"

乡愁咏叹调

海滨白屋给我的感触，让我对"乡愁"有了新的体悟。或者，"乡愁"本是无情物，但因飘移发新花。记得诗人余光中说过，乡愁像邮票；散文家王鼎钧则比喻，乡愁是美学。而在许多移民国家比如新西兰，乡愁更有某种比较文学的成分。这里有黄土地来的孩子，有金发碧眼的欧洲移民，而棕色皮肤的毛利人驾着大独木舟，以北极星为方向，从赤道远行到南回归线，首次发现这块新大陆，则是一千多年前的事了。在这里，你常常会感到，那浩瀚无边的乡愁正慢慢凝缩成一种属于每个人每个民族的、成长的标本。对一代代来自四面八方的移民来说，没有毅然前行、开创新天地的勇气和心灵，乡愁也就没有了它的分量和意义。真的，没有离开家乡的孩子，是不知道家乡的真正内蕴的。

乡愁，在某些时候是对应于漂流本身的吧！——不要问我从哪里来，我的故乡在远方。曾有青春歌者如是唱道。在每个人、每个民族长大的日子里，总有一段时候是饥渴着"生活在别处"的，这个"别处"，其实本来也是故乡之一种面目吧。

而当你跋涉日久，新岸又成新乡，新出生的孩子在眼前天天长大，他们玫瑰色的两腮开始孕育出另一段天际云飞的梦想，园中你与爱人手种的苦桔也复被酿回甘甜旧味，这时候，往昔急于流浪离家的年少心情已经逐渐远去，流浪路上所有的惊涛骇浪也都慢慢止息，于是，对过去故乡的种种思忆，又会在已逐渐模糊中星星点点清晰起来，像电影里的一连串叠化镜头。

此情可待成追忆，只是当时已惘然。

于是最终，乡愁变成了一种漂流和厮守、轻狂少年和哀乐中年、此岸与彼岸之间的挣扎，变成了一种戴上立体眼镜也还无法看清楚所有角度的心之影。

乡愁，是如此验证了我们存在过的痕迹。也许有一天，待到人类的交通工具速度超越了飞机，地球小到提供不了实际的距离感，我们因而也容纳不下成长时光里对"离开"的心灵需求时，我们会不会再去寻找最大的木头来造最大的独木舟，去向别个星球流浪，只为了白发飘萧回望时那一刹涌上心头的乡愁？！

而在今夜，十月的一天，正是南半球的夏天，惠灵顿海湾上，灿烂星空有如一个装满钻石的脸盆，有一个北半球来的女子正漫步沙滩边，悄悄凝望海边的这个移民谷。

——惠灵顿，乡愁之城。

海滩房车梦
——新西兰的"大篷车"家族

看到房车的那个黄昏，我们照常在彭特尼的海滩散步。在惠灵顿的所有卫星城里，彭特尼的海滩风光也许不是最壮观的，但是亲和平静，娓娓的细浪犹如良家女般温存。善解海意的市政厅花钱在海边造了好些个公园，一边沿街，一边靠海。说到公共设施建设，新西兰的政府确是大花心思，每一块空地都有花树草相伴——而且注意不以人工破坏天然景物，比如这海边的小公园，乍看是看不出人工痕迹的。走出车来车往的爱思朋路，一条青柏油小径将你引向一条向海的小木桥，过桥即是一半沉落在夕阳里的墨蓝大海，沿海修了一条细砂路，平整宽展，迎向海，迎向夕阳，迎向傍海的青山。路边有几个大木条凳，完全是新西兰才有的奢侈，用几立方的完整古木原料做歇脚的凳，厚凳可坐可躺。路的沿陆那一面，是一片鹅卵石场，卵石叠得整齐，细看才知是用了心思的，但是朴实无华，没有辜负海的天然。

我每走到这条海路上，总是忍不住向着轻风夕阳跑起来，碧浪在旁，万顷波涛轻轻起伏，一只大海鸥停在路的末段"晒夕阳"，黑身白颈的它，晒得一身金光闪闪。我刚要躺到条凳上去看云，D在一边叫了起来。

"嗨，"他说，"看那房车。"

于是一回头，便见一长溜约有几十米的十几辆大房车连成一片，静静栖在鹅卵石场那一侧的小路上，一共十五辆大大小小的车，以拖车的工具相连缀，乍看像一辆古典小火车。

走近细观，见每一辆房车都是大卡车的车头拖上了尖顶的车型"木屋"，当中最大一辆有十五米左右长，刷成浅褐色，当中几扇狭长的玻璃窗上蒙着白纱窗帘，有几扇撑开了，窗上画着暗红色的玫瑰花。窗下挂着一块小小的白漆木牌，上面写着：

Rolling Home（滚动之家）

"家"门边还蹲着一条生气跃然的大黑狗，窗里隐隐有女人走动的身影。

再看那木牌上的解释，这些房车属于新西兰一群专门的流浪房车家庭，每周末走到不同的城市展卖自家手工做的民间工艺品。

"他们是哪里来的？"看到海滩上的新生事物，我不由非常好奇。

"当心狗！"D 提醒我，我们不想打搅这夕阳里静静如一片海市蜃楼的房车之家，便决心第二天再来参观。

周日的上午，我们驱车来到彭特尼的海滩。淡淡阳光里，见房车已一辆辆分开，在海边空地上大致围成了一个圆，每辆房车都门窗大开，主人在车前摆上了小摊，琳琅满目地布上了各色手工艺品。空中结绳，挂上小彩旗，在风中飞舞，那种只属于房车的流浪氛围，就在海滩上如一种香氛般飘荡起来，来来往往，已吸引了许多人驻足。我大致逛了一下整个市场，看到了水泥做的动物小摆设、泰国风格的彩色小首饰，还有贝雕和各类小玩具。

"Rambling Rose"，昨日见到的那辆大型房车前面，贴着白纸红字的招牌。

"铿锵玫瑰"，我信口意译了出来，没想到这辆大房车有这样一个漂亮的名字。车如其名，这辆乳褐色的房车有画着玫瑰的玻璃门窗，外面摊子上也挂着做成玫瑰图案的玻璃风铃，除了玫瑰型外，还有蓝色的鱼型，下面加上铜片，在风中轻轻撞击着，也许"铿锵"的意思就从此中来吧。

"你好！"看到男主人和他的儿子在外面忙活着，我们就走进房车，和女主人招呼起来。

"我的名字叫杰西。"女主人一边将手中的面包片涂上黄油在煤气炉上烤着，一边请我们在房车里面自由参观一番。

　　这辆房车是由一个卡车头加一个长长的平板改造成的，男主人原来是一名专业建筑师，花六百纽元买下这辆旧的拉货车以后，苦具匠心，又投资八万纽元花了一年时间才完工了房车内外，使它变成一辆内外兼美的"豪华"大篷车。

　　"屋"门设在车身当中部分，一走进去右为厨房，左为饭厅，煤气炉对面摆着冰箱，均擦得一尘不染。地板和天花都是原木质料，餐桌靠窗而设，小小的桌子两旁各有一张长椅，原木的桌椅被打磨得好生精致。桌上摆着一瓶百合花，加上旁边那扇反映外面海景的小窗，乍看好像一个一流的城中茶座。车的两头则是主人和两个孩子的卧室。螺旋式的木梯引我们上楼，上面是客厅，三楼是一个平时关闭的折叠"阳台"。房车布局紧凑而巧妙，利用了每一滴水的空间，却又不显得太局促，比如将孩子的卧床造得低低的，以便在这个无顶的卧室上另安排了一个小小的书房供孩子读书。楼梯对着主人卧室的门，留出空间给饭厅。楼梯窄窄的，做成轻巧的悬空式样，在视觉上没有带来太多障碍，反而增加了层次感。更妙的是墙上所有小摆设都用胶粘好，所有的电器家具都用螺丝钉固定在地板上，冰箱做了一个火柴盒大小的拉锁，以便车开动时不会摇摆晃荡。车里备有发电机、手提式电话和电脑，在流动中保持和世界的接触。真可谓麻雀虽小，五脏俱全。

　　"我们的家乡在北岛东边的鹰湾，三十二岁那年，先生对我说，我们卖了房子，去过大篷车的流浪生涯吧。我说你疯了吗？"金色卷发披满肩头的杰西，个子不高，声音低低，灰蓝眼珠里透出平静的光彩。为了丈夫过流浪生涯的梦，他们辞工卖屋，一家四口搬到了房车上。而开始不能理解丈夫的杰西，也随着八年岁月流逝习惯了房车生涯。平日，丈夫做手工艺品，她就在"家"里烧饭兼教两个孩子读书——因为流浪的生涯里，孩子不可能去上学。

"这辆车的一切都是丈夫亲手做的。"杰西给我们看"房车"的一本相册，上边像记录了一个婴儿诞生的全过程一样，拍摄了房车制造的每一步，看来，"铿锵玫瑰"的作者是将这辆车的产生，作为自己生命中的一个奇迹。

想要知道房车主人心里的梦想究竟是什么，我们又跟另一部深褐色房车的主人诺比聊起来。诺比五十开外，留灰白卷发和络腮胡，穿同色大毛衣，深粉红的脸上，皱纹里流满笑，耳上挂着的彩色贝壳长耳环一直垂到肩上——诚然，这是一个忘掉年龄的人。

"说到'房车龄'，我可能是最长的。十五岁那年，我对自己说，如果你的梦想是做一个吉普赛人，为什么不去实现呢？于是，我买了一辆人家扔在泥沟里的破车，自己改装成一辆房车，开上了路。"诺比带我们参观了他的房车，除了和"铿锵玫瑰"一样的巧妙布局和完整设施，诺比的车子里每一块原木都是旧货市场上慢慢收集成的。诺比极爱古物，刻意寻找旧木料自己改装，便是一张小折叠书桌也是有百年历史的"古董"。又因为不喜塑料的东西，冰箱上面还另加了一层原木的门，另在屋顶做了太阳能取电器。诺比在流浪的路上用六年时间一点点完善了自己的房车，使这辆内外都是深褐古树颜色的房车看起来很像一个流动的雕塑品。

"我的生活都被我记录了。"诺比说。几十年路上生涯，诺比每夜都写日记，将每日见闻记下来，写满一本便寄给自己的母亲。如今，老家已保存了他一书橱的日记。

"房车是一种生活方式，如果你要赚钱，最好别来房车上。但是自由岂不是无价的？如果你是百万富翁，死后你又能带走什么？当上帝问你这一生如何度过，你以什么来回答？可是，当我在房车上漂流全岛时，我感到了自己的存在。整个新西兰都是我家的花园，我不用再费时间清理草坪，政府已经帮我割好了！"诺比笑得诙谐，他说自己早已不能习惯静止下来的生活，会在房车上度过他生命的最后一天。

在诺比的车墙上，贴着一个金发女子的相片，这是诺比的亡妻，一个在房车市场上和他相识相爱，并走上房车和他共度一生的女子。如今，诺比唯一的女儿已经离开了房车，有了自己的家。假日，她会带着小外孙来看诺比。于是，诺比在自己的卧室上又设计了一个阁楼，摆下了一张婴儿床。

从诺比口中我们还了解到，新西兰共有两百余辆房车，自发组成四组在全岛流浪，许多房车的主人都有过正式职业，只因喜爱漂流看世界而选择了这样的生活方式。

"其实我知道好些人也想像我们这样，只是他们不敢罢了，也许有一天，你们俩也会出现在房车队伍里？"诺比笑着和我们挥手道别。

开着车离开彭特尼的海滩，眼看着房车队伍在眼前越缩越小，想到明天他们将走向另外的城市，也不知何时会再来彭特尼。房车，真像一场海市蜃楼，而房车上的人生呢？是虚幻还是真实？——从谈话里，感到这群看来古怪的流浪人不仅身怀佳技，还保持着自己独有的品味和人生观，也和我们一样重视家的温馨。与我们不同的，也许就是他们视追求无拘无束的自由为人类第一天性吧。

曼殊菲尔德房间里的镜子

如果你是那只不得不飞的鸟
你的翅膀上
一定没有悬着精心策划好的地图
你也不会掩饰受过伤的痕迹
你飞

——摘自陶理《雌性迁徙鸟》

我被曼殊菲尔德房间里的镜子镇住了。

惠灵顿 Tinakori 路 25 号旧宅，是新西兰女作家曼殊菲尔德（1888—1923）的童年旧居。访问这个旧宅时，我特别留意了屋中的镜子。

屋内的镜子共有五枚，而以楼上起居室里壁炉上的那一面最大。这些诞生于十九世纪的老镜子，是宅中暗棕色的维多利亚时代家具系列之主要附件，它们莹莹闪着微亮，像祖母留下的一串水银首饰，依旧存活在二十一世纪的光线之下。

站在镜前往里看，旧镜灰黄，先看到了沉沉百叶窗幽闭下的这幢旧屋之影——虽然屡得修缮，它仍旧在无可挽回地老去。淡黄的两层楼木屋，像一张褪色的信纸，铺陈海天之间，逐渐已看不到原来的笔墨痕迹。花园里，一把紫色的木椅似乎已久无人坐，矮矮的木栅栏门关着，一朵也是紫色的花探头出了院子，似乎有些惊讶外面的沧海桑田：旧日的山间小径变成了高速公路，山下的城市里也有了霓虹灯和麦当劳。旧屋主人生活时期的惠灵顿，似乎只保存下了山海间刮刮停停的大风。大风是这个移民城市的活动古迹，灰色、空洞的、撕裂了海又试图撕裂城市的大风，亘一个世纪如一，仍然充溢着被 KM 在近一百年前于小说中描写过的情状：

> 猛然一惊，她醒过来了，出什么事？出了什么可怕的事情了？不——什么也没有。只不过是大风在撼动屋子，刮得窗子咯咯乱响，一块铁皮砰地摔在屋顶上面，震得她的床直晃，树叶子哗哗从窗前飘过，飘得又高又远……
>
> ——《风声呼呼》

风声呼呼的日子里，一个感性犹如丝绸般纤细的女作者出生在这个海边的木屋里，作为银行家女儿的她，本可以在父母的关爱下拥有一个清浅幸福如池中饲禽的一生。但外表纤弱的她，却有火焰般叛逆的心灵，遂选择了海上孤鸿般离乡、漂流、迁徙、写作的一生，而生命的短烛，对她只燃烧了三十五个年头。

她生于殖民地新西兰，二十岁时离家，迁往她认为是精神故乡的欧洲，之后她在伦敦成名，再没有回家过。后病死于法国南部。

当她的白色墓地在法国南部晴暖的阳光里悄悄发酵着孤独的时候，她的作品已经像新西兰的乳品一样运遍了全世界许多城市。而那些作品竟然全是描写那个曾经被她鄙视和背叛的家——新西兰。

是这个从殖民地逃亡的女儿，使这个刚从密林中逐渐脱胎换骨的新地在文化上浮出海面，被旧世界所知道。在离乡的时候，她曾经不屑地说道："新西兰的人尚不会念字母表。"而在生命的最后一段日子里，她却深情地在家信中写道："年岁越大，我对新西兰的思念越深，感谢上帝，我出生在新西兰，一个年轻的国家，是一笔真正的财富，虽然认识这一点需要时间……新西兰，在我的骨头深处。"

而在今日，一百多年后，站在这些曾经映照过童年曼殊菲尔德面容的镜子前，访客可以看到自己的身影和镜旁挂着的、已逝的她之大幅黑白相片构成的完美的合影。相片上的她，眼睛微睨，若有所思，神情似悲似喜。这个早逝的天才，和许多把生命的每一秒都用于写作的痴情作者一样，脸上带着对世界同时忧郁着和热爱着的矛盾表情。

而在壁炉的另一侧，挂着一张她的语录：

"啊，做一个作者，一个真正的作者！！"

这句话，犹如琴声中一个最高音，冲破了旧屋内重重的阴影和寂寥，赋予了镜内外的空间时间以深远的意义。

也就在一刹那，你看到了她如在镜中伫立，宣读着这个誓言和盟约：这是一个生命和文字、短暂和永恒的交换协定。那声音如此清晰，清晰得就像是从我自己胸腔里发出来的。

于是，那镜子，犹如一个时空机器，瞬间沟通了过去和现在，把世界上所有热爱与文字共舞的心灵，连接到了一起。

震撼之余，再仔细看那镜子，看到里面描出的这间旧屋似乎是一个抽象的心之轮廓。也许这间旧屋其实就是惠灵顿的心脏，是从这里开始，世人才听到了新西兰的心跳，知道这不仅是一个只有绵羊和黄金的地方，也还蕴藏着精致的文思、无限的风情，以及才华、诗歌、挣扎着的心灵和那些盼望在第一个舞会上快乐到底的女子。

> 此时，乐声又起，曲调轻柔舒缓，沁人心脾。一个卷发少年朝她俯身鞠了一躬……可是她一旋转，便飘然飞舞起来。吊灯，杜鹃花，服饰，粉红色的脸庞，羽绒座椅，这一切均已经变成了艳丽的飞轮……
>
> ——《她的第一个舞会》

世界上每一个地方都需要有人驻足停留，以思考发现它的意义所在。新西兰与曼殊菲尔德，互为对方的镜子，这个靠移民迁徙成就的新国家，也在一个迁徙漂流一生的女子笔下第一次发现了自己。更让人沉思的是，这种发现是以曼殊菲尔德终身远离故土为代价的，是这样神奇的关系，连接了一个作者的出生地和作品。在曼殊菲尔德的例子里，似乎是只有远离才能真实地接触故乡；只有放弃才能收回精神上的故居；只有加上一个大海的动荡距离，才能保有心中宁静的乡土！

如此，艺术的心灵怎能不永远在颠沛之中？创造的茧又怎能不被时时投入海中的漂流瓶投寄远方？

而这样的迁徙和飘移，竟然一开始就预示着回归。曲线求梦的航程，凝结为寻找自己的路线。一开始，镜子由环境赐予，每个人的自我在其中只印现出模糊肉身，而最终，许多人历经心劫，亲手铸了属于自己的、记录"我"的身份标识的镜子。只是这镜子的水银里，常常须揉进海水里的盐，揉进成就一个水手所必要的孤独和永远的望乡而不归。

曼殊菲尔德的镜子，如一具古琴清鸣在惠灵顿冬天的风里。向远方，那个永远不归又永远厮守着故乡的女子飞行。

黛丝湾

  黛丝湾（Days Bay）是个很好的所在，在惠灵顿湾的东边，惠市卫星小镇 Eastbourne 便是沿着这个湾而建的。Eastbourne 是富人区，和所有的富人区一样，好处一是偏僻，车开进来要拐来拐去，二是有海景。黛丝湾就是这里看海的地方。

  我来过黛丝湾三次，到第三次才知道它的好处，可见黛丝湾的风格是淡淡的。对比在惠灵顿市中心一带的东方湾，那里开阔热闹、活力四溢，正对着城市的主要街道楼群，常被当作城市明信片里的主打风景。我喜欢晴天在东方湾旁边的人行道上跑步，道上还有各色人等可以窥看，还有漆了蓝边的木椅子可以躺。黛丝湾呢，它就好像一个隐居之人，很温和地背山独倚大海，旁边有一道几乎很少人来往的窄窄的海边公路。面海还伸出一道雪白的长码头，像在和海握手。在这码头上可以看

然而多半时候，它还是空的，胖蚕般在蓝海里小睡

弧线的一弯，背山傍海，像美人之眉，不长不短，不深不浅

在这码头上可以看海，可以钓鱼，可以跳水，也可以等一小时一班的轮渡

海，可以钓鱼，可以跳水，也可以等一小时一班的轮渡。然而多半时候，它还是空的，胖蚕般在蓝海里小睡。因为黛丝湾旁边一条路上有蓝企鹅出没，许多地方车被限速，所以这个湾就更安静些。

从惠灵顿市里去黛丝湾，可以坐大巴车绕海走，要一个小时左右，也可以在市里的皇后码头搭渡轮，大约二十分钟可以到，然而来回成人渡轮票要新元14元，还是颇贵的。有个不算顶阔的朋友贪恋这里的风景，在这里买了一间旧屋住，然而，他的交通方式比较妙，不买车，而是骑登山车过高速公路去城里上班，要一个半小时才能到。大概他和很多洋人一样，喜欢这样"用身体来阅读风景"，把工作、旅行、健身混合在一起。

这次去黛丝湾，才品出它的最好处其实正是这个"湾"字，弧线的一弯，背山傍海，像美人之眉，不长不短，不深不浅。如果下午四点多钟去，正是阳光不浓不淡的时候，你就可以在海边找一大根漂流木坐着，细玩此湾。太阳金网正好自海上斜铺过沙滩，再过蛇形的路，再过屏立的山，这几样物事都靠得很紧，正好在一个画框里，但是不知为何，又觉得里头空间很大。我想这大约就是"湾"的妙处，像说话得体，句短而意深。

湾后的山上站满松，也像叠浪，很有气势，里面散

着的白房子——富人们的——要绕山行一段路才能一一走到。路上看到的翠松大多有七八层楼高，极精神，松下流泉有声可闻，但不见水。我被那些松震撼，它们虽然极高大却又极青翠，和我记忆中中国常见的深碧老松不同，这里的松好像身体上完全没有年轮，被仙人吹了口气就长得这么高了。想着新西兰电影《魔戒》里有外景是来这里拍的，因为这些松都有童话意味，下面可以住小矮人。自松间看海，或者到海湾边再回头看松，都好。站到码头上看，一湾的风景是上松下海，意思已经满了，这时候湾边 Williams 公园里养的几只鸡啼叫起来，剪破空间，流入时间——这鸡是公园为游客养的，但在我的中国耳朵听来，直觉反应是古代山中隐士如王摩诘要"鸡鸣早看天"。本来眼前是南太平洋神话里的松和海，鸡一叫，便像为这里反吹来一阵亚洲古风，这湾遂更静了。

湾后的山上站满松，也像叠浪，很气势，里面散着的白房子——富人们的——要绕山行一段路才能一一走到

本来眼前是南太平洋神话里的松和海，鸡一叫，便像为这里反吹来一阵亚洲古风，这湾遂更静了

不再是个男人

——记新西兰的一个变性人议员

好像是电视剧里常有的镜头，美丽哀愁的女人常会在暗淡光线里幽怨地嗔一句：你不像个男人！这本是句讽刺话，但到了新西兰国会议员乔治娜这里，变成了一句恭维。这个具有现代意义的故事发生在新西兰首都惠灵顿。

乔治娜·拜尔原来的名字是乔治·拜尔，惠灵顿市人，有毛利血统。出生在 1957 年的乔治于 1984 年做了变性手术，由男变为女。之后，她（他）曾当过舞台和影视演员，1992 年开始从政，当选新西兰惠灵顿郡卡特腾（Carterton）市议员，两年后参选当地市长，以绝对多数胜出。1999 年，连任两届市长的乔治娜又以多数票击败对手，进入新西兰国会为议员。此举令天下瞩目，舆论哗然。

乔治娜在 1999 年出版了自己口述的自传《改变，为更好》，其中坦然披露了自己的身世：由普通男童到少年时期发现变性倾向，遂衣女子衣，并服药隆胸。因为坚持此性向与家人反目，遭社会唾弃，早期为谋生乃在惠灵顿脱衣舞酒吧工作兼为妓女（这是她当时唯一可以女装出现并赚钱的地方）。后去澳洲短期工作，一夜被四男子劫持轮奸，逃脱后，乔深感震动，意识到作为一个男人无法维持自尊保护自己。于是回到新西兰，用尽家财而去做变性手术，完全成为一个女子，在夜总会表演谋生，之后因参演一部讲述变性人故事的电影获国家年度最佳女演员提名。因为"变性"的局限，她的角色选择受到限制，因此在演艺圈没有很大发展。一个偶然机会，她开始从政，奇迹般在民风保守的农业城市卡特腾市脱颖而出，成为当地百姓所信赖的政客。她这本书风格朴素，完全口语化，特点在于十分坦率，不仅在如何变性等细节上如实道来，且认真回述了自己的"红灯区"生涯和曾被侵犯的惨事。别人看来十分丢脸的往事，乔治娜并不回避，而是将心路历程的真实悲喜如实摊开，没有作秀的痕迹，阅后会感到这个传奇人物其实心态寻常。所不同者，她执意循自己的"性向"生活，难免坎坷许多，但是她因为这一点坚持，也就十分快乐。书中有许多老实人的大白话，那样的话，不是那些成名后想在自传中美化自己的人说得出来的。

乔治娜的故事，最有趣的当然是她如何从政——一个躲在角落里的变性人，竟然被公众推举为他们的代表，这是要双方面的勇气：一是来自她自己，一是来自市民。据乔治娜自己说，因为她有过被社会遗弃的经历和受苦受罪的回忆，她才感到自己比在市政厅里当了几十年老牌议员的人更有和大众接近的"亲和点"；也因为她的"性"是一个焦点，她比较容易引起注意。但是看客和选民毕竟是两回事，当选时或是沾了"性"的光，但连任市长，则看出她的能力。我曾经因为好奇，特意和该市的一位老年女市民聊过乔治娜，结果白发苍苍的老农场主妇慨然回答："我们不在乎乔治娜是男是女，关键是她在为咱百姓做实事！"她告诉我，乔治娜在她们城市起步于在一家社区中心义务教舞蹈，慢慢地，她成为社区中心的核心人物，因为她同情失业者、无家可归者以及边缘人。她开始用戏剧鼓舞他们展现自己的人格，继而开始在一次社区活动中挺身而出，组织游行等活动，为该市的青少年吸毒问题和无家可归者问题质问当时相对官僚保守的市政官员，她的勇气使得本来应该最保守的老人大部分成为她的选民，因为老人最需要保护。

乔治娜的当选，为城市注入了活力。细细推敲，这老太太的回答真妙，新西兰那种蓝色文化的活跃和冒险精神，在许多事情上体现出一种宽容。是这种文化的宽容成就了乔治娜，反过来，她的存在又成就了这种宽容，乔治娜的事迹被美国、澳洲各大媒体广泛报道，鼓舞了和乔治娜一样的变性人，让他们拥有光明精彩生活下去的勇气。而惠灵顿市政厅干脆将乔治娜的大照片做成大路牌放在高速公路旁边，让大家一进惠市就可以领略乔沼娜的风采。惠灵顿市政府此举的意思是希望大家了解惠灵顿的城市形象：宽容，勇敢，无惧另类。

乔治娜说，她不希望人们总是拿她的"性"做文章，而是多看到她的实在政绩。因为是"变性人"，渴望被普通社会认同成为她毕生的目标；也因为"变性"，她长期无法找到合适的工作。但是饱经沧桑风雨的她，并没有悲哀自弃，而是以"改变，为更好"为生活信条，一直不断努力，并且由此开始拥有了一份大爱：同情理解社会的边缘人——因此她的从政，不仅是一种乐趣和兴趣，更像是一种生命的挣扎，政治是需要有激情的，只是一般的政客没有这样强烈的心灵驱动。所以，歪打正着，乔治娜成功了。

乔治娜 1999 年当选新西兰国会议员后，首次进入议会大厅，发表了她说是"发自心底"的一段讲话。

> 女士们先生们，这是全新西兰第一个变性
> 人的国会议员，也是全世界第一个，这是一个
> 历史性的时刻……

在场其他保守的议员差点没背过气去，但是乔治娜还是笑了。

附带说一句，从乔治娜的自传里登出她的女装照片看，不再是个男人的她，不折不扣是个美女。

新西兰"酷"妞列传

最近看新浪网站上介绍作家"棉棉",没有太多文字,直接上一组她的大幅照片,她的新书也是以自己照片为封面:漆黑的底上,设计过的强光单浮出她半张脸,嘴里叼着烟,露一点点胸。比照旧日张爱玲穿着旗袍的"卷首玉照",也算是各领风骚。我看了,不由自主就想:"真酷啊!"

"酷"是英文字 Cool,被内转,成新文化标签,表示一切新、奇、异之物事。池莉《来来往往》电视剧版里面二十世纪七十年代生的小姑娘时雨篷对六十年代生的康伟业解释:"就是一种刺激,就像一流杀手做活。"目前,Cool 是中国都市新青年心目中揣测理解的、极端的西方,是一种把青春期的反叛和文化上的渴求西化结合到一起的生活姿态。它有点像成语中的三人成虎,本来是空无一物,靠口口相传,成为不可见的真实意识形态。

于是我就想说说在新西兰所见的洋妞之酷现状。

先从打扮说起,因为皮相是"酷"很重要的一部分。米尼是我们班上唯一一个选修中国电影的洋人同学,她在展示课上讲的是《黄土地》,这是否相当于一个中国人熟知《百年孤独》?不晓得。总之,米尼那身衣裳让中国人看了既高兴又伤心,她常是一件荷绿色露背短裙,外套一件中式金黄色绸缎对襟棉袄,戴一副金色宽边大太阳镜,淡金色的短发,刘海用一个红豆发夹别着,一进教室,"啪"一下脱掉外面的中国棉袄,露出一个西洋光背来,上面招摇着淡金的体毛。我说:"嗨,米尼,你晓得头上的红豆是代表爱情吗,在中国?"

米尼不经意摸摸刘海,"是吗?那我将这发夹拆了,送给我的男朋友们,一人一个。"我笑,笑她不懂东方文明的含蓄美，她也笑，大概是笑我一厢情愿，以为她穿中国棉袄、爱中国电影就会在骨子里东化。

这个米尼，我以为是一酷人，她二十五六岁，但足迹已经遍布半个地球，北去过挪威，西到过美国，下一步计划着去日本教书，顺便去看中国的风景。我问她为什么喜欢中国电影，她说："Cool!"

比起说话连珠炮、一天换一副彩色墨镜的米尼，另一同学费丝应该是比较深沉的一种"酷"妞。我记得她的影视作业给我的震撼感，拍自传是一个默片，她真空上阵，玉体横陈，手上戴一串稀奇古怪的戒指，绿眼深深凝视前方。我看不懂里头意思，只好发呆。她的音像作品设计一男一女在船上调情，但没有语言，单用音乐和水声来暗示人物心理，做得绝妙。另一拍摄作业她的主题选的是"卫生间"，从手纸拍到她自己半拉裤子站起来，问她含义，她说"厕所是唯一让别人干净而自己脏的地方"。她选择的题材都有暗示性的成分，但是意境不仅是放荡，总有匠心在里头，让人不得不服，叫一声"Cool"。

服饰可酷，才思可酷，行为当然也可酷，卡罗蓝是一位有两个孩子的单身母亲，辞了工作到大学里来念戏剧，和十八九岁的大孩子一起排戏，疯得可以，每次在系里咖啡室见她，她总是在忙着替大家洗杯子，这时候才显示出大姐的身份来。然而她活泼的孩子般脸上又哪里看得出四十岁女人的痕迹呢？我悄悄问她是否还打算再找个男伴，她大笑起来，把短发摇一摇说："够了！一个人很好。"想想她是如何一边送两个十岁左右的孩子上下课一边完成学业的，你就不得不夸她一句"Cool"！

说了这么几个，我眼中最酷的洋女，其实还是历史系的一名女教授珍尼，五十几岁还很精神的她，是美国杜克大学历史学博士，在维大教书已经十几年了。虽然是个面容刚强、言语犀利的女学者，打扮上却花头极多，每课必见她换一套行头，而且全是西服，相信她必有一百套各色各款的漂亮西服，我从没有见哪个女子像她将西服这种单调服饰开发得如此缤纷的。记得有一天她在米色西服里面穿件水桃红无领真丝衫子在教室里发讲义的模样，实在是让我觉得爱上了她，因为一个女子有了思想后还坚持美丽，真是活得够本之极。她和他系的男先生共开大课，听到男先生讲的观点她不服，在课上便与他辩得面红耳赤，尖锐得让人不能原谅，但我还是喜欢，因为她酷。我跑到她办公室里问问题，只见一屋子颇凌乱的书，从地板堆到天花板顶，她坐在电脑前敲击着什么，身上又是一套新西服，太阳照着她的栗色短发，还有桌上的一杯黑咖啡。她随手抽几本书借我，拍着那些历史书的封面，卡特·尼克松的照片被她随意用指尖轻击。我喜欢这样的女子，她们用思力和实力走出传统的女子地形图，而且依旧云想衣裳花想容。

写了这么几个我眼中的酷女，觉得酷不只是在酒吧里吸烟，酷是一种心理独立，尤其是于女子。

另外，顺便说说东西方的美女比较观，我承认我刚看到金发碧眼的欧罗巴女子时完全倒戈，她们有那样生动的起伏的五官，像雪山上的莲花，眼神可以是深深的碧，犹如被雪柜冷藏过的夏天，有一种可以期待的慢热，或者清蓝一片，也是高山之湖。头发任意梳成金色的单根麻花辫子，又像是松脆的早秋天气，而身材总是俊秀挺拔，走路有鼓点的韵味。她们是活着的希腊神，带着阳气的阴柔，层次丰富。

但是西化了几个月之后，有天我突然在图书馆看到一个中国女生的背影：一头黑黑的长发，肩窄形纤，刹那间，我心中有神秘的弦"叮咚"一响，又恢复到对黑眼睛、黑头发的眷恋中来了，看那平平的五官、平平的身材、平平的长发，但是，最是那一低头的温柔，天真简单，内在的感性，牵连几千年神秘轮回的农耕文明之根。正是《浮生六记》里芸娘评的"美且韵"，大概中国女生就美在这个韵字了。

新西兰：没有文化的风景

三毛写过一篇文字，说她的旅行。

"万水千山走遍，没有去过的就是澳洲和新西兰了。那里虽然很美，但是没有文化，就不去了。"

没想到，我首次离家赴异国，就是来到这没有文化的新西兰。

在这里住了一年，却日益感到这没有文化的风景，有着自己的魅力。

许是干过影视制作的缘故，我看东西慢慢有些"摄像机"眼，同样的风景，喜欢用不同的角度来观察。大学后山那片墓园，是用了"俯拍"的角度才看出妙处的。那天，我在图书馆七层楼自习，坐在窗边一回头，见到下面惠灵顿的东方湾一片海水蓝如一块果冻，边上舔着城市房屋参差不齐的舌头。里面一层是绿绿的山，和海的蓝互动起来，成为目光里可口的盘中餐。国内有山海处就有文人怀旧的苍茫心绪，出没过帝王寻仙白浪里的船，或者封禅者登山望天的脚印。而在这块新大陆里，风景异常年轻，像刚印出的邮票，没有旧时的许多戳记。青翠的山海，里面只录着噼噼啪啪宇宙自己成长的声音，让我想起一千多年前文面文身的毛利人越海而来，刚发现这块土地时，这里古木蔽天、异鸟纵横的景象。

而那片让我难忘的墓园就在这个风景画框之中，里面葬着十九世纪来惠灵顿最早的一批欧洲移民。它依在后山坡上，旁边一条小路蜿蜒着，是我每日上学的必经之路。每天走过它身旁时，无非见几块清瘦荒凉的无字石碑而已，并没有太多注意它们。今日从高处俯瞰下去，它们却是山和海之外一种属于"人"的年轮：墓园中的十字架凸在山脊的古松之上，每一块墓碑都是小小的十字架，圈成一个圆，围住当中最高的一个石头十字架，共同组成一个像梯子般的群落，指向天空。

俯瞰之际，这个墓园的群落，像是栖息着的、老去的羊群化石，不再被放牧，却似乎还没有休息。

我探身出窗，一次次看它们。东方古文明存留的墓园大多属于帝王，是统治者巨大的铁腕向地下的延伸。这里的大多墓群则埋着属于不同教区的普通百姓，对他们而言，对生和死都没有想要千秋万代不朽的奢望。这种不同的祈愿使得东西方的墓园给人不同的感觉。

周围风景再一次打动我，仍然是与逝者有关。

一个深冬的黄昏，开车经过惠灵顿的玫瑰园，便想去看看夏天曾让我惊艳的那些玫瑰。

乌紫的冬日黄昏里，风呼啸。满园玫瑰花已然去矣，但留寒枝短短，缩在泥地上，败羽残军一般，陡然让人惊叹季节的力量。

这时候，园里更扎眼的是列在花圃边那一张张游人座椅。绿色的长椅十分朴素，每两张之间都缀有一块小小铜牌，牌上各有一些字迹。凑过去看那内容，却是一些纪念的铭文：

> 纪念 Malcolm Richardson，一个爱这花园的人。1911—1991。

另一块是：

> 这张椅子为 Agonies Torque 而设，1934—1994。爱且回忆，那飞向永远的魂。

还有：

> 去不可知之处找他的新财富。
> 休息，感恩——纪念 Keith Richards 1930—1994。

另一块写着：

　　爱的回忆，Clifford A. Perry，1896—1978，
一个老兵，旅游家，摄影师。

还有一块特别铸上了两只飞蝶，下面写着短短一句：

　　逝者如斯。
　　Gertrude 和他的妻 Harold。

　　向知情人打听，知道这是新西兰和很多西方国家公共场所的习惯（如花园和高尔夫球场），由去世者家属捐助一些钱来修造供大家休息的长椅，上铸一块小铜牌，写一两句纪念的话。

　　在玫瑰的寒枝间赏玩这些简单的铭文，冬天的花园便有许多动人之处。

　　喜欢的是这样平淡的、简单的纪念，纪念那些平凡、简单的人生。

　　来自文化古国，看惯了帝王陵墓的我们，心里好想亲近这样没有文化的风景。

　　因为属于百姓，就看淡生死，留下真情；因为属于百姓，就没有残忍的护陵、神秘的宝藏。他们很配享有城中最好的花园、这里的春花秋月，还有后来人观看的、记忆的、回想的眼睛和心灵。

　　猛然间，觉得我们好些来异地走异路的人们，并非来求荣华富贵，却是在冥冥中想要看到这些平凡的、没有文化的风景。

海岸线比爱情更长
——Castle Point 小记

    在惠灵顿住久了，心思已经被海宠坏，会嫌市中心的海已经太多尘埃。

    惠灵顿市各镇的海事，诸如彭特尼的缠绵古气、黛丝湾的华贵矜持、波里露娃的惊涛拍岸，还有开皮提海岸线一带的壮丽逸兴都看倦了，忽然就想去找一个更隐居的海。

Castle Point 风景之一

种薰衣草的海边小
镇 Featherston

于是便去了开蓑地小镇（Castle Point），这个地方在惠灵顿大郡以内，已经属于另一个叫做 Wairrapa 的农业城市，在离惠灵顿两小时车路后便可以到。

我在这里看到和城里不同的海——乡下的海。海疯狂地蓝着，蓝得让人疯狂，有野海豹在水中游戏，在岩石上午休，你可以走得很近去看它们，它们也懒得回头看你。醒来后，它们会在海湾的清水中跳舞给你看。

这个国家除了长长的海岸线没别的，可是单调也有单调的好，纯粹中有无限的变化，让你相信专一的蓝、专一的绿、专一的海就是美丽的，无需更多。海边往往有或黄或绿的山，山上有羊在散步。

无论多荒凉的海边都有齐整的小镇子，像积木，有喜欢海的人住在这里，很奇怪他们是如何购物的。

在路到了尽头的时候，突然出现了古老的白色灯塔，

一百年前就立在这里放出光亮，在太阳下像一根金手指，指挥着海的故事。白塔红门，像不像齐豫英文歌专辑的封面？或者更放肆，那种对一切的不在乎，因为有海，心不在。阳光养着海像养着一个爱人，给了她皮肤里的所有养料，所以海蓝得如油。红门诱惑着我去摸那个古老的锁，而心事已经封尘，忘却了照耀过的夜之船，太阳下，灯塔不再有等候的责任，它只是风景。如此给看海人287级台阶。每一级都弹出蓝的曲子，渐渐被风旋转到红门边，皈依于高处温暖的美。天空只是舞台，不是祭桌，我们久已认为风景是不二的神，他不庇护，只歌唱。在歌唱中，给你攀登的纤绳。每次看海，我都懂得很多。

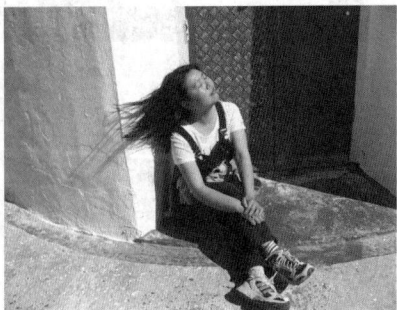

Castle Point 风景组图

牧场边的古老小镇太美丽，建筑有格林童话里的稚气，还有老太太在出售自家制造的薰衣草香皂，紫色的香气。夏季这里开满这种花，像惆怅的爱情被催眠，只有醉，没有悔。那时候，周围的葡萄也熟了，酒就成为空气。那时候是这里的夏天，北半球的冬天，我想象着开满薰衣草的十二月。那时候，我还会来访问这个稚气的老镇吗？

对这个淡野古艳、海水悠悠流如马的风景地，我竟然只能在心里悄悄吻别了。那英雄的、指挥了夜航船渡过千百次黑潮的红色灯塔，背面可烧着祝福天下有情人的鸳鸯瓦呢？

这里的海，还是如此不同，它收留细小的情，也海纳颠簸过的隐士。如果你没有足够的经历，是不能轻易住到开蓑地小镇的，南岛的尼森可以收留城市中的白领隐人，昆士唐则华屋无数，是天下富人的度假地。但是开蓑地，它留给了海本身。

在新西兰
学做"职业雷锋"

1

助人为乐的雷锋，在目前是有些久违了。

但没想到，去国万里，来到南太平洋的岛国新西兰，却又遇到了金发碧眼的"雷锋"，而且是有组织的、经过培训才上岗的"职业雷锋"。

这群"雷锋"，在西方有一个朴实的名字叫"义工"，是一个颇有一些历史的社会角色。

我乘坐的飞机刚到新西兰，还没出奥克兰机场，就遇到一位老年人，他身穿标志机场义工身份的蓝色西服，笑容可掬地为旅客服务。他帮我将行李箱提出了机场，待我要送他一件随身带的小礼物作为纪念，他却摆手拒绝，告诉我他是"义工（Volunteer）"。随之，他掏出一张名片，上写"亲善大使欢迎你来新西兰"。

由平民百姓组成的志愿者队伍称为"亲善大使"代表国家形象，这是政府的安排吗？我既感到亲切，又有一丝怀疑，但很快我就开始明白"义工"是怎么一回事了。

在惠灵顿的海边小城彭特尼安顿下来后，我常去彭特尼的图书馆，每次在图书馆看公共信息布告栏，在各色俱乐部的广告中总能发现招募"义工"的招贴，帮助的范围有家教、帮助残疾人处理家务等内容。招贴的主题字写得很大，是"请帮助我们帮助大家"，细看下面，这是市立义工中心的帖子。

跟着就有人告诉我，在没有工作之前，可以试着去做一些义工，在这里，这是被社会承认的一种工作经历。一个偶然的机会，我发现在彭特尼图书馆对面就有一个主要以"义工"服务为主的机构，叫"公民咨询局（Citizen Advice Bureau）"，简称 CAB。

正巧，我在读的 Polytechnic 老师要求我们交一份调查手记，于是有一天我便以学生身份进了 CAB。Petone 市的 CAB 是一幢风格古朴的两层小楼，推开一楼的一间办公室，看到两个约莫五六十岁的老太太正在笑容可掬地打电话。

"是移民局吗？我是公民咨询局，有一位咨询者来询问最近关于移民政策的一些改变……"

"我是公民咨询局。最近我们收到一位消费者投诉，说是在海边有一位照相服务者给顾客照了相后没有给顾客寄去照片……"

"请问 Work & Income（新西兰专管劳动就业及福利的政府部门），有关新移民就业你们最近有没有新的安排？我们接到好多新移民在这方面的咨询请求。"

她们正将电话打得不亦乐乎的时候，CAB 在彭特尼的负责人，一个六十出头的白人老太太 Collin 将我请进里间工作室，开始接受我的"学生调查"。Collin 一头银发，健朗和善，十分可亲。她款款告诉我说，所谓"公民咨询局"，最早建立于二战时期的英国，因为战争时代的混乱情况，许多人觉得有必要加强社区之间的帮助和关怀，于是成立了该机构。战后，新西兰也将之"引进"，作为介于政府和民众之间的组织，目前 CAB 在新西兰开有91家"分店"，分属 North Region（北岛北部）、Waikato Bay of Plenty Region（北岛中部）、Central Region（北岛南部，首都惠灵顿一带）、South Region（南岛区）四个大的区域，总属 CAB 全国委员会管理。CAB 总的理念是"作为公民，你有权利知道一切你应该享受的义务和权利是什么"，无偿做好咨询服务，尽可能帮助前来求助的人找到解决问题的部门、可依据的法律和法规，并帮助牵线搭桥。CAB 受理包括法律、房产、寻工、家庭纠纷、消费者投诉、妇女遭受虐待等咨询和投诉，帮助"出点子"

之外，CAB 还有权直接出面干预消费者投诉的问题，并多次取得良好的效果。每年 CAB 接受的总咨询量约是 50 万人次。而令人惊奇的是，这么大的服务量基本上是由义工来完成的，91 个分局约有 2 500 名义工，全国各分局共只有 60 个工作人员拿着微薄的薪水。

2

在和 Collin 聊过之后，她便问我是否愿意来 CAB 做义工，因为这几年华人移民大幅增长，很需要懂华语的义工。我想这是一个接触社会的好机会，就欣然同意了。

"不过今年的义工培训时间已经过了，你必须等到明年春天我们集体开始培训义工的时候，参加为期一个半月的培训。"

"培训？"我觉得很是奇怪，做志愿者还需要培训吗？

在我的印象中，当"雷锋"需要的是高风亮节，不觉得需要啥专业知识和系统训练。但是在几个月之后，果然接到了 Collin 签名的打印邀请信和一份详细的课程表，课程包括公共关系入门、消费者须知、新西兰历史大事、见面沟通技巧以及一些财务知识入门等。上课地点就设在 Petone 的 CAB 二楼。

这次加我共有 8 人参加了今年的义工培训，大约有三分之一是退休老人，其他的则是中青年，以女性为主。第一堂课上，老师便先问了大家一个问题：为啥要出来当"义工"？

"我想多和社会接触。"

"我想学习跟人沟通。"

"我想帮助别人。"

"我想多一份工作经历。"

这是几个义工给出的答案，出人意料，这些"准雷锋"说的都是平平常常的心里话，其中和社会接触与学会沟通是最常见的理由。然而曲高和寡，把自己锤炼成一个毫不利己的道德伟人是困难的，但是"接触"和

"沟通"的理念却是现代社会必需的生存法则，从这个观念上来说，帮助别人才真正是帮助了你自己。因此，他们的回答是令人信服的，没有虚假的成分。

　　老师接着给我们发了一本"义工手册"，给我们讲了CAB义工的基本原则，最重要的两条是"保护咨询人的隐私"和"绝不因种族、宗教、民族、年龄、性别、性倾向或其他方面对任何咨询者有任何歧视"。而义工的理念则是"为你的社区服务"。

　　这两条，我觉得相当简单，完全可以做到，但是没想到一会儿老师发出两张练习题来，我在其他人中间就有点"露馅"了。练习题中有一道是"如果警察来问你有关一个在你这里咨询过的罪犯情况，你是否告诉他"。我毫不犹豫写上"告诉"，但是没想到其他同仁却齐齐亮出他们的答案是"绝不告诉"。最后，老师仲裁了一下，指出应该先和CAB的负责人商量，看透露情况是否有利于破案而定。我很不解，难道"罪犯"还需保护"隐私"？看来，西方人"个人至上"的观念根深蒂固，对我们而言，"个人隐私"可是很多时候必须放在政府部门之下的。这一点小小的偏差影响了生活方式中的很多因素。接着，老师又给我们讲起了心理学，讲起了马斯洛的五大需求。老师画了一幅图：一艘小船，海上巨浪滔天，向小船袭来，岸上有人在行走，行人之后是一座高山，山顶上站着几个人，山后几间小屋，屋中另有居民。

　　"来向我们求助的人，就像是这小船中的人。他们面对大浪，处在危难之中，而我们，就像是这岸上的人，或是山上的人和山后的人。我们不懂得船上人的心情。

　　"在我们帮助别人的时候，你必须首先想象你是在船上，这样你才能理解别人的痛苦。"

　　这一番话深入浅出，真情而理性，毫无说教之感，听得我频频点头。原来，学做"义工"不仅仅是"想要帮助别人"，还有一个"如何科学地帮助别人"的问题。

碧岛飞狐

——南太平洋岛国 Vanuatu 游记

　　对旅游的了解好比一个树状的结构，走得越多，知道得越多，也就发现自己还走得不够。到了新西兰后，除了想到游历南北两岛及不远处的澳洲，我的目光自然而然放到了南太平洋上十几个岛国上。斐济、汤加、西萨摩亚，我一直在心中盘算究竟先去哪个岛国。今年五月，惠灵顿一间旅游公司的一个特价机会将我首先带到了以前不曾注意过的瓦努阿图（Vanuatu）。

　　从地图上看，在这群岛国中，瓦国地处斐济和澳洲中间，上方靠所罗门群岛，下方望新喀里多尼亚。和所罗门群岛一样，它也是由一串小珍珠样的群岛组成的，首府 Villa 港在中部的 Efate 岛上。和周围诸多岛国相比，它热闹不若斐济，经济发达不若新喀里多尼亚，出名不若塔西提，故而在中国知之者不多。走之前，我遍寻惠灵顿图书馆，所得信息也是寥寥，只有系列英文旅游手册《寂寞行星》中有一本关于瓦努阿图的介绍书籍。不过，正因为没有太多的事前了解，使我在瓦努阿图的一周短旅，有了无数细枝末节的惊喜，犹如无数小小的银铃，摇动不停，缀满了风尘一路！

海水正蓝

　　要看海，需到南半球来。

　　南太平洋，在我眼里一直是上帝的自留地，供他老人家在救那救不完的红尘苍生之余给自己沐浴身尘用的，故而这里陆地甚少、文化简单、人民朴实。大海——这寂寞地球的含情眼波，也独独在这一带格外辽阔。

地处热带的瓦努阿图，常年如夏，但十二月是其酷暑期，不宜旅游，五月（我们幸运地选择了这个时间）则是这里的冬天，气温在23℃左右，早晚尚有微微凉意，是旅游的黄金时段。这时候，惠灵顿的海水已经在准备过冬了，冷冷的蓝，静静地睡在低温里，像一张无主的明信片，与岸上青山、海上白帆夹成冷调子的三明治，看久了，让人有些想家，想那个"红泥小火炉"的东亚。而这时候，骤然被扔到南回归线以北的这个瓦努阿图来，换上七彩的露背裙在海边沙子里赤脚飞奔，立刻就断了乡思，只想在这温暖的海水里痛痛快快地撒野。瓦努阿图的海水，常年在夏天的钟摆里反复，故而温暖，如贴身绸，可以让爱海的人与它久久肌肤相亲。

温暖之外，瓦国的海水让人惊叹的是它的清澈。新西兰的海水干净，一半是政府下大力气进行环保的结果，犹如有洁癖的女子，洁净中含有对周围文明的恐惧。而在几乎没有工业、百分之八十人口仍在密林中刀耕火种的瓦国，海水却是没有被污染过的，甚至也不知污染是何物。因此，它清澈得格外无忧无虑。我们所到的Efate岛，是瓦国首府Port Vila所在地，为瓦国第二大岛，从奥克兰或悉尼出发到这里皆为三小时飞机左右。该岛面积915平方公里，有5万人口。岛上处处椰林摇曳，大若足球的金色菠萝蜜随地散落。丰富的热带植被覆盖着小岛，使之犹如一块绿玉，周围的海水也是绿意盎然：海心处深绿，近岸颜色逐渐转浅，涌上沙滩的海水便是纯透明的，正是都市人心中向往很久的那种没有任何杂质的水。初见它时，我竟惊呆，久久无语，心中是一种不置信——以海的容量来藏纳溪流坦率的透明，这就是瓦努阿图的海。

对爱弄水的人来说，这里是个天堂。游泳在这里似乎已不足以表达我们和海的亲密，于是戴上snorkeling（浮潜）的面具，尝试潜到海水里去看鱼：碧波微暖，彩鱼翻飞，水下的人，游弋如一枝海草，先哲所断言的

"子非鱼，安知鱼之乐"，在瓦国大可以被推翻。

瓦努阿图的群岛大都是珊瑚岛，水里常看见大枝褐色的活珊瑚。死去的珊瑚则被冲上岸来，红色的、白色的，大大小小的珊瑚枝占据了沙滩，被海浪揉碎浸在沙里。故而，这里的沙子是五彩的，像道人冶炼过的丹砂。

岛旁很多地方还有环形的珊瑚礁，在近海约百米处布开长链，将凶险的浪拦到外面，留出岸边大块平静的碧波。人站在沙滩上，看得到不远处有白色激浪一次次来袭，却无论如何打不进珊瑚礁内的蔚蓝"保护区"，于是近岸的海永远平静如湖，让爱泳者见到时欣喜不已。

海滩上也有许多正在形成的珊瑚岩，一个个圆圆的暗暗的小盆式的褐色岛正在生长中，通常需要几千年时间才能完成一个珊瑚礁。你踮起脚尖在其中走过，会突然想到自己正在掠过沧海桑田的转折，于是，心中会有浪一般的悸动，想到不经意间踩断一小枝珊瑚便是踩断几十年或者几百年的时间。而我们的心事其实是微尘一般的，甚至凑不足一枝珊瑚的大小——珊瑚若是海的回忆录，我们就是它视力微弱的读者。

在瓦国，密林中的村庄延续着原始部落的风俗，沙滩上精致的珊瑚自生自灭，海水里彩色的热带鱼近人不惊。站在这里的沙滩上，会想起那首老歌："在无人的海边，寂静的沙滩连绵……"

无人的海边，有极致的野性和极致的温柔，启示一种永远无法说明的、失落的爱情。

我喜欢这里的海，在暖和清之外，有着原始的苍茫。

岛上人情比酒浓

我们的行程是短短一周，仅供我们在首都所在的Efate岛上流连，而来不及去瓦努阿图许多很有趣味的外岛。Efate岛也是瓦国吸引游客最多的地方之一，旅游是该地主要的产业，这个五万人口的岛，每天接待的游客在五千人左右。因为旅游业的发展，吸引了许多外岛来的原住民也来首都寻找工作机会，因此首都中心 Vila 港一带看来已经颇有点拥挤。《寂寞行星》上对这个小城的评价是："城市日益拥挤破烂，港湾风景却秀丽异常，再加上旧日法国殖民地留下的那种特殊风情，使这个小城仍然是各岛国中最具有魅力的城市。"事实上，我个人认为秀丽的港湾固然可爱，这"破烂拥挤"的小镇也有一种趣味，主要就是一种浓郁的人情味，还有不同肤色人种杂居时出现的"调色板"文化状态。

　　站在 Vila 海湾旁的街边上一看，一排排小铺子接连不断，大都是卖各类纪念品的，岛产的木雕和椰壳工艺品最是抢手。老实说，这里的木雕工艺不算精致，许多只是岛民农余自己雕刻成的，但是胜在风格淳朴。大多雕的是一类人像，是岛民们心目中的神——祖先的形象，高额巨鼻，垂目微笑，这些棕色小神的价格在 1 000 ～ 3 000 瓦币左右。椰壳工艺品比较好玩，主要的产品是椰壳制造的胸罩，用红绳牵系，这也是岛上女性旧时的主要服饰之一了。

　　首都街道的规模虽然只有国内一个小县城左右，但是人气很旺。街上可见棕黄白黑各类人种，有游人，也有这里不同种族的住户。岛上土著主要是美拉尼西亚人：卷发，棕黑色的皮肤，脸上永远有一个灿烂友好的笑容，这就是岛上原住民的形象。他们以善良和热情闻名，每见到外来游人总是主动笑着挥手，直到你消失在远处。旅游车外的风尘之中，总看见三三两两的土人在热情地向游客挥手，游客也很快被他们的热情感染，也开始向他们挥手，气氛很是和睦。

　　在瓦努阿图航空公司的飞机上也可以看到和别地很不同的"棕色"空姐，穿着设计别致、颜色火爆的岛产大花布制服在冲你笑，那真不是一种职业化的笑，而像带着热带花木气息的暖流。岛人的笑是这里旅游业的传统亮点之一。我们的旅游手册上标题就写着"朋友般亲切的岛人"，事实上岛上所见土著均和善非常，你和他们聊天，他们都会毫无保留地讲出心里话。一脸宽厚的笑容可融化冰雪，看到他们笑着向陌生人挥手问好时真让人心里舒服，那种在都市里积累起来的人与人之间的戒备一下子就消失了。据说岛上是零犯罪，车泊在街边上都不用锁，原因大约就是这些可爱的岛人保持着一种淳朴。如果没有岛人那种透亮的笑容陪伴，港湾边透明的海水也难免失色了。

岛人们仍然绝大程度保持着自己的文化和信仰，其中最为人称道的是"蹦极"和"猪崇拜"。在西方很流行的"蹦极"就是起源于瓦努阿图东北部的 Pentecost 岛。传说"蹦极"起源一对土人夫妻吵架，丈夫追着妻子一直到一棵树上，妻子情急，跳下树来，丈夫也就跟着纵身一跃，岂料妻子心细，已经在脚上绑了藤条，所以安然无恙。而丈夫却坠地而死。之后，岛人中的男士们为了能在与妻子的"斗争"中胜出，于是就搭起了高高的藤条架，在脚上绑上藤条，苦练蹦极术，一来二去成了风俗。现在每年该岛还定期有大规模表演，仅供岛人玩乐而已，后来传到西方，有所改变，从跳向陆地改为跳向水面。

猪目前仍是岛民们心中有崇高地位的动物，部落传统以捕杀猪的头数来确定一个男人的地位。杀猪后取下猪的獠牙记录战功，牙圈越多，猪年越长，价值就越高，这个男人的成就感也就越大。成圈的猪牙很少见，非常贵重，可价值瓦币四万元左右。有两个圈的猪牙则是极品，需要十四年才能长成。岛上一位酋长得到了这样一个猪牙，不敢专美，献于英国女王为礼物，女王也同样不敢专美，又长期租借给瓦国博物馆，现在游客可以在 Port Vila 的瓦努阿图国家博物馆看到这个猪牙。

Efate 岛上也住着一批白人（目前定居的有一千人左右）。在 1980 年独立之前，瓦努阿图长时间是英法两国的共管地，因此岛上英式、法式建筑都有，生活着一些殖民者的后裔。近年来，澳洲来了一批想寻求桃源的中产阶级，将花园洋房搬到了岛上，他们大都住在 Vila 港边、可看海景的山上。于是，在岛上原始的部落旁边，同样陈列着卫星天线和高价的食品超市。白人在历史上曾经掠夺和伤害过岛人，将传染病和基督教一块带到了岛上，又用一把枪或其他一些东西与岛人交换（比如一船猪），整船运走岛上的资源（如现在已经基本绝迹的檀香木）。白人贩子也曾经在岛上猖獗一时，将岛人卖到别处去做工，而这些人常常永远没有再回家的机会。这些伤痕累累的往事在瓦努阿图独立之后逐渐沉入海底。现在，白人以投资者和旅游者的身份出现，为当地创造就业机会。当地政府为了吸引投资，将瓦国设为免税国，以便世界各国的商人都可以在此注册公司。

　　岛上不可忽视的一个群体是亚洲移民，华人和越南人的后代，虽然只占岛上人总数的百分之二左右，他们却在岛上的经济中发挥着重要的作用。在首都，几乎每几步就能遇到一间华人开的店铺，大的如台湾人开的一家免税店叫"FAI KUI"，有五六百平方米左右，专卖中国产的瓷器。其余大都是些出售生活用品的大小超市。这些华人经营者有几代在岛上的土生子，也有这几年新辗转来岛上的投资人。我们信步走进一家华人开的超市，和一位老家是广东的华人经理聊天，老太太在此已经三代，只能说英文了。她介绍说华人勤奋上进，来岛时候大多身无几文，靠努力积蓄艰苦创业，如今成为岛上的富户。而且华人很低调，和岛人相处和睦，没有争执发生。我在老太太店里看看，找到了国内产的"光明"牌蜡烛，还有绘有红双喜的搪瓷脸盆，都是二十世纪七八十年代在中国常用的东西。我们在这里看到这些，倒很有怀旧的感觉呢。

难得的飞狐之旅

　　虽然各类肤色的人总难免因为不同的文化和传统而彼此误会重重，甚至争斗不已，但在瓦努阿图的今天还是常常能找到他们和睦相处的图景。想寻找世外桃源的白人、勤奋谦和的亚裔，还有和善快乐的岛人虽然处于不同的社会发展阶段，却在这一个阳光灿烂的岛上共同创造着一种和谐，这可能是岛国的真正魅力所在。

一个黄昏，我们在下榻的旅馆"碧波村"里的天然湖沙滩边闲坐看夕阳，一个棕色皮肤的岛人将一艘木船停在我们身边，热情地问我们可要上船一游。原来是我早上散步时路过旅馆外的椰林，被林外蜿蜒向远处的一条大河 Rentapao River 的风致所吸引，曾向旅馆主人（一个越南人）打听可有便船去河上游，但被告知这一带很是偏僻，没有游船。黄昏时分，旅馆主人的法国朋友（一个在此地出生的殖民者的后代，在岛上拥有一间鱼店）来访友，听说有客人想游河，便主动让渔夫克里夫免费用渔船带我一程，去看看这条通向大海的河流。

我们绝没想到素不相识的法国人会如此豪爽，但这两天一直被岛人的热情所感染，已经对他们的作风有所了解，于是也就不多问，欣然上船。同去的除了克里夫，还有另一个岛人船夫和法国老板十岁的儿子。孩子在这里出生，一口法语夹一口岛人英语，很是活泼，和岛人混在一起不分彼此。一上船，孩子就很开心地向我们炫耀今天他们的打鱼成绩，但见船舱里躺着好几条有十岁孩子身体那么长的大鱼，看得我咋舌称奇。

我们的船从礁湖里开出，从出海口沿着河上游逆流而上。克里夫开船是一个好手，木制机动船被他驾得风驰电掣一般，箭一样掠过碧色的大河，直往两岸上一字排开的热带丛林深处去。河面极阔，水深碧如潭，犹如画工用的上好油彩。船急速驶过时，两边不见浪花，水面微有波动而已，船犹如一只溜冰鞋滑过水面。两岸都是墨绿浓密的灌木丛，并无人家。坐在船头吹风，看天，与棕色皮肤的渔人和粉红面孔的孩子话家常，很有出世之趣味。晚风一直猛烈吹动克里夫身上一件对襟白色小褂，天空一带红霞，几只岛上特有的褐黄大翅鸟（被岛人叫做"飞狐"）"呀呀"地边叫边飞，更添了野趣。

我与克里夫聊天，问他这么大的鱼卖出岛去价格如何，他却憨憨一笑，说他从不曾问过。原来他每周都来打一次鱼，捕鱼前总是夜宿在船上，天未明就出海去打鱼，到太阳亮的时候丰收，回 Vila 港再花一天时间收拾鱼。如此多年，还不曾想到鱼的价格。

克里夫又顺便约我们明晨四点一起出海去打鱼，可惜我们第二日却要坐飞机离岛了，未能成行。

我和克里夫聊天时，一直在船上随意地走来走去。另一个船夫，虽然从头到尾沉默，却总是微笑着随我起身，并且我走向船左他便走向船右。如此几次后，我询问克里夫他的伙伴是在做什么，克里夫回答说，他是帮船平衡，以免我走动时船身不稳定。这么一说，我才恍然大悟，这善良的岛人，是在无声中关心着我们！

回到碧波村下船后，我们想寻法国人道个谢，却见沙滩边一个大棚子里灯火通明，围着一群人，其中一个岛人躺着，脚上流着血，一个白人正举着碘酒为他疗伤。原来是一个渔人工作时候被巨鱼咬伤，法国人正在为他治疗。岛人大声叫痛的时候，法国人就轻拍他肩——看那伤势，可知这条鱼是个海中之霸了。

很久后我还记得那些场景：渔人高举受伤的脚大叫，法国人赤足站在地上，抱着他的脚为他止痛，那真是电影的场景。人赤裸裸面对自然，再彼此相对时候的光景，和我们在车水马龙的街道上看到的人间世事很是不同。

在碧波村里，卖鱼的白人、看鱼的华人和捕鱼而不问价的岛人，各有自己的风景。

这一段"飞狐"之旅，为我们的岛国之行画了一个句号。第二天回到惠灵顿，脖子里吹进来寒飕飕的冬风，心里还留着热带的记忆——我还习惯性地想向公交车外面的陌生人挥手呢！

魔戒是怎样炼成的

1. 惠灵顿维塔工作室：魔高一丈

新西兰这几年渐成好莱坞的一个南太平洋摄制中心。由新西兰土生土长的导演皮特·杰克森（Peter Jackson）导演的大片《魔戒》（*The Lord of the Rings*）三部曲全部在新西兰本土摄制，成为世界电影史上奇幻片的史诗之作。Kiwi 大胡子导演杰克森凭借这部电影不仅有取代另一位奇幻片导演卢卡斯的势头，更将他身后 400 万人的南太小国新西兰推到了全球观众的视线之下。

观赏完《魔戒》第一部和第二部，许多观众不仅为这部电影里展现出的新西兰的优美风景所震撼，更是津津乐道于其中的电脑特技制作和别具一格的道具设计。尤其是贯穿全片的那只光华四射的"魔戒"，更让人难以忘怀。

"魔戒"是怎样炼成的呢？许多人可能会猜测它是来自纽约或伦敦，万丈红尘深处的珠宝店铺。其实不然，"魔戒"的家乡是绿原之上、鲜花丛中的花园之国新西兰。电影中所有的道具和电脑特技制作，都是由导演汇集新西兰的独立民间艺术家或电脑动画制作师完成的。因此，《魔戒》的制作中洋溢着好莱坞水土中不能常见的那种自由精神和灵气。"魔"来自草野。

《魔戒》的第一班底在惠灵顿，地处市郊的维塔（Weta）工作室，目前在圈内成为大红大紫的特技和电影道具制作公司。而在《魔戒》之前，它只是一个十五年来一直默默无闻的小小独立制作工作室。

维塔的创始人是两个新西兰独立艺术家，理查德·泰勒（Richard Taylor）和唐娜·罗歌（Tania Rodger），他们创始这个工作室时一贫如洗，只不过租用了惠灵顿市区一间小小公寓的后屋，准备圆两个创业年轻人的梦想。和许多新西兰的独立艺术家一样，他们除了梦一无所有。

维塔在寂寞中存在了很多年，靠给一些小公司制作木偶道具和电影动画特技为生。与此同时，如今是全球焦点人物的杰克森也在惠灵顿流浪，睡在朋友沙发上谋划着他的小成本电影。在面海临山的惠灵顿，这些充满灵气的艺术家中许多人注定一生清寒，往往要处处借贷来完成一部也许永远卖不出去的小电影（在《魔戒》之前，杰克森拍完五部独立电影，还没有赚到从影前在惠灵顿日报社当摄影工作人员一年的薪水）。但是他们也是始终微笑的一群人，在惠灵顿的海风里，他们抓着蓝蓝的梦走路。新西兰民间艺术的独立传统给了这些艺术家生存的文化语境。慢慢地，《钢琴课》出来了，《夕阳武士》出来了，而《魔戒》三部曲，像一个神奇的魔术，将包括维塔在内的新西兰电影制作团队集体亮相，使得人们震惊于新西兰独立制作人的灵气以及他们永不放弃的长久耐力。

由于《魔戒》庞大的制作工作量，维塔工作室现在已经分离成维塔特技制作室和维塔道具制作工作室。

五年来，148名工作人员日夜在这里勤奋工作，他们大多是来自新西兰的优秀独立制作人或者民间手工艺人，工作室的保密政策使得他们的家人也不知道他们究竟在忙啥。在惠灵顿人眼里看来，工作室大门深锁，神秘非常，进进出出都是些男生。慢慢地，工作室是男人世界的名声流传开来。也许是惊人的工作量使得维塔的工作人员几年来大都是以工作室为家，因此这是一个男人的世界。唯一了解一切秘密却又守口如瓶的是为工作室看门的狗，它也逐渐名声大噪，因为五年来，它除了看门以外，还给道具制作师当免费的道具测量参照物。因此，维塔的艺术家在宣传时，也不忘将这条友善的狗放进他们的"制作队伍"之中。曾经有好奇的人在工作室门外搭上帐篷夜宿，希望一探究竟，不过还是没有办法进去得以一观。

这时候的维塔，已经从一个小小的独立制作工作室成长为好莱坞的电影制作基地之一。据统计，维塔在某种程度上已经创出了一个世界纪录：它是迄今为止唯一一个一家公司五个部门一起运转五年而仅仅为一部电影工作的最庞大的道具和特技制作中心。其规模和质量都已经是世界级的了。先不论特技制作的巨大工作量，就是道具工作室开出的清单已经蛮惊人：

制作
10 000 个面具
1 800 双哈比特人的脚
1 200 套盔甲
2 000 件武器

在制作速度上，维塔创造过一个道具制作的纪录，它曾经一天制作超过一百多件古代兵器！

泰勒是一个来自新西兰乡间的艺术家，从小生长在偏僻而美丽的农庄之中，他最喜欢的事情是在车库里自己动手做各类东西。这种爱好表现在《魔戒》的制作里，就是他始终把手工、雕塑和动画结合起来，追求一种"生态高科技电脑作品"。维塔工作室里有二十多位来自新西兰乡间的手工艺人和雕塑家。这一点是泰勒比较自得的，与好莱坞特技工作室所不同的地方就是"我们始终沾地气"。

奇幻电影以"造境"为主，没有充满创意的道具和特技制作，电影中的想象空间将无所凭据，因此导演对维塔可谓是器重非常。而这个工作室也没有辜负他的期望，泰勒说："我们是希望本片用奇幻的图像设计在电影史上留下新传统。"

这个新传统便是"电脑＋人脑"。传统的电影高科技中制作出来的人物形象大多是冷面、冷血之电脑人，而《魔戒》中的特技人物不仅栩栩如生，更有性格血肉。如皮特·杰克森所说的："我不喜欢传统奇幻电影动不动给人物加一道光之类的设计，那样看来不是一个我们可以触摸得到的世界，我的奇幻世界不是什么烟火表演，而必须是一个细腻的真实世界，我们的特型人物完全不是传统意义上的。"

维塔工作室的工作人员为了创造出这个特技制作的新感觉，可谓是绞尽脑汁，尤其是特型人物古鲁姆（Gollum）的制作，成为电影历史上高科技人物的经典之一。为了使人物有奇异外形和细腻内心世界的结合，维塔决定采取将特技制作和演员表演相结合的做法。在一次又一次的集体讨论和反复求证之后，维塔大胆推出制造这个特型人物的新方案。

于是，一件特别制作、缀满传感器的紧身衣将英国演员安笛·塞克思（Andy Serkis）紧紧裹成一个象征性的"古鲁姆"。除了配音以外，他仍然全程参加这个人物的拍摄，部分在外景地，部分在演播室里。维塔要求这个演员仍旧真实出演这个人物的动作和内心世界，虽然他的外形在银幕上将无法与观众见面。

在演播室里，穿有布满特殊传感器紧身衣的演员被工作室里25台摄像机跟踪扫描，将他的"表演"连同他面部神经的每一颤动都记录在电脑之中，工作室的动画专家在历时三年的时间里反复研究了这些记录，一一积累，把它变成了古鲁姆的"血肉"。最后出现在屏幕上的古鲁姆，充满了真人的情绪，那种为"魔戒"而生，为"魔戒"而狂的特殊精神状态，是一个"恋物狂"的真实心理流露。维塔间接创造了一个新的表演方式：用电脑特技为演员造"身"，从而扩展他们的表演范围。维塔的一位发言人声称，在《魔戒》成功之后，这种新型演出似乎会成为一种新的表演潮流，"隐身"的演员将在电脑的帮助下走入一个新的演出境界。

2. 尼森：“魔戒”之家

告别了神秘的维塔工作室，一架小飞机将我带到了库克海峡的这一边——新西兰南岛的尼森，此城年平均2 400 小时的光照，是一个不折不扣的阳光海岸，盛产两物：酒和艺术家。这里是电影《魔戒》的第二道具制作大本营，除了部分服装、道具和电影中哈比族人喝的啤酒来自该镇以外，导演还将本片最重要的一件道具“魔戒”交给尼森的首饰之家——简思·汉森（Jens Hansen）父子制造。

春天的尼森，海边游人如织，粉红玉兰处处盛放，在尼森市中心的老教堂边左侧街上，你可以很容易找到汉森父子的“魔戒”作坊。

小小的作坊，前店后坊，不过三四百平方米，很难想象电影里那个光华四射的“魔戒”就是来自这个朴素的小店。

走进汉森父子作坊，首先看见的是老汉森的一张相片。原来这位“魔戒”的主要作者，首饰大师老汉森，在电影播出之前已经因病辞世。他打了一辈子的戒指，“魔戒”是他最得意的作品，而他却没有机会看到银幕上的“魔戒”。他在照片中淡淡微笑着，继续关注他的两个儿子继承他制戒的衣钵。

我和老汉森的幼子，“魔戒”的主要制作者之一索科德（Thorkild Henson）聊起了这个特殊戒指的制作过程。

“我们已经有三十多年的制造戒指历史，父亲和我有一套自己创下的方式和风格，皮特·杰克森将这个至关重要的道具交给我们制作以后，我们起初以为以我们的经验和技术不会遇到什么问题，没想到这个魔戒还真是不容易打。”索科德说，电影中的“魔戒”变化多端，忽大忽小，因此必须制作一系列型号不同、但款式完全一样的“魔戒”。

他们一共打了十五枚样品“魔戒”，导演在其中选择了一只最为别致的。之后，汉森父子开始以这个样本为

模式，制造一系列大小"魔戒"。他们为电影开始出现的最大号"魔戒"大伤脑筋。

"这个戒指必须直径八英寸，这般大小无法用纯金，因此我们用了铁，最后镀上金。它必须经受在电影外景地雪原上的颠簸——不坚硬点是不行的。我和父亲通力合作，最后出来的戒指，硬到可以去拖一辆汽车！也算是世界上唯一一枚了。"

说到父亲不能看到他引为骄傲的"魔戒"在银幕上出现，索科德有些黯然神伤。

"母亲早年去世，我们父子三人和戒指为伴，过了三十年的日子，没想到他不能看到我们最辉煌的时候。"

老汉森的大儿子哈非丹（Halfdan Hansen）向我展示了他保存的"魔戒"真品。

"父亲工于制作男性戒指，'魔戒'是他毕生功力的显示。这枚戒简单、朴素、高贵，其光泽和轮廓却非常独特，有点像你们中国人的书法，简单中有韵味。"哈非丹曾经旅行全球，因为家庭背景的缘故，他总是特别留意男人手上的戒指。但是在千山万水的旅程中，他总是能一眼认出父亲的作品。

哈非丹

"男人手上的戒指必须是非常简洁的。简单而强，有一种内在力量，这是父亲戒指的风格。"哈非丹向我比较了"魔戒"真品和一枚赝品的区别。但见真品轮廓变化极富层次，在灯光下流动生辉，而赝品因为轮廓含糊不清，在灯光下就毫无变化。确如哈非丹所评价，道具"魔戒"是一件体现"简单而强"（simple but strong）哲学的艺术品。

于是，在春花艳丽、海蓝如玉的阳光之城，在安宁而带着神秘色彩的小小"魔戒"作坊里，我忍不住套上了这枚光华四射的"魔戒"。

惠灵顿的午后场

惠灵顿的小众电影院灯塔

我不是个看午夜场的人，虽然很欣赏那种境界。事实上，我不曾真的如齐秦《狼》里唱的，和朋友成群在午夜街头那样放浪形骸地生存过。或者因为我本不是喝烈酒、嗅奇花、鞭快马、放纵性情的那类人。

我对惠灵顿城市的记忆，一半在电影，而大部分电影都是看的午后场。

喜欢午后场的第一原因，开始是因为它票价总少几元，对穷学生很合适，后来觉得午后场有很多好处。

因为惠灵顿有长长的夏天，在夏天等待日落之时候，你可以选择在海边的小电影院里看那些不是很流行的电影。

惠灵顿彭特尼镇子上的"灯塔"是我常去的，这就是我说的那类座位不过百的小众影院。

里面有一个厅，卖咖啡和葡萄酒，旁边有一个火炉，还有一架琴，数张丝面沙发。来这里的人，看电影的看电影，不看电影的可以喝点东西、看看火，或者自己跑到琴边去弹点什么。而身后两个放映屋边帘幕低垂，隐隐约约听见里面故事在走。

窗外，不到几百米就是大海了。

没有风的时候，窗外天蓝如一张屏幕。

"灯塔"的外面刷成静静的奶油黄，是我喜欢的午后场之颜色，像一类午后茶点，烤得焦黄。

如果下班早就过来小坐，享受几乎是空的剧场。场内紫红的天鹅绒幕里透出紫红的光，几盏铜的莲花灯，像微笑的脸悬着，开在或明或暗的时候。

电影都是记忆穴里的那些有趣小妖，而午后场把窗外的烂漫红尘隔开了。

"灯塔"的座位有宽大扶手，目的是让观众放一杯咖啡或酒在上面，边品边看电影。

这里只放慢速度的电影，大多是各个电影节刚下来的、流行不快的"食物"。

老板某日跟我聊天，我问他可想要多些客人，他说，椅子就这么多，来多了人只怕伤了好电影。

他笑着给我端出一杯摩卡，让我进去看那本《遗失于翻译中》。

我在便宜的午后票里看了我会记住的那些意大利电影及中国来的《站台》《一一》，并为《巴尔扎克和中国小裁缝》流过眼泪。

观众最少的是《日本故事》，只有三人。

小小电影院里花光灿烂，只有三人在赏，所以花香浓郁。而午后场，却是世界上唯一一个让你做白日梦的地方。厅里放映机伴随着爆米花的香气吱吱地响着，投下了一个白日梦的光环，在时间里暖着童心一片。

我觉得电影其实是只要这样慢热、精致、个人的。它是午后窗里的瓶花，在飞走的车轮边缘，刻录了一点点散淡时光。

那一点点散淡时光

密林边缘的蕾丝花边

很久了，忘不了初来新西兰时看到的那张老相片。

那是历史书上的相片。你说一个移民国家能有什么历史，短短几百年，木材都还来不及变煤。

但是也有旧相片了。

那是十九世纪末第一批欧洲新移民的相片，那时候这个绿岛还是个人烟淡淡的丛林。那时候选择迁徙而来的人，是准备一生投入基础的工作。

男人都在不论阴晴雨雪地砍木头，女人呢？

我向来特别注意女人的行踪，尤其是漂流中的女子。

那就是一张女人的相片，相片上，一群穿着复杂英式服装的女子三三两两站在密林深处的一间小屋边上，看来她们是一群平静的妻子。凭她们那种平静的表情，很容易得出这个结论。她们旁边那个简陋的木屋里有窗子，窗上挂着帘子，其中有个女子在帘后悄悄露出半个脸，可能没有注意到她被录入镜头了。

把那本书合上很久，我还没有忘记那张相片和那群衣服复杂的家庭妇女，尤其是窗边那个女子。

想了很久是因为那个窗帘。

又想了很久是因为那窗帘下面的一道白色蕾丝花边。

那个女子拉着蕾丝花边默默站在密林边缘，等她砍木头的丈夫回家。

老相片都是无声的电影。

而我最震撼的是那条花边。

必然是那个妻子手缝的，在密林中的新家里。

如此艰难、颠簸、沉闷的日子，却被一个女子的一道精致花边咬破。

我由此感觉女子的特殊颜色。

在漂流中，女子坚持的是什么，而这种坚持是否重要。

岁月流逝。

密林边缘，镶嵌着一道永远的蕾丝花边。

不知道花边的作者是否知道她对建设一个新世界的意义，也许她根本没有想过。

女子在时代的边缘静静行走，她们的影子总是淡淡的。

小女人总以为花边必需，而且是要蕾丝花边，多复杂、多浪费、多不现实。

但是花边后面有很多东西还是沉淀了下来，对美丽的特殊敏感、对情感的细腻体会、对生存阴阳平衡的要求和固执。

如果不是迁徙的外在生活转变使人反而更加坚持用本来面目生活，我们大约看不出女人究竟是什么，或者女性这瓶里究竟装什么酒。

是女人努力把密林中的屋子变成真正的家。后来新西兰成为世界上第一个给女人选举权的国家，不知道这种对女子的特殊肯定是不是来源于这条花边。我们读曼殊菲尔德笔下的新西兰，我们看简康平电影中的新西兰，感到这些女人都是密林边缘的蕾丝花边。

不怕大家扔我石头，我一向不太赞成男女平等这个说法。我害怕那种男男女女一锅煮、争相比赛砍木头的场景。我觉得女人可以不同。

并非特权，只是让她们去思考她们的花边，世界并不会大乱。其实在密林深处缝蕾丝花边，是需要相当的勇气和坚持的。

淡淡女人香，开放在迁徙的路上。那美丽真夺人心魂。

虽然也许要过两百年这香才盛放。但谁能抹杀她们的开拓痕迹。

夜里，旅人试用放下沉重行李的手去抚摸那条穿越岁月的蕾丝花边。

你会感觉到女人的体温如夜海的蓝。其实，上天让人修为女体，当然有让世界多一种角度的意思。

——我从不怀疑柔和是一种力量。

香

　　我其实是那种不化妆的女生，而在电视台这样的彩色山谷工作那么多年，在开始的大力强迫改造失败后，逐渐被同事知道我的脾气不能改，而她们都是化妆的先锋人士。我的所有编导、主持、摄像女伴们，和她们在一起，证明"近朱者赤"这句话是有特例的。

　　我在她们的化妆室里素着脸跑来跑去，号召灯光师们将不同颜色的灯在她们美丽的粉脸上照来照去。很多年依然状态良好，好像我们是两种人。她们对镜梳妆的时候，我在听音乐、吃巧克力、写稿子，有时候发脾气：你们这些女人……

　　她们全部沉在涂抹之中，没有听到来自另外一个女生的牢骚。其实我很爱她们。她们是美丽女人，按照一位可尊敬的报人的话说，我则是另类为了更主流的那一种。

　　我也没有用香水的习惯，被笑骂不修边幅又是多年，青春好像已经被用完了，我还是满面开心。

　　不化妆，也没有损失什么嘛，照样加薪、恋爱，偶然黄叶纷飞的时候尝试写精致爱情诗歌。我后来听到同事中有人议论，说或者爱化妆的大家集体老去以后，那个爱闷头做纪录片的女子可能会升级为一个美女。

　　呵呵！

　　没有太在意这种酷评。

　　但我后来逐渐了解香，是来惠灵顿念书以后。

　　惠灵顿，适合所有北半球不爱装饰的人来居住，她是最朴素的一个城市，我记得所见最复杂的打扮，可能是街头一位六十岁英国老太太的红色头巾。

她银发，红色头巾如一片枫叶，涂的可能是深樱桃红的一种口红。在海边的蓝天下，她一身白色风衣，如一棵美丽银杏。她走过，我闻到淡淡清香。

香？

惠灵顿的香，是海边农人用这里的薰衣草花做的浴盐，或者是圣诞红花做的香皂，或者是玫瑰花做的手霜，或者是紫菊做的沐浴露，往往散在各色药店或装饰店里。一定是种花的人自己先精心策划一园鲜花，然后用属于自己的鲜花手制"武林密本"，种种来自大自然的香，晒过南半球永远用不完的太阳之后，被包裹起来，慢慢呵护这里不太化妆的众女人。

闻闻她们，可以闻到天空、海洋、空气、泥土、农人欢笑汗水等诸多基本的美丽元素。

我是这么被这里的香吸引，只因她们全是天然花朵，都来自我身边的花花草草和人对这些花花草草的爱。透明的薰衣草，在惠灵顿边上的海蓝 Bull 小镇上成了一种精灵，人们用它做各类香料。最温柔的是一种小小白色枕头，素袋不盈一握，夜里伴你睡，里面放着安神的小小紫花。

那是今年收成的薰衣草花之精品。

也不大卖，有几朵花卖几瓶东西，纯是天然，没有什么太多利益倾向。而香味深入你骨中，任是无情也动人。是北半球可能看不太见的一种爱情版本。

北半球的 E 是指经济和网络，南半球的 E 是指 ECO，生态。跨越两个半球旅行一次也许累，然而得以用小小生涯，嚼过两类 E 生存的滋味。

我终于被感化，买许多这类香料用，或者收集在屋中，静夜里，在园中摘柠檬冲水泡茶，嗅嗅玫瑰香皂的气味看书写字，变成在南半球生活里的小小点缀。

而这类奢侈的价格是很低的。

得此机会，赶紧尝试越过化妆，直接用花的香涂抹心田。

原来我骨子里是有化妆欲的，只是以前一直冥冥中等待着属于自己牌子的化妆物。在旅行途中被我遇见，确是福气。

我回国的时候搜罗了一些惠灵顿产的紫色花儿浴盐、红色花儿面霜回去，权当带回身边一片南半球的天空。这些瓶瓶罐罐随我飞过万里，越海涉云，往老家去。

一定要化妆精致的老朋友们很煽情地点了蜡烛来接依然是素面的我，我神秘地笑着，在远行的袋子里摸了半天，朋友们问我自远方带来了什么。

我将那小小的玻璃瓶子放在北半球幽幽的烛光下，说："香。"

虹城圣诞语

四年海外的日子后，圣诞的气氛终于自发呼应于内心。我这个外来人口，和本地的节日合二为一。

节日，本是一种人气。国内国外过这个节的滋味还真是不同。

圣诞是窗外的红花，一串串红爆竹式的圣诞红，也是商店里人们脸上呼之欲出的笑容。

空气里慢慢有甜和懒，在十二月后一天天加浓。

邻居家早绕了满屋的灯，装点华丽的夜。

窗台下另放了一群红衣金发的小玩偶，精致地在灯火呵护里轻轻对路人颔首。童话般的境界和我们正月灯火那种烂熟的热闹又是不同风格的。

以前，我一直不喜欢圣诞节，因为它不是中国本土的，因为容易被商业化。

直到在国外住熟了，才知道节日总是人对自己的宠爱，无论用什么名字，内里是一样的柔和。而现在过节的内心时钟，自动调整到十二月而不是农历。

似乎无法负担两个节日。遂自动"背叛"，选择和人群一样，这种改变并不苦，顺理成章。

我喜欢我得获了一个清新的圣诞节。因为是外来者，没有太多人情负荷，故是真正在过节。

在商场里走，看到圣诞老人，向他挥挥手笑。

"铃儿响叮当"的歌声一直在惠灵顿的耳里摇个不停。

海湾里蓄足了一个夏天的蓝，在圣诞前后开放出来。"魔戒"的魔力让惠灵顿有点醉醉的，2003年的惠城圣诞，飘着创造成功的喜悦。

城市小了，分享变得容易。一部电影可以改变整个城市的气氛，而平凡人还是在海边坐火车上下班，累的时候会在车里小睡。

　　你是否可以想象这样一个城市：三十万人口，海比什么都多，以及这样城市里的圣诞节和这样城市里外来的中国女子。

　　我想圣诞前后应该是静静装点旧屋，把碎片清理，并仔细想是否有值得感恩事的时候。

　　因为感激，可以平静。惠灵顿因为风多雨多，因此彩虹也多。

　　叫它风城，也可以叫虹城。

　　有时候，很想寄一整条彩虹给远方的朋友，这种心愿慢慢淡了，因为找不到适当的邮票。后来我写字，把这当作邮票，并开始感激整个迁徙的航行使我发行了有自己印记的邮票。

　　彩虹，挂在惠灵顿的海湾边上。风雨过后独自看彩虹，有点不相信的感觉——对于自身无限的体验能力，以及这种能力本身的寂寞不语。彩虹透明，那种支持不是实在的，但验证了我们体内那种神秘的能力，那种能力让人在各类颜色的日子里穿梭，回转身还能看到彩虹。

　　因为英文用得多了，写中文字都有一种遍体疼痛的感觉。在彩虹下，我的黑发常静静地歌。

　　海边，夏天的圣诞节，美丽到你常想对天空里飘逸的蓝神，说一声谢谢。

激流岛：
大笑的隐者
——激流岛一日行记

望岛：淡淡笛音

　　两年多前，刚到新西兰的时候，无意中得到一张激流岛的地图。

　　这个岛在新西兰叫做 Waiheke（毛利语），离"千帆之都"奥克兰只有三十五分钟的渡船行程。

　　在国内，因为诗人顾城悲剧的影响，激流岛涂上了一层厚厚的荒凉寂寞的色彩。而在当地的介绍中，这个岛阳光灿烂、碧海环绕、白帆聚集，并有岛产的红酒远销四方，是一个很有名气的度假胜地，同时也吸引了很多艺术家在那里居住和创作，被称为新西兰的"魔幻天堂"，以提供"不慌不忙的生活方式"（Unhurried Lifestyle）著称。

　　于是我就一直很想去岛上看看，体会一下被两种不同文化语境（诗人的死已经使得激流岛在中文世界里定型于一种阴影之中）观照、反差之中的激流岛。

　　2002 年 5 月（南半球的秋天，北半球的春天），在准备去激流岛一游前，我逮空和维多利亚大学亚洲语系的老师、汉学家、顾城生前好友邓肯·堪博尔先生聊起了激流岛和诗人的往事。这位四十出头的新西兰学者正在静静做《西湖梦寻》的英译。听说我意图访岛，他静了一会，然后在身后书架上抽出了一本白封皮的录像带说："这是我们几个朋友一起为他们做的——你可以一阅。"

接着他在屋里急急走了一圈，之后，背对我道："至于我，我什么也不能说——因为我和他们太近，太近。"

当夜，我独自看了这段短短的录像，这是邓肯先生和其他几个新西兰、德国的文艺朋友一起做的悼念录像。一名也曾经在激流岛隐居的德国女音乐家以顾城的诗为本，作了一段长笛曲并亲自演奏，录像画面交织了她在一间空屋的演奏场景以及诗人在激流岛上的生活片段画面，画外音是一段过去的模糊录音：谢烨在读顾城的诗歌。其余便无一字一句的评价或叙述。

只那笛声幽怨不可多听。

想着邓肯先生说的"太近，太近"，不由有一个颇为奇怪的感觉，旅居新西兰的中国诗人顾城，虽然固执不肯学英语，但毕竟已经远离故土，与周围的人和事有了很多沟通和默契。他在新西兰的朋友（即使很多人，比如这个德国女音乐家，他们并不会说汉语，只凭借被翻译过的诗歌来和他交往）用一种远离传奇的心态面对着他，因而他们的追思是个人的、宁静的、超越或不愿做各类价值判断的。这里面，似乎传递了某种隐逸者的相知境界。我感到掀开诗人之死的幕布后，岛上必然还有另一种风景。

伴着那淡淡笛音，我踏上了激流岛之旅。

游岛：富贵闲人的极品之岛

奥克兰海滨属于闹市区的海滨大道 Quay Drive 上，有一幢黄色的哥特式百年老建筑，是奥市的渡船公司大楼，上面有只老式大钟在海风里滴滴答答走着。

去激流岛的"快猫"号售票处就在大楼边上，是海边一个水蓝色的服务亭。售票小姐麻利地掏出一张去激流岛的时刻表告诉我说，激流岛和奥克兰之间的渡船早五点半起晚十一点半停，约每半小时一班，因此岛上与城市的沟通是很频繁的。

和新西兰其他地方一样，激流岛的旅游业也得到完

善细致的管理，售票亭备有附送游客的地图及其他岛上的咨询信息，附船票可同时预定一个为期半天的游岛旅行团。售票小姐还给了我一叠岛上旅游服务的小册子：婚礼服务、跑马服务、潜水服务、山地自行车服务，还有岛上最具特色的参观驻岛艺术家工作室与艺术馆服务等。岛上有租车场、信息咨询中心和设施完善的汽车旅馆。同时，一切旅游设施都可以通过电脑网络在线预订，激流岛和新西兰其他地区一样，完全被辐射在文明社会的影响里，而不是我印象中的"蛮荒之岛"。

我登上"快猫"是五月十四日的上午十点钟。去激流岛的渡船船舱里，游客不多，倒是住客颇有几个，他们悠闲地坐在舱里饮咖啡、聊天、读小说。手头的岛上介绍说，这几年岛上的固定住客越来越多，目前已经有7 000多人住在96平方公里的岛上，并且还有逐步攀升的趋势，这群人里面有艺术家，有积蓄丰厚的退休老人，但主流是希望跟都市保持距离的白领上班族，他们宁愿每天坐船来回上班也要住到岛上去。有一名中年医生厌倦行医，拿了手头积蓄去岛上买了葡萄园来种植，没想到经营得法，很快便发了小财，虽然这与他要退隐江湖的初衷有点矛盾，但是他也已经达到换种活法的目的，所以在岛上继续快乐地种植葡萄了。

渡船在三十五分钟的航程之后顺利到达激流岛北部的 Matiatia 码头，一路大海波澜起伏，越显开阔，激流岛码头海湾一带，白色的游艇星星点点洒满碧海，回头早已经看不到楼群密布的奥克兰市区了。码头上，一个容光焕发、鬓边按太平洋岛国迎客风俗插了一朵红花的毛利女导游过来迎接我。她是岛上生长的土著，因为生活费用很贵，岛上已经没有几户毛利人，她几乎是硕果仅存中的几个了。她驾车带着我们游览了全岛大部分风景：绵延可以跑马的白沙滩（Onetangi）和棕榈滩（Palm Beach），横亘绿色山头的红色葡萄园，还有作为文物保存的古树林。风景中最抢眼的始终是环岛几个海湾里像玉石一样铺陈的游艇帆船，车行而过时，你会对那浓碧海水间白得发亮的帆群一再惊叹。

在生活设施方面，岛上几乎拥有外面世界的一切：有质量很好的幼儿园、小学、中学各一间，还有博物馆、超市、警察局、四家业务繁忙的银行、十五辆贯通全岛的公共汽车、三个加油站、一个诊所（急重病者由山顶直升机直接送往奥克兰，八分钟可以飞到），岛上还有数条繁华的商业街，街上的咖啡屋、酒吧都正客满，数个高尔夫球场也人往人来。另外，岛上的畜牧业、葡萄酒工业都很有历史，旅游业也发展良好。一家有二十七年历史的周报《海湾新闻》拥有数千订户，岛上的文化、社区生活都很热闹。有一家出版社，还有一家电脑网络公司。目前，岛上最繁忙的生意大概要数房地产了，三家房地产公司在出售一个个豪宅。贵的房子在七百万新元左右，一般的屋也在二十万上下。看来，从生活费用而言，也是"岛上居，大不易"呢。

岛上犯罪率极低，因为"谁都认识谁"，常有夜不闭户的事情发生，彼此之间人情甚厚。比之奥克兰，这里有文明社会的便利，却没有那种繁忙和喧嚣，然而为了能够一边看卫星电视一边听大海潮音，住客将不得不在金钱上付出更多。因此，客观而论，激流岛并不是一个纯粹的避世隐遁之地，而是一个富贵闲人的聚集所，是一个白领的"逃亡"圣地。它不仅是一个"采菊东篱下"躬耕隐居之地，更是在发达的工业文明维护下的一个宁静港湾，这宁静后面，已经不再凸显如画家高更在塔西提寻找的放逐之境，而更像一个文明世界之中的小小后花园。

由愤世嫉俗的放逐之"隐"，到自动在"入世"之同时打造一个"隐居"的生活边框，如今的激流岛已经显示出不同于传统概念的"隐"之方式。

踏岛：伤情小树林

为了了解岛民们的生活，我和岛上巴士公司经理沃德先生聊了起来。

五十出头的沃德先生，身板硬朗，步态矫健，他原是新西兰空军军人，退役后在澳新两地当过一段时间巴士司机，来岛上居住已经有二十五年。在岛上，他经营了巴士公司，生意越来越红火，如今已经有三十多个雇员。他驾驶了一辆白色小卡车带我细细环游全岛。

"我爱这个地方，二十五年了。我在这里买了五块地，卖了四块，最后留一块造了自己的屋。我喜欢这里，人和人很近，没有距离，不设防。"

一路上，许多路人向正在驾车的沃德先生微笑挥手，似乎在注解他关于岛上人情的评论。接着，沃德先生将车停在一个小山坡上。那坡上是一带无边际的葡萄园，葡萄叶正微微泛红，连成一片鲜艳的海洋，让人想到葡萄成熟时的美景，那必定是震撼人心的——葡萄园在青青的山丘上，面对碧蓝的大海。山头蜿蜒的公路边有一套白色的木桌椅，也在风中望海沉静，山边有几户人家，葡萄酒木桶随意地滚在他们的花园草地上，草地边另立着一群古树。这风景糅合现代与原始，美到不同寻常。

"岛上的人都爱这里，我们保护岛上的一草一木，尤其是这些有几百年历史的古树，岛上还专门有一个鸟类保护区呢。"沃德先生的话让我对岛和岛上人有了更多的理解，隐居对他们是真实的，也是温暖的。

这时候，在心里迟疑一阵后，我终于问了沃德先生一个问题，关于岛上曾经住过的中国诗人。

"啊，"沃德先生脸上立刻呈现出忧容，"我很熟悉他们。每到周日，他和太太总在岛上的自由市场卖'馄饨'，太难过了，我真是为他们难过。"沃德先生将车往岩石湾顾城住的旧地一带开去。

"你应该去看看他们的葬地，就在岛上的自由市场后面。平时，那里是一片空地，到了星期日，这里就是一个小自由市场。他们的葬礼也在那里举行。"

沃德先生将车开到空空的市场前，指着市场后一片绿绿的灌木丛告诉我这是顾城夫妻的葬地。

"很难过，真的。岛上所有人都为他们难过。葬礼上来了好几百人，我那天专门让自己的公司司机不上班，免费接送参加葬礼的人。岛上的周报还登了这则消息。"

沃德先生指给我瞧那一片长着几棵小杉树的空地，它有一间小学操场大小，在一条不繁忙的公路边上。我去的那天，路上和那市场上都没有人。空空的市场上只有几张空空的长凳。沃德先生说，这是他所记得的在岛上公共场所唯一看到顾城的地方。

"他是一个沉默的人，看得出来他非常智慧，他总是坐在那条凳上，写啊写啊，有时候边看边写。他妻子呢，在卖'馄饨'，我有次还买过。她是一个美丽的女人，非常非常美丽。"

凝视着那水杉树下空空的木椅，听着沃德先生的回忆，我忽然之间很是伤感。沉默中，我又登上了沃德先生的白色小卡车，离开了这块令人难过的空地。

访岛：岩石湾里"桃谷仙"

下午三点，我和沃德先生前往岩石湾，探望隐居在这里的新西兰著名超现实主义画家麦克·莫更（Mike Morgan）。

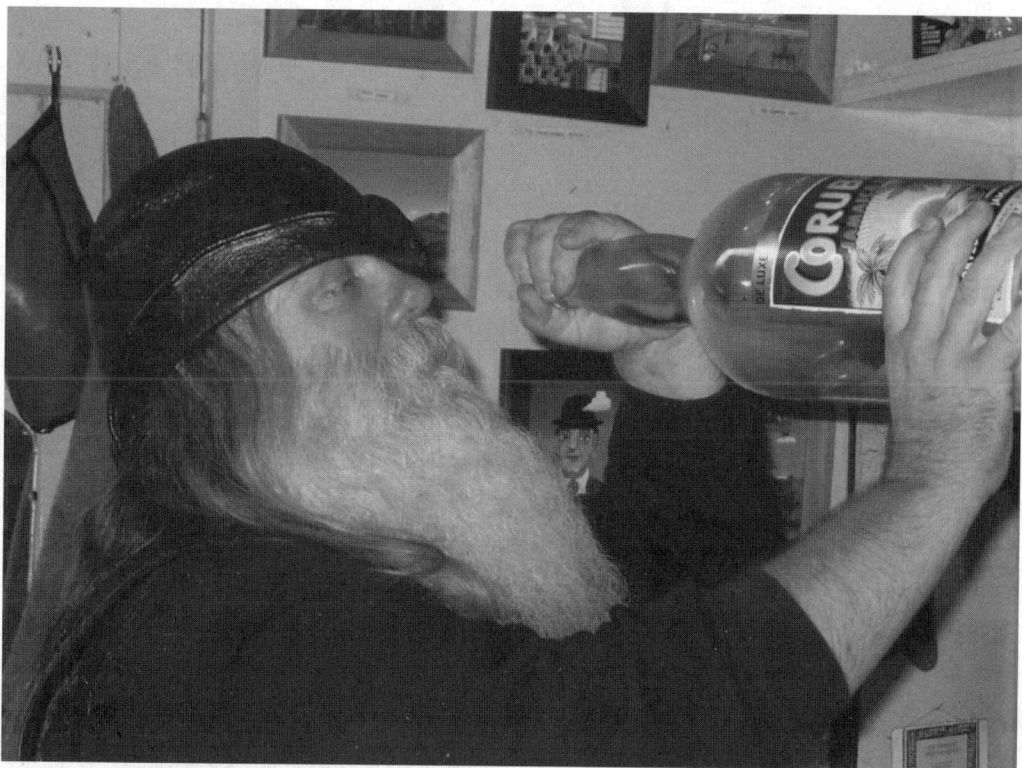

　　激流岛目前有七十多位驻岛艺术家，大部分是画家、诗人和陶瓷艺术家。成立于九十年代初的激流岛社区艺术馆给了这些艺术家一个活动的天地，同时，他们也各自设立了定时对外开放的个人艺术工作室和艺术馆，以便游客参观或购画。他们的个人简介和工作简介被统一印刷成"激流岛艺术地图"，发放给每个游客。这种方式保证了这些艺术家一边享受创作的宁静一边获得和外界的联系，达成"出世""入世"之间的平衡。我们要探望的莫更先生出生于新西兰北岛的一个小城，他已经入住激流岛十年，在岛上画的画风趣明朗，自成一格，近至奥克兰，远至纽约，都有他的画在展卖。去年，他曾经代表新西兰形象在国家电视台专题节目中介绍过新西兰艺术。

　　沃德先生将车停在岩石湾一条幽静的山边小路上，带我步下旁边一个浅浅的绿色山谷。谷中，翠绿的银槭树遮天蔽日，其间隐隐可见一幢淡绿色的木屋。旁边一道木廊，延伸向深谷中而去。我们悄悄步上木廊，向木屋行去。

沃德先生在前，他先敲木屋的门，敲了两下，没听到应声，低头一看，见木屋门上贴了一张纸条，上面画了一个前进的箭头。看来，隐者还在谷深处。

于是我们又悄悄沿着那盘旋而下的木廊继续往下走去，不过两分钟左右，我们见到了密林中另一个有着宽敞玻璃窗的画室。沃德先生还没来得及走近敲门，就听见一串洪钟大笑从屋中传来，跟着，一个赤足长须、身材壮大的老人大步推门出来，笑着握住了沃德先生的手。

我们跟着老人进屋，但见一室各个尺寸的油画将屋子装饰得五彩缤纷，和玻璃窗外的绿色风景相映成趣。我再细看那老人，但见他：身高一米八左右，体态魁梧，满面春风；身穿一件黑马夹，衣服上油彩点点；头戴一顶瓜皮小黑帽，帽檐已经微有磨损；脸色红润，笑声不断，更妙的是那一把遮没半面的大白胡须，仿佛一个圣诞老人。我再细看那画室，但见四周都是油画，大如桌，小如盘，自地板、自天花，除了一个小小的九寸电视机和一个录音机及后面一茶几的唱片以外，其余都是画。

他的画用色明亮，欢乐温暖，笔意幽默，有卡通趣味，是将赤橙黄绿青蓝紫所有颜色调和到最高基调一起喷薄而出，犹如一排最高音阶大笑着冲出画布。我觉得那颜色打开了我封闭的第六感、第七感、第八感……终于我发出了和画家一样的畅快笑声。

这场景，好像是《天龙八部》中段公子落到悬崖下，遇到桃谷仙，获得一套"颜色大法"的真经，轻轻几笔，就可以退却辽夏七军。而这只不过是用天下本来色，换回一段明亮笑。

我大笑，当我看到莫更的油画《半打蛋》中，一群头戴礼帽的绅士被画成一堆没有眉眼只长着蛋形脸孔的"蛋"立在沙上。

我大笑，当我看到自画像《我》中，画家将自己与家养的黑猫并列，画出了一人一猫煞是相似的神情和状态。

我又大笑，当我看到油画《谗》中，一个度假的城中人在海滩上狂饮，鼻子突然变长，如一根胡萝卜插进了高脚酒杯。

莫更的所有画都是笑之画，他的书桌上有一个小小的来自东方的神像——弥勒佛，似乎诠释了他的人生哲学。他的画的题材大部分来自他在激流岛的生活，描写了很多城中人来到岛上度假，接触到自然美景时那种激动若狂的心态。在画家眼里，人的文明与自然双重状态之间的矛盾和反差是以幽默自嘲的形式反映出来的，连缀心灵裂谷的是一连串大笑。

莫更最满意的作品是油画《葡萄熟时三日狂》。在这幅画里，他表现了岛民们在葡萄成熟时聚众欢庆的场景，这幅画别出心裁地用电影的手法来绘制，将三天不同的场景连缀成一幅长卷。画中人由微带拘谨到开怀痛饮，到衣解发弛，似乎经历了一个精神上的"酿酒"过程，这是一曲对人的本真面目的"欢乐颂"。绚丽多姿的色彩在这幅画中也达到最高峰，犹如一串带颜色的闪电，足以"炸"得观者目为之眩，神为之移！

当莫更又开始持笔绘画，进入他自己的境界的时候，

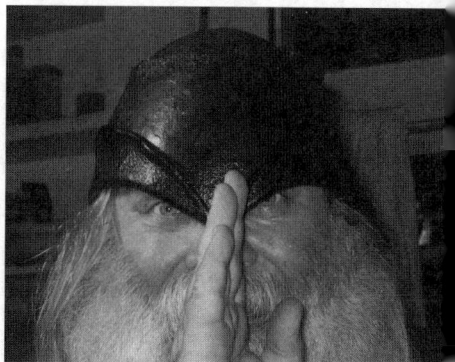

我和沃德先生悄悄离开了他的谷中画室。沃德先生让我注意山径边的几个有趣的"雕塑"，那是一个废弃的旧电视机和一个废弃的吸尘器，它们被随意地放在几棵树下，插座"插"在大树上。这也是一个微笑的场景，显示谷中人与外面世界的距离。沃德先生还告诉我一个细节，莫更平时大都赤足，每月渡船到奥克兰去时，他就在脚趾上涂上黑色，以表示他拥有一双"皮鞋"。

我仔细回想，确实，刚才所见的莫更，十根脚趾确是漆黑的。

这一想，我又大笑起来。笑声之中，我们离开了这个翠绿的山谷。

离岛：告别一个过去的传说

载着满怀的欢笑，我离开了激流岛。来之前，心中对该岛总有一种隐隐约约的悲戚之情，仿佛中国诗人的旧事总在潜意识里萦回不去。而岛上的风情却给我另一种启示。

欢笑的隐者，欢笑的岛。访问激流岛，就像走一程心路，走到黑暗极处的时候，会看到银色的生命的欢乐无处不在。

静听，细看，生命还是积极奔放的，像莫更的画，启示我们隐居的真谛更多是对生活本质的介入，而非逃避。

我又踏上了渡轮，夕阳已经西下，南太平洋最具特色的辉煌落日，壮丽如高调的油画，铺满了激流岛上的青山和彩屋，铺满了岛外广阔的大海，也铺满了岸上奥克兰市区林立的高楼、万丈的红尘。

渡轮上，风自四面海吹来，我在风中伫立，心中滑过顾城的旧句："黑夜给了我黑色的眼睛，我却用它寻找光明。"

我觉得，在那一刻，我看到了诗歌的本相，它是一个大笑的隐者，超越了诗人的生命悬置在岛屿之上，使封闭的岛屿在大海之中延伸了一脉根须，也像渡轮后飞

走的白浪，跟着行走的船歌吟着，不离不弃。

　　回身，背对消逝的岛屿，看着奥市渐近的人群，心中有了更多的亲切之情，如此才理解为什么这么多上班族愿意住到岛上去，在每日来回的船上体会岛境、人境的双重乐趣，维持自己内心的真和纯。

　　生命永远需要一抹幽蓝，投影在即使黑色的寻找之径上。

　　一代过去，一代又来，然而诗歌还在。

　　告别激流岛。

惠灵顿之夜：
萍水相逢话今生

1. 聚

小丫头阿莫西蹦出来，从里面屋子里，迎接我们两个客人。

我们站在屋后小花园里，心里还在惊慌着刚才在前门遭遇的看家狗，阿莫西却伸手把我们往她的世界里拉，用一种十岁小少女梅花鹿般敏捷的身手。

"Ye-qiao"！她混念我的名字，像所有西方人，对中国人的名字全无心得。

我原谅她，毕竟，我们这才是第二次见面。

卡西，阿莫西的母亲，我的同学，也出屋来迎我们。我和卡西认识在去年的大学电影课上，记得她看完课上放的《大红灯笼高高挂》，笑嘻嘻地跟我说："你说女人找四个男妾，情况会怎么样？"

于是就相熟起来。卡西是独身，提起十岁的女儿阿莫西的来处，她只说"她的爹"，大概和那个"他"曾是新西兰流行的"同伴"关系，后来断了。她一个人带孩子，成为这里常见的单身母亲。目前一边在读硕士学位，一边拍小电影，平时也做清洁工。小阿莫西跟着母亲常在大学校园里混，说话尖锐而不失天真，把母亲身上的艺术天分更描浓了。

就是这个卡西，今天四十了。她邀我们来，为这个聚一聚，地点在这个朋友家。

卡西领我们进屋，先介绍屋主考林。考林在市政厅里做过管理文化的小官员，五六年前已经退休。考林细细的银发，眼睛一笑也是细细的菊花瓣样，瘦高的身材就是花枝了。她后面的屋子：天花板上吊下来的一行竹篾编灯，墙上零散贴着相片和自己手绘的小水彩画，后面厅房里隐隐可见几张布面旧沙发，已经被许多客人坐得骨头散架了。屋里浸着的也是一种松松悠悠的唱片音乐。这些背景帮这个屋主人又诠释了一些内容。我觉得考林是会让人放松的那种主人，就笑着跟她问了好。

考林又跟我们介绍她身边另一个年轻女子，矮些的，是苏珊娜，德国人，弄雕塑的。苏珊娜淡淡地笑，是德国人那种稳重的样子。她肤色较深，浓黑的卷发垂到肩头，手里拿着啤酒自饮。苏珊娜这次是为做惠灵顿一个街头雕塑从欧洲来到这里，暂住在考林家。

我们聚在考林的餐厅里，烤炉里有玉米要熟了，木头饭桌靠着玻璃窗，窗外是考林那个不事休整的小花园，花花草草揉成一团，在小风小雨的黄昏天看，倒是绿得别有一种写意的味道。卡西给我一杯白葡萄酒。我们就在尚空的饭桌边坐下来说话，考林和苏珊娜进里屋去了。西人这点与我们不同，请客来，家里常是看不到一个忙得让客人内疚的主妇，烧水弄杯咖啡就是天大的事情了。考林因和我们不熟，也不勉强自己陪客，于是我在这屋子里就放松了，指着墙上贴的一个斗方中国字"平和"教给阿莫西念。

"阿莫西这两天迷上了中国武术，都是被《卧虎藏龙》闹的，看完电影就一个劲上网，我一走过她就用手遮住屏幕，我到底偷着看了一眼，原来她是在用网络找'中国武术'呢！"卡西笑阿莫西，她是和这个女儿混得没有年龄距离的，两人处处同进同出。阿莫西迷恋画画，几乎到了走路吃饭都拿着水彩笔涂抹的程度，因此小学里就留了好几年级，但是卡西对她放任自流，带着她处处走，像是小姐妹似的。

阿莫西听我们说起武术，马上起劲地挥起手中的一根小木棍。蓝绿的大眼睛睁得圆圆的，我少不得搜肠刮肚，将知道的关于"武术"的一切都告诉她。阿莫西在屋里随着音乐且舞且嚷，空气更是活跃起来。

我这时细看这两母女：卡西一件半新半旧没有式样的衣服，上面繁花似锦。黑褐色的头发全部束到头顶，编成无数细辫子，拢成一根粗的垂下来。她是有毛利血统的，故肤色较深。虽然四十了，腰身未见粗胀，脸上也没有皱纹，矫健轻盈，倒真有点侠女的样子。

阿莫西也同样轻盈，只是比母亲更白更瘦，穿一件墨绿底洒红花带着小帽子的棉绒衣服，手脚不停嘴不停，两条马尾垂在脸边摇来摇去的，阿莫西不是那种小小美少女，只是一双蓝绿的大眼睛里已经溢满了某种跳跃又专注的东西，那是一种属于创作者或表现者的我行我素，看到这样一个小女孩，总是让你既兴奋又担心。

2. 祝

暮色渐沉，屋里又来了两名客人，一名中年男子罗兰多，是智利流亡来的剧作家；另一名中年女子阿部，身形壮硕，满头黑黑卷发，是萨摩亚岛人，来新西兰多年了，现在为 Petone 的多元文化社区工作组服务。阿莫西趁着母亲招呼新客人，忙将我扯到里屋去，脱了鞋，和我坐在里屋的老沙发床上说话。

"阿莫西，你长大要做啥？可是像母亲一样，去拍电影？"

"不，我要当宇航员，到太空去，你知道美国佛罗里达州的宇航员基地吧？那里有个专门给孩子培训的营地，这次我被一个导演选中，在暑假当了一回演员，得了一千多块钱，我就可以去那里了。"

阿莫西将这个大计划告诉我，很兴奋。和所有的西人一样，他们全无储蓄概念，总是一有钱就用到"想做"的某件事情上去。

"那么你母亲是否一起去？"

"没有这么多钱呐，再说，这是我自己的事。"阿莫西认真地说，"你知道，我会是第一个飞上火星的人。"

"你什么时候开始打算去做宇航员的？"

"不知道，大概是从我出生的那一天开始的吧。你呢，你有没有一生来就有一个梦想？"

我看着阿莫西的蓝眼睛，正要回答，卡西伸头进来通知我们："开饭了。"

出来一看，餐厅里灯火金黄，像也是刚从烤炉里端出来的，笼罩着饭桌上摆开的各色点心、糕饼、一个生菜拌小西红柿、一个烤玉米，简单，却也清爽齐整。席间不另设座位，大家各自端盘自助，坐到外面花园台阶上，边吃边谈天。

"你说，一个人活到四十岁，是啥感觉？"

"就像一件事情做到了百分之四十，我们说，那还是一场戏没开始呢！"

大家都哄笑起来，智利来的这个，亲切幽默，大家被他逗笑的时候，他却圆睁着眼睛，认真地凝视我们。

我又顺便问一句卡西："你觉得做个单身女人感觉如何？"

她笑了："看看，这就是我为什么看上去年轻！"

大家又笑了。

到了八点多钟光景，考林做好了咖啡。我们又集中到屋里来，这次大家围桌子坐下，卡西自冰箱里捧一个蛋糕出来，在大家一片"生日快乐"的歌声中，开始切蛋糕。这时候阿莫西从里屋出来，一言不发，递上一张杂志大小的彩色卡片给母亲。

卡西打开这张两页纸的生日贺卡，念里面写的贺词给我们听："亲爱的妈妈，别忘了继续追寻你的梦想，就像巧克力粘在奶油上！！"

这一行祝语，用大号彩笔绘出，像一排彩色的树林，伸展在白色的卡片上，配着阿莫西自己画的图案——封面是一个红衣服的小姑娘向着太阳跑，封二是各类小动物组合，角落上还缀着一朵小小的鲜花——真是一张生动的卡片。更难得的都是阿莫西的手工。

3. 聊

卡西正要切蛋糕，考林说："等等！"就去将灯关了，在桌中间点上一排小蜡烛。苏珊娜去里屋换了一张慢调子的唱片。阿部给每个人都倒上茶或咖啡。

"不如这样，我们一边分享卡西的蛋糕，一边开始讲故事，每个人讲自己这一生中最开心的一件事情。"阿部提议。

于是，蜡烛火光闪烁中，每个人开始讲自己的"快乐"故事，考林打头说。

"二十多年前的时候，我第一次离家，是去念寄宿高中。去那个学校，要越过好几座山，爸爸要开车送我去，我却坚持和邻家的女孩一起骑马去。那一路颠得呀，到了学校，看到宿舍里的床，我顿时就趴下了，那可真是我一生中顶开心的时候了。那时候年轻，穿着牛仔裤在山路上飞奔，头发在风里飞啊飞的，第一次体会到自由——"

大家举杯。

"为考林的青春——"卡西说。

"为自由——"罗兰多说。

"我最快乐的时候，是我上一次从德国来新西兰。"苏珊娜以低低的声音叙述起她的故事。

"那时候，我总想出去走走，到哪里呢？心里没数，只是想去得远一点，正好有机会来新西兰，就来了。当时只是觉得它够远够刺激。飞机在奥克兰往下降，看到下面，蓝蓝大海接着青青草地，简直是完美的风景，顿时我就呆了。我想：太美了，这一刻，死了也值得。"苏珊娜说。

"那么现在呢，住了一段可还喜欢这个国家？"我问她。

"还是很喜欢，因为它小，总像家，很亲切，另外风景又特别秀丽，让你感到可浪漫了，正好符合我对环境的两种愿望，又要亲切，又要奇异，又要感觉近，又要感觉远。"

我暗暗为苏珊娜对新西兰的准确评价叫好。这时候罗兰多咳嗽一声，开始他的故事。

"话说十多年前，在智利，我太太生孩子了。"罗兰多话一开场，大家就忍不住想笑，却先忍住听下去。

"医院里有个规矩，过时间不许探视，那天我来迟了。于是我就想办法，溜进医生值班室，偷了件医生的白大褂，装作医生混了进去，到底把太太见着了。那可算是我一生中最得意的一件事情。"罗兰多说到这里，就收住了。阿部拍了拍他手臂说："这事是真还是假？"

"嘿，当然是真的。"

"我不信，你总有故事。"

罗兰多扮了个无辜的鬼脸，说："轮到你了——"

阿部正靠着门框站着，后面是已经暗沉沉的夜花园，她沉吟了一下，说："十多年前，我从西萨摩亚岛移民到新西兰来，到惠灵顿的时候已是晚上，我在街上走，看到市中心一带的霓虹灯。"阿部停了一下，眼睛好像看到很远的地方去，声音有点低下来："那是我一生中第一次看到霓虹灯，你知道，刚从岛上自家的部落里出来，我心里对城市只知道一条——那是个有霓虹灯的地方，那一刻看到了向往中的霓虹灯，突然觉得很幸福，好像一个美丽新世界都在我怀里了。那种感觉在我心里留了很久。"

大家静下来细想她的话，在座的除了阿部，都是在城里长大的，没有人懂得有人会因为看到霓虹灯而感到幸福，因此都沉吟了许久，我们眼前的阿部好像有些模糊，被闪回到她十年前二十几岁的样子，来自热带岛屿，家乡人还在刀耕火种，她独自在惠灵顿街头张望着什么。

4. 忆

卡西笑着喝了一口酒："我最开心的时候，当然，就是今晚了，和你们在一起。"

考林笑骂："假的，油嘴！"

卡西却不肯再说，只是一个劲喝酒，大家也不再逼她。过了一会儿，卡西才慢慢开始："五年前，我的生母去世了，可能你们已经知道，我是被收养的。我到了三十岁，才知道自己的生母是谁。我的养母是北岛一个农场主，她不知道我为什么选择拍电影，现在见到我还常问：'你为什么不去珠宝店卖卖珠宝？'"

大家听了，都笑起来，卡西又接着回忆："然而三十岁那年，我的生母出现了。她告诉我我的身世，原来母亲是欧洲来的移民，家乡在英国旁边一个小岛上，来奥克兰之后，母亲遇到了一个男人，并且怀上了我，怀孕以后才晓得，对方是个已婚男人。母亲很是绝望，当时新西兰是不允许堕胎的，社会风气也不能宽容单身母亲。于是她只能悄悄到北岛一个小村庄去生了孩子，之后就将孩子交由医院托养了。但是当时政府规定生母不得了解养父母的情况，这个政策直到九十年代才解冻，母亲立刻去当地医院询问我在哪里，这才终于见到了我。"蜡烛的火在风里摇着，阿部关了门给大家续上茶，卡西的故事确实很让人动容。

"母亲看到我以后很激动，她说她这三十年，每年我生日那天，都来这个村庄里转悠，在每一家家门口看，看是否有人家在开生日宴会，如果有，那就是我的家了。然而三十年她竟然还是没有找到我。当她得知政府已经允许把收养人的资料对生父母公开以后，立即来找到了我。我们见面后一年，她就去世了。"

卡西说她已经把母亲的故事拍成了一部短片。

"母亲去世之后，留给我一小笔钱，我就用它去旅游了欧洲，先找到母亲老家在的那个小岛。我带着孩子，坐船到了那个岛上，到的那一刻正是黄昏，太阳就要落到海里去，我和孩子站在岸上，看着圆球样的夕阳叫：一、二、三！太阳落了。我当时大笑起来，好像替母亲了却了心愿。那确实是我一生最开心的时刻。"

5. 散

我们听了卡西的故事，好半天说不出话。过了一阵，才又聊起别的话题来，苏珊娜对大家预告她的街头雕塑内容："我这次是要把自己的眼睛蒙起来，当自己是一个盲人来雕塑一样东西，具体作品内容也不安排，全凭当时的感觉来做，试试瞎着来摸这世界、来雕塑这世界会是什么个样子。"大家很觉新奇，纷纷说着要去看看。这么约着，便陆陆续续散掉了，卡西出来谢大家，一一抱了抱才再见，阿莫西在一旁一直让我记得教她武术。

6. 盲

苏珊娜的雕塑隔几天果真被我在海滩上遇见了。一群来自世界各地的雕塑家都在惠灵顿顶有名的海湾东方湾前一个白色广场上现场创作，身后蓝海白鸟，是他们灵思的背景。其中，苏珊娜用一块黑布蒙着眼睛在敲一块石头，不知心里想它会是圆还是方，那块石头闷闷的，暂时还没有轮廓。

他乡：玫瑰疯长

1. 那条短信叫月光

2004 年中秋，惠灵顿大雨。我在维大机房里剪一部短片，收到一个学生的祝贺短信：

> 滚滚滚滚滚……
> 滚烫的一颗心祝你中秋节快乐！

而惠灵顿，这个海边小城市，这个袖珍的首都，用世界上最小的面积收集最大容量风的地方，依旧任性地风里雨里，没有为中秋节准备一点月亮上场的背景。

月亮变成一条短信，在我的银色椭圆手机上升出来，淡淡的。

在中文不是母语的地方，如果你是黑发人，那么你周围的空气里面总还是浮有各种方块字的轮廓，若隐若现。像背景里面的雕刻，华丽地镶嵌着所有海外中国人的视觉。

我觉得因为我的存在，因为我收藏在心里的中国故事，惠灵顿一定是个有华丽中秋的地方。

轻轻把剪辑机关了，听着外面的风声。思念是一个奇怪的蛹，看不清楚里面究竟是什么，如果有华丽中秋的心之背景，那么让我们暂且伪装这份思念。

这是做中国人的为难和幸福。我们拥有的太多了，即使没有一个真的月亮，也挡不住我们在几万里之外，看着一个手机短信发呆，想着：月光。

因为血液里的中秋在慢慢升出惠灵顿海湾，我看到的风城夜风总是黑丝绸般的温柔，握在手里，可以暖人。

有没有地方可以把这缕我感动过的中秋的风发给谁。

我笑着结束剪辑。将 DV 换成 VHS，这个反调的中秋，我非常喜欢。

尤其是古巴街因为临近春日狂欢节显现出来的不拘气质，风雨哗哗划过永远不用伞的惠灵顿人，灯火在雨中更加明丽。

雨点的声音被古巴街上酒吧里的乐队声音盖了。我细细听着雨里面的苏东坡，他可是化作一缕彩色霓虹继续在咖啡屋里吼：但愿人长久。

大苏是个懂得静也懂得疯的男子，我们有理由想念他，为他浮一大白，如果没有莲花白，北岛的葡萄酒也是好的。

惠灵顿的春天通过我们心中积累的星星点点的中国情怀和秋天约会着。而南半球魔戒城市的本来面目，也在风里敲击着我们的他乡缘。

这样多边的一份月光，绝非"流浪"两字了得。

2. 旅行的元曲

有个没有见面的朋友正从北岛过来，他到一个地方总是拍大量老房子的相片，之后找一些人一起看这些相片。

在惠灵顿，中秋过后，风雨已定，我坐在一家茶屋里，看着这个旅行朋友电脑里的一万张相片，从中国的南方到地球的南方。

因为角度有别，他拍的惠灵顿和我眼中的城市是有区别的，他注意的是各类不同屋子如何融合到城市的轮廓里去，而我只注意春花秋月。

旅行的朋友有礼物给我，是他从中国带来唐诗、宋词和元曲。

我吃惊他背包旅行的内容：到惠灵顿，卸下旧甲，却给我一本再版的《元曲三百首》。

他渡海而去，往南岛拍老房子了。

惠灵顿的精灵古怪
之一：市政广场的银球，
用的是新西兰国家标志
上的银橛图案

古巴街的狂欢节已经开始，大家笑成一片。

我打开元曲，看到书签是绿色的，用的是新西兰国家标志上的银橛图案——纯净天边之翠，陪衬翩翩方块字，倒也相得。

看元曲在南北岛行走，姿态是老房子里面的牵牛花，一开开满北半球的秋天、南半球的春天，并列两个季节，都在北岛的颜色里展示着。

让风城的颜色不被风吹走的技巧之一是把它们写出来，收藏好，或者拍摄。找一个不用说话而能交流的方式。我逐渐变成这个海边风城的眼睛。

放好元曲，我在惠灵顿红砖老火车站后面不远一个叫做"前"的老屋里继续剪辑。那老屋的颜色是铁青的，一种战争的颜色，很仓促。

3. 两个城市的烟花

每一年南半球的晚春，惠灵顿和奥克兰都有市政府组织的烟花节，新西兰自创的节日，是另外一种狂欢。记得《魔戒》里面的烟花场景吗？可以直逼金庸故事里杨过给郭襄过生日的那种创意。

不过，这里的烟花节不是爱情的产物，也不是神话，这是政府对纳税人钱的一种美学利用而已。

2004年的惠灵顿烟花，安排得特别精良。场景全在惠灵顿湾，上有直升机放下第一棒，下面是一排小船，负责接连不断放烟花，夜八点，几百束烟花准时升空，使海上明媚，灯火一时失掉颜色。

想象这样的景象：静蓝的夜海上，各色烟花在围观者的欢呼中飞遍夜空。如果站在旁边山头上看，烟花像海上飞花，在蓝的泥土里不断地生出来。这时候，惠灵顿神采飞扬，充满精灵古怪的面目。大概只有干净如此的这个城市，才容许烟花纯净飞天，我们不只是看烟花，也看海、看灯、看风、看交通堵在海边观烟花时那一排接连不断的红色汽车尾灯。海边山上的屋子里，个个窗子大开，排排灯火通明，年轻人聚在一起，举杯邀烟火，酒意已经酝酿。此时，看这海边城市如此轻盈，浪花朵朵，全是如何去创造平凡生活。

第二天，我在奥克兰看了另外一场城市烟花，是在一个广场上。也许是因为先入为主，觉得风城海上那场烟花更美好。尤其是最后一棒，是数颗红色心的造型，在海上慢慢展开，下垂，落下，显示了烟花节厚爱市民的主题。

很难描写烟花那红色的心如何绽放在海上，擦过夜空，然后婉转地变成弧线消失。

那场特殊的来、特殊的走、特殊的心，真的很酷。

全不要挽留。

4. 心童的蝴蝶

来新西兰后，我向来不太去奥克兰，这次去也是因为见朋友J和红。

两年前我们见过一次，他们刚刚移民不久，夫妻来自北京，在国内都是这一代里的精英人物，有极好的工作，来后却甘愿重新开始，从零做起。

我记得曾经在他们到达后刚买的大屋里，喝过酒，说着迁徙的种种，并且笑了很多。其时在座的，还有来

惠灵顿的精灵古怪房子

自南方的另外一对新移民夫妻，是说话幽默、能笑起四座的Ｓ君，和他有古典女性气质的太太琴。

因我们都是同代人，说话背景类似，沟通便很快。一般是要问问听什么流行歌曲就知道是不是一代或者一类了。比如我们都是听齐秦的"狼一、二"，罗大佑的"九十年代"，王杰、童安格的"早一段"，或者还有罗文的《射雕英雄传》主题曲的那一拨人。当然，还包括高晓松的校园歌曲。这些歌曲是一些暗号。我可以简单测试一个人的年龄，只要问问崔健对他的心灵比重就好。

如果能够一直说到小虎队的第一张专辑，那么下面就是弟弟妹妹了。

而神话般的，J和红的车里居然放出千百惠的《走过咖啡屋》来。之后是苏芮的《请跟我来》。在奥克兰海边的高速公路上。

他们有一个六岁的小女孩，生在北京而长在奥克兰，名叫心童。

心童有很好的语言天赋，凭着周末中文学校的学习仍然维持良好的中文，发音清纯。她清秀淡雅，有美女孩的气质。尤其是一双眼睛明亮而羞涩，显露出东方女生固有的可爱。

心童在爸爸妈妈忙碌时便一直在屋里画画。

她喜欢的第一主题是蝴蝶，青色、蓝色、红色或者紫色，所有颜色的蝴蝶飞满了家里的墙壁，将这个新移民朴素的家变成了一个蝴蝶山谷。

来自庄生故事里的东方蝴蝶，旋转着细小的身躯，起落在他乡。而窗外，玫瑰伴着芳草长，和我住习惯的惠灵顿一样。奥克兰是个存储阳光的地方，适合所有植物成长。

我离开奥克兰时候，心童送我新的蝴蝶图。

这次是一群颜色完全不同的蝴蝶，心童为他们一一取了英文名字。如蓝、粉、玛基、杰可。这群六岁的蝴蝶温情地伴我起飞，似乎想说明一种他乡的爱。

我看到他乡的爱有好多颠簸，却是结实的，如有性灵浇灌，玫瑰依旧疯长，虽然海水是咸的。

我看到他乡的旅途本身是一种对性灵的浇灌，如旅途上的梦不灭，玫瑰就会在粗糙人生的夹缝里疯长。

我一点点在指缝里筛下那些纤细的欢乐，放在朋友的玫瑰园里，作我自己的摇篮。我旅行在中国人的性灵里面，并看着你们旅行的故事，跳不跳舞都好。我喜欢在海边的空地上来点背景音乐，或者给白纸一张画上几个方块字符号。

从此，玫瑰疯长。

English Wedding

　　我的朋友，英国女子匹普要结婚了。她告诉我这个消息的时候，是在彭特尼那间特别受大家青睐的泰国餐馆里。刚六点钟，铺子就满了，我们全靠运气才落座一个角落里。匹普金色的卷发淡淡落在肩上，笑容也是淡淡的，一如她这个人的风格，就是那么英国，不紧不慢的。说起这个就要来的婚礼，也是轻描淡写，仿佛是别人家的事情。

　　跑堂穿一套描金绘银的传统泰国服装，笑嘻嘻地朝我们鞠个躬，我才想起要点东西吃，其实我是有些懵掉了，因这个突如其来的结婚之讯。

　　记得她说过自己是不结婚的，就这么同居下去，和男朋友纳吉儿。

　　我要了自己偏爱的泰国辣味鲜鱼饭，将手头那双乌木描金的筷子敲着玻璃桌子，有点不解地看着匹普。她三十有六，纳吉儿三十有三，两人都是英国来的。二十末的时候，两个人分头在世界背包旅行，忽然在印度尼西亚一个小岛上就遇见了，自此在一起，来了新西兰，工作且买了屋。慢慢从背包旅行的野趣生活中沉下来，变成我们叫做白领的那一种人。

　　西方大部分的白领都是从旅行中沉淀下来的青年。对于他们，青年真的要行万里路，要把背包旅馆算作人生课堂的一部分的。中年则是从动到静的过程。如此人生，也算阴阳相得吧。背包路上的爱情则是意外收获了。

　　都在背包中了，那些青春。现在他们逢周六，有时还要背上旧背包去周围风景中再走走，不过，大部分时间都用来刷自己的屋子了。

我和匹普的认识，是因为她参加政府的义务英语教师工程，当英语教师志愿者，正好被分给那时候还在读英语的我。也算是个缘分。她认真教，我却不曾认真学，把她当个朋友，只管喳喳讲见闻，说故事，好在她喜欢听。我们相知起来，也是因为我们聊起英国文学，我喜欢狄更斯，她也喜欢。

我特别指出她的名字是和狄更斯的小说《远大前程》里面的主人公相同，她认了，笑着解释这个名字在性别不同时叫法的微别。自此我叫她"远大前程"，难得他乡遇见故知——我说的是两个肤色、经历有大区别的人都喜欢一类的书。还有她手里一直有一本《简·爱》，我们有许多可以谈。记得匹普回英国探过一次亲，路过湖区，特别买了有华兹华斯《水仙颂》的明信片寄给我，上面有湖区的水仙花。那卡片越过无数个城市和国家，越过许多时间，到了我手里，花和诗歌都还是香的。

我收到这湖区的水仙的时候，暗自很是喜欢。人人都说学文学百无一用，全不知道这里头的趣味。

就在这些婉妙的沟通之中。

如我和匹普，相知皆在水仙里，其实我们都是凡人，不见得风餐露宿。她坐公车上班，我也要为车买保险，但是多一些纸上的水仙，生活就多一些细节，多些趣味。

又有什么不好？

我记得匹普说过，从去年回英国老家探亲一次后，她不结婚不要孩子的心，起了动摇。

这个婚礼的事情，也是从那时候开始默默酝酿起来的。

我一直觉得匹普是那种古典和现代综合的女子，她柔和、均匀、不卑不亢。来了新西兰几年，如今在国家选举委员会里任高层，也算是事业有成，可是她朴素稳重的个性不改，还是布裤布衣，简单一如当时背包旅行的时候。全不化妆，偶然宴会时穿一件无领晚装，戴一对银耳饰，便艳光四射。平日生活低调平和，说起感情也是无声无息。不像有人把爱情当作雕像高挂生活中，有人当作玩偶握在手中，时时示人示己，匹普却是把爱情当作手边一盏小小的灯，旁人见得到那光，听不到什么声响。

我记得他们一起在住的彭特尼海边小街道上携手散步，因为都是一米七以上的人，走起来很引人注意。

纳吉儿在一家大公司做工程师，性子温和腼腆，但是喜欢运动，常常骑单车穿过惠城那条长长的高速公路去上班。有天黄昏，我坐在他们屋子里和匹普聊天，他回来了，满身的雨点，匹普开了门廊的灯，照着他，说了声："亲爱的，你打湿了吧？"

也还是不失分寸的亲热，却透出贵气如匹普的她那娇柔的一面。开了灯以后，我就走了，留给朋友她的私人空间。虽然我和匹普要好，匹普却极少留饭，她自己是素食主义者，晚饭不过切蔬菜，难得纳吉儿，虽然是肉食主义者，却完全宽容她的选择，每每为她找喜欢的蔬菜。

匹普那个小家，其实已经成了四年了。小小的花园里面开满白菊，绿色的窗里面，有匹普亲手做的沙发套，还有纳吉儿刷白了的墙。我送他们的一幅云南蜡染女子图，被她宝贝得不得了，亲手缝了个套子，挂到卧室的墙上去了。两人互重互爱，已经过了四年，而匹普对我说过，他们不需要婚姻这个壳子。

只要缘分久就好。

我常常开车经过他们家，看那小屋的窗子里透出的灯火，总是真心为这对朋友欢喜。

喜欢他们朴实的爱情，不事喧哗。虽然都是高薪，却省衣省吃，偶尔两人飞南岛，去雪山边的小镇上度一个周末，看看雪，再回来上班，是最大的奢侈。有时候一起骑单车，到惠灵顿旁边的绿山上去吹吹风，就过掉一个假日的下午了。难得是六年了，还是喜欢在一起，做这些简单的旅行。

然而平静的匹普却在回乡又回来后一年，开始有了些许的情感波动。

因为回乡看到了那么些旧朋友，从小一起长大的，匹普很有些想家了。而她两个姐姐刚刚有了孩子，也使得她非常恋恋不舍。

想象我的侄女们，长大了竟然不认识我这个姨妈呢。

对故乡英国的怀念，从湖区的水仙到小侄女的笑容，都开始消磨她的情感了。好像我对于西湖边一朵桂花的怀念，并且好朋友的孩子们，他们忽然在我们的故乡长大了，而我们在原属自己的空间里渐渐陌生。

我懂得匹普的心境。

而她结婚的决定，是因为纳吉儿对她这些心态的感应。

因为匹普的母亲是英国传统的老派人物，不是很能接受匹普同居，如果他们有一个孩子，她希望孩子来自正式的婚姻。

而在考虑了很久之后，匹普和纳吉儿有了共识。他们喜欢漫长地讨论一件事情，以此做到相敬如宾。

"慢着——他是如何求婚的？"我听到这里，将吃泰菜的筷子放下了，有点开玩笑地叫着。

"在海边——"

"有没有单腿下跪，像个骑士？"

我笑着——当然，这类事情该不会发生在一对已经同居六年的伴侣身上。

匹普有点反常地、深深地看了我一眼。

"是的，他单腿下跪了，按照英国的惯例。"

"啊——"

"在海边。那天，在我们认识六周年纪念日，我毫无预感，还忙着要在吃完饭后去开一个会。这时候，纳吉儿絮絮说起往事，说我们如何在旅行中遇见，如何那一天如果不坐同一个中巴就不会遇见，我正想着开会的事情，全不在听，忽然他跪下来，给我戒指。"

"你哭了。"

"是的，我哭了。一点点。"

我默然看着匹普。想象海边夕阳里那个英国式的求婚。不，我不是感叹这里有多浪漫，相反，却震撼于它

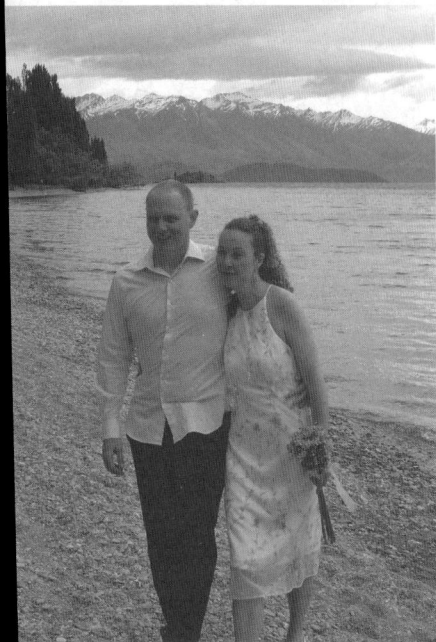

好朋友举行了一个雪边的婚礼

的平静。

在成了家，磨合清晰之后再结婚。在旅行过后，成熟之后再成家。这个过程，是从背包旅行，到白领余生，到后面的终老的可能。

一生故事，可以写得琐碎，但我知道如何将它读得精致。

我微笑，说了一个词。

"祝福。"

匹普的婚礼，安排在一个月之后的圣诞节，那时候，他们自英国的父母姐妹飞来了，并没邀请任何客人，他们一起到南岛一个雪山边的小镇上，坐了一艘游船，看雪光湖色，消磨了一个黄昏。我的好朋友在三十六岁那年，在这样的简单安排中，嫁给了她在路上遇见的那个人。一向低调的她，为这婚礼只准备了一件自己设计的白底小蓝花无领礼服，一个自己做的白色洒黄菊花奶油的蛋糕，另有一把小小的蓝百合花握在手中。

那天，她穿白色礼服，在雪山边笑意盈盈。把那样的幸福留给我们消化或者保存。

我在"雪国红豆"里面写的雪湖婚礼，见证在好友身上，因为她不懂中文，我只能默默感觉这种相知的快乐了。

真的，自小愿望有一个雪边的婚礼，默默小女子心念中，还是雪国红豆最相思呀。

第二辑　冬季到南岛去看雪

冬季到南岛去看雪

1. 记得和不记得的风景

旧国山河，伴我庄生蝴蝶天涯旅。

看雪要去南方吗？

在新西兰，这是事实。我今天正想絮絮说说南岛的雪城昆士唐呢。

我觉得新西兰这个小国家的好处是国家虽小，各类风景倒是齐齐排列，两周行程内可以看尽山海，涉猎火山冰湖，阳光海岸和清静冰雪城也隔得不远。难怪今年《魔戒》获奖后，新西兰旅游局要在美国报纸上出一张全版广告：奥斯卡最佳外景地获得者。新西兰是可以当此荣誉的。是新西兰改变了我看风景的思路，以前在国内最喜欢的是风景以外的东西，就是风景里面的古文化，那种郁郁苍苍让人遐想掉泪的古典情怀，藏在中国每一处的风景里面。糟糕的是在我们的旅游业现在有些过于发达，将人造的景观无限扩展了，倒是抹杀了各类故地空气中本来有的风景，就是那种斯人已去的感觉，那是要你静下来独自嗅的，但是在人头来往中不得机会

昆士唐边小镇 Arrow Town 玉店里的蝴蝶

了。新西兰的风景就是风景，像不需要装饰的白衣处子。如果把庄周先生运到新西兰来，他一定大叫好好好，因为那《逍遥游》里的大鱼、大鸟，还有《秋水》里远远雪山上的冰雪人儿，在这里都可以恍惚看到。如果你没有来过新西兰，就按照中国先秦两汉的文字来想象意境，就不会错了。新西兰的风景是到不了盛唐的，因为没有那种人气，但是倘能一脚踏进《诗经》里面的风景，或者感觉到了《山海经》，那么我个人以为已经有福气了。新西兰本地人和世界上所有本地人一样，感觉风景在别处，这里人最喜欢的是尼泊尔和中国西藏，连卖得最好的衣服牌子都是"加德满都"。我也喜欢那种野且神秘的风景，好像读诗歌喜欢读李贺的一样，但是想想旅行的劳顿，那么风景好又处于文明之地，旅行起来十分方便的新西兰，就是一个好选择了。想象你悠然自得地在海边坐着读《逍遥游》，喝了可乐十步之内一定有垃圾桶，随时看得见政府给游人修建的干净木头椅子，这不是很好吗？

我喜欢惠灵顿的山海呼应，小中见大。喜欢尼森的满眼阳光，兼之被艺术家群落住到空气里都有种种灵思的那种旖旎万千，更何况还有半城葡萄等着熟。奥克兰当然是不能不上榜的，因为它是奥克兰，虽然我个人对于大城市一向没有心得，只觉得海滩上游人如织，已经有了亚洲城市的气质，也就少了新西兰的风味了，不过不提它，新西兰总也不完整。

除此之外，就是这个我以为大家要在七八月中国最热的时候来看看的，一个气质尊贵的新西兰美城，南岛的昆士唐了。

我在国内去过一些地方，虽然都不是刻意去旅行，而是去采访拍摄，匆忙中把风景当作一种盘中餐，吞了就吞了，也不觉得可惜的那种。记忆中只有一次去南京，是看一些喜欢诗词的朋友，大家在鸡鸣寺喝茶，那时候感觉到风景是可以用来泡茶喝的，不只拍拍照那么简单啊。可是到了昆士唐，我才晓得风景是要用心来供的呢。

这雪城，是有一种尊贵气息的平和女子。还是用大家最熟悉的金庸女子来形容，它是小昭，也是小龙女。

2. 记得雪城初见，两重心字罗衣

飞机从尼森起飞，离开了这个阳光如酒如歌的温暖城市，我心中还是没有雪意的，在基督城转机的时候，我也是昏昏不知道有神景要来。然而接下来看到的雪城，却是把我的记忆永远冻结住了，就在那一刹那。

那一刹那的雪，就像你看到心爱之人的那一刹那。我们常说的，可遇而不可求，但是大家心里总悄悄求着能遇见吧？但是真有那样的时候，你本无心求，但迎面一种干干净净的美丽，出现在目光中。我来不及感谢，那是2003年9月在南岛，飞机里，黄昏时候看下去的，那雪山、那冰湖、那雪城。

记得连绵不绝的雪山是一片片纯银的，环绕净蓝的一条条冰湖也是绵延满眼，白蓝两色裁剪了天和地，是最经济最不想炫耀的服装设计师的手笔。但是那种白不是逼人眼目的白，而是稳调子的淡淡白色，清清的，有点不想笑不想多说的意思，不算忧郁，只是一种龙女样的矜持。别人看来，她是高不可攀，其实她却完全不知道世人高低是何意思，因此她看来沉默，内里只是个天真。

昆士唐本地时装设计师用地产羊毛做的衣服，牌子叫做"未经触摸"

记得因为山上雪多，看来犹如云团朵朵，记得冰湖本来应该让人觉得冷，昆士唐的湖却蓝得让人感觉她尊贵，也像小龙女的爱情。寒冷中的坚持其实非常暖。还记得我如此呆了又呆，想应该拿这风景如何是好。我不想走，也无意留，我只是愿意站在她面前，一直守候。那不是淮南皓月冷千山的孤独风景，也不是山舞银蛇的壮阔，那雪山是低低的，绵延铺展，那冰湖是更低低的，无心逃避，我觉得它们是一种恋爱中的风景，就是和谐而不语。还有冰湖那种没有一点灰尘的蓝，反而看来有点灰灰的，低调的，你能懂吗？我是一直说不出话，想难怪去年世界评比十大美城，昆士唐和花都巴黎一样在上面。虽然我觉得评比风景是没有意思的事情，但是这个评比毕竟是公正的。没有人抹杀得了这个新西兰小城的独特幽绝气质，她是小龙女。

飞机还在平平地飞，可是我心中的世界已经变了。我已经忘记了尼森，简直好像滥情一样，尼森的爽丽明艳，还是不能及这个雪国红豆之冰肌玉骨。顶顶简单的白色和蓝色，如何可以好成这样呢？这就是昆士唐给大家的答案。

我在飞机里开始丝丝缕缕地要记住这里的一切，但是又知道太啰唆了是要恼了这种风景的，就静静呼吸那凉蓝的空气，心里一片亮光冲出来。我高兴我有这种感觉，雪在烧，而我又挥霍得起一个假日的痴情，尽情走在昆士唐的夜色里。

小城也被雪山围着，客店都在山腰上，正好看下面的湖。到的时候正好亮灯，雪夜的街道上四处灯火明丽，雪山下面一个小城装满从世界各地来看雪和滑雪的人，但是越是这样清静的风景越是不怕人来往，山下红尘正好给雪山一个借口留在人间。犹如杨过之于小龙女。因为他，她可以留在人间；因为她，他有了对天堂的遐想。比如这个被雪山成全了的小镇，房价贵到百万金，美英都有富人来湖边购屋，只为伴龙女而居。

我们常常认为杨过和小龙女的爱情是不现实的，到了昆士唐，才知道我们对于现实的了解有多窄。纵使他混浊江湖酒，英雄一世，最后还是要小龙女的冰雪心来安慰。

不到昆士唐，如何晓得风景里面的种种传奇呢？

但如果没有了在人间的种种黑的红的体验，恐怕也看不懂这种传奇吧，我高兴我是从北到南，飞了几十年、几万里路的时候，在这里看到了那片雪。

假期总是天地对人心的奖励，因为我们如此努力过。而在昆士唐，你可以在幻梦般的风景中彻底休息一下，再赶路而去。

我知道我来新西兰之前，就想着要看一种北半球难以看到的风景，而今天看到了，才觉得寻寻觅觅的，只是为了静一静，描一描，找出心里隐蔽着的和如此景致相对的冰雪空间。其精致，其淡泊，即使只存在瞬息间。

那角落，对我，藏在新西兰，南岛，昆士唐。

列位看官，记得在北半球的夏天来。

夏天来南岛看雪。

从庄子和金庸的国家飞来，在另一语言的国家读书、旅行、工作，或喜或悲的日子，因为这个雪的遭遇，竟圆满了。我知道我已经得到，可以转身离去。

我想象早上起来看的湖景，如此欢喜地睡去。

我想在水上看雪山。

3. 雪湖上

第一个早上是阴的，我只想在湖边散散走走，出来才注意到旅馆所处的小山正对着昆士唐镇主湖 Lake Wakatipu，屋子外面开着粉色的早樱。有一种冻冻的美丽，配合雪山上绕着的迷离云和灰蓝的水。

湖边有大树小树，但最好的是绿柳和大茶花，艳色扑出冰湖之上，正好冲成清丽两字。如果有船有萧，就是白石词了。

然而真有呢，湖上有老船，以这带最高的雪山"Earnslawl"命名，蒸汽的那种，一直开着给游人看湖，有百多年历史了。

雪湖边的婚礼是清丽动人的

信步上船去，才知是个老字号游船，上面一个很大的咖啡吧，船头有钢琴，教会来的老奶奶在边弹边唱："那天，那天下午，我们在湖上……"唱着，就有许多老人都聚在那边和声，而雪山在歌里慢慢游移着。船开得慢，是让你看风景的。

握一杯咖啡，细细看湖和雪山。广播里说，今天船上有一对新人要到对面的一个老屋子里去成亲。

船到岸的时候，才看清楚那老屋是个金粉艳丽的玫瑰红殖民风格美屋，在翠碧的高杉和静蓝的冰湖之上独自幽艳。

新人的白色婚纱慢慢飘过了这幽艳，我们的船则回头了。

我没有下去看那岸上风景，让新人和他们的伙伴走了。可能觉得看景要留步，有的就放过去算了，也无须步步紧跟。

我被那屋子的颜色震撼良久，最是船快靠岸的时候，忽然看见雪山下，那碧寒之水上有屋灿烂如此，一刹那眼前的艳光，比新花还要细致的颜色。因为雪山陪衬，一切平淡色彩都光鲜无比。

没看清新人的脸，只听见雪湖上笑声一片。

心全被这雪湖洗干净。

4. 雪路天堂谷

我不是那种搞冒险活动的人，我的风景观是现代背包旅行的便宜加上古人性灵所至的那种赏玩。所以滑雪我不去，蹦极我不去，气球飘浮我也不去。只是选了气垫船，只因他们要去一个叫"天堂谷"的地方，而这个地方，是电影《魔戒》里的一个重要外景地。

从地图上看，这个天堂谷又叫 Dart Valley。从我住的昆士唐主镇沿 Lake Wakatipu 雪湖北上，历幽探胜，车程约四十五分钟，到达雪湖边另一个幽雅小镇 Glenorchy，这个小镇是雪湖向绵延的白雪山南阿尔卑斯山的入口，而天堂谷就在它的身后不远。那里，雪湖已经远离人烟，旅人将从它冰清玉洁的肌肤之下去透视那颗冰雪心。Dart 河处于雪湖与群山相接处，是冰川湖，水中盛产绿玉。这谷和水被崇尚绿玉的毛利人敬仰已久。

昆士唐城中有许多
有趣的休闲活动

　　漂流这条冰河是昆士唐最有特色的景观之一。一百新元的行程来回约一天时间，一般的旅人都能够负担。像我不敢飞行看雪但又愿意适度冒险的，就可以选择这个"Dart River Safaris"。

　　又是一个早上，大晴，雪湖光彩夺目，有如碧钻，山上白雪也光彩照人，天上飘着红色气球，有人在气球上开始看湖。

　　我则和一队人坐车沿湖依山开向雪湖后面的山中，那一条路是极其叫人难忘的。因为旁边一直是游动的雪山，前面也是，湖水延展，好像不会有尽头，把这个世界完全变成他们的。这才惊讶于昆士唐雪湖的气势。我们的车其实也像一艘湖上快船。

沿路雪湖风景秀丽
钻石湖边的马

天堂谷是多部电影的外景地

Glenorchy 小镇深藏雪山深处，幽景引来全世界各地的新婚夫妇来此地度蜜月，静静在雪山怀里享受天和地的爱情

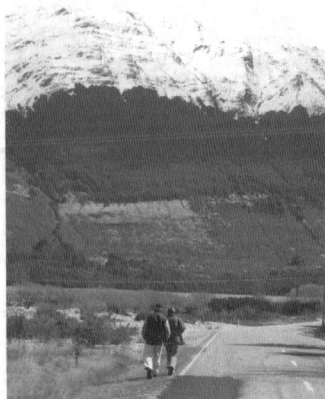

开了有一个小时左右，湖逐级缩小包围，平静下来，然而水更碧了，排排银杉仿佛银筷子插在湖边，有棕色马独自在这湖边吃草。司机说，这湖叫钻石湖。

过了钻石湖，就到了天堂谷，这雪山围绕的一片草原，正是《魔戒》里面一个战争场景的外景。我们想着，到了这里，风景可该结束了吧？

其实错了，这路风光的最美丽时刻，竟然还是刚刚开始。

5. 大特河漂流

小小的森林里面满是遮天的老树，我们走过树林，感觉林间阳光细细洒下。听当地人介绍说，这谷中的动物、植物仍然保持在八千到一亿年前新西兰漂移离开大陆板块时候的生态，那时候，哺乳动物还没有进化成功呢。这时候离城早远了，我们进入了雪山的怀中。感觉非常奇妙，好像是有些魔事要发生。

树林之外，两个扁扁的气垫船相待，我们穿上救生衣，上船等待冲进雪湖心中。

非常快乐。

船飞起的时候浪也飞起，我们被载入谷深处，才见怪树纵横，或横或悬，飞立两边悬崖之上；才见雪浪清纯，不停拍打巨大的水中大石；才见大鱼飞游，出没清清碧水里。我们的船司机是个小伙子，每隔五分钟，他就故意打个回旋，让船颠簸，惹得大浪冲船，我们大笑不已。

天堂谷内雪湖已成溪流，其中味道和走路时看到的雪湖之深沉悠远当然不同，现在的湖，更多的是志怪风格。而在回程时候，溪再成湖，两岸开阔，气垫船贴水飞奔，两边雪山扑面而来那种奇异的风情，是我一生不能忘记的独特中的独特。

天堂。

拍照拍到手疼，但是一个镜头还是漏了。

就是那雪山之下，溪水清浅之上，忽然见一白马，冲水扬蹄而来，马上一个少年，朝我们的船大笑。

我还以为是《魔戒》又在取景呢。那马近了，才知道是个导游，正准备给

千年老树是电影《魔戒》中重要的场景

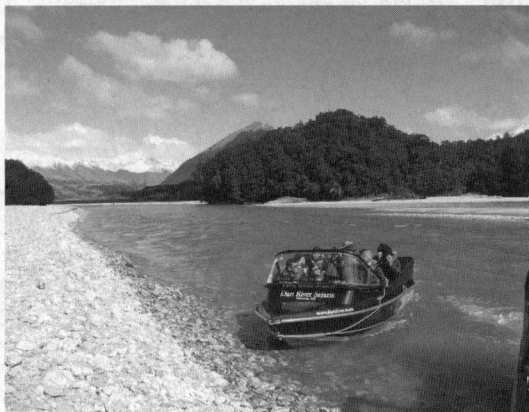

一些在雪山下露营的人带路。

我决定下次要邀中国的朋友们，请这个"白马啸西风"的导游来细细带我们在雪山下住几日，享受天堂谷另外一种感觉。那是宁静龙女的心中豪迈，只在谷中央，溪深不知处。

而和白雪如此亲近过之后，忽然觉得天堂是在角落里，还是那个心里随时预备天堂美丽来临的角落。它在，别丢了它，平凡的你，记得雪在天边，也在心里。

一路寻雪而来，又觉那旅程是自己的悟。洗干净并给你支持的，还是我们寻找美丽的内心需求，那真是万金所不能抵的。

雪山脚下，这年冬天，那么多来看雪的人，是否有过种种黑的灰的爬、跌、摸索的日子，或者飞扬跋扈的金，或者平和的粉，而各色的日子都被这白雪静静宽容了，她告诉我们美丽还是可以持续的。

而她的颜色是说：别放弃。犹如龙女对身世暗淡的杨过之造福。看来无言无语。

旅人因此被天堂付现。以后的日子也有了依靠。

再见，天堂谷。

天堂谷深处，大特河，又是《魔戒》的另一个外景地

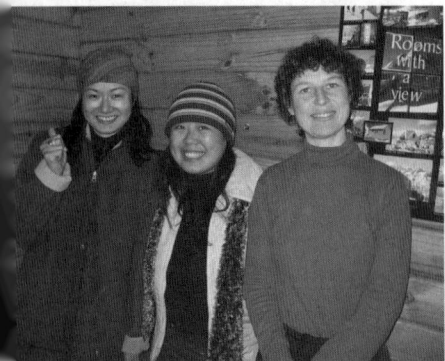

南岛雪山旅行笔记

1. 马格

惠灵顿土生土长的女生马格是我的同学，惠灵顿的风里，我们曾经一起奋战过：考试、作业、毕业答辩。之后，马格进了一间学校工作，教我永远不会去听的那一门课——数学。

那间学校年龄有一百岁了吧，和本地所有公立中学一样，占地大到无边际。绿绿的操场有普通中国学校的两三倍之辽阔，坐在教室休息屋里看玻璃外那草上白云，和云下穿黑色校服的少男少女不知道有多美丽。

有时候我会去学校的休息屋里看马格。学校太大，一百多个老师进进出出，外面走廊上教师邮箱就满满缀了三墙。我都不知道马格的教师代号是什么，她的小格子在哪里。

但是马格是那种你根本忽视不了的女生。她的原籍是苏格兰，肤色苍白，鼻梁有一点凸，眼睛清澈，动作敏捷。她笑，就是笑，笑声可以移动一座山。

我们在同学时候一起排过短剧，她那时候光头，穿一双脏到不分颜色的球鞋，永远是弹力的紧裤子，上面球衣。她旋风般动作，旋风般语言。教室后面有一堆垫子，哪天我们上课不见了她，回头却见她舒舒服服躺在垫子上听课，来个我行我素。

这样一个马格，毕业典礼时忽然神附体样换了一个人，光头长出了一些金褐色短发，她由此精心策划了一堆小卷，上面插了紫色小铃兰，明亮的口红，清新的粉，纱裙子，配紫色毛衣，眼影也是紫的。

呵呵。我记得我吼了一声："马！你在搞什么鬼？"

她大笑起来，笑声可移动一座山，内力充沛。我这才感觉到熟悉的她的出现，在夏日清阳里，她挥动手脚，紫毛衣外面加了黑色毕业礼服。之后，她又大力地拥抱每一个同学。之后，吹口哨：

我们毕业了！！！

她开一辆半旧的红色敞篷小车。风一般离去。留我们的校园在海湾里。后来看电影 *Whale Rider*，才发现学校后面不远的平常风景和电影背景好相似。天蓝水碧，万鲸同栖。才知道那里是多么美丽，新西兰那种纯净和狂野，是世界上极少有的大景致。

那也是我们这些凡人演出故事的地方。

2. 马格

是在毕业后才断断续续听说，我们在学校同学的那一段日子，马格其实刚从一场情感的裂变中走出来，因为相守七年的爱人离开了她，她大病一场，骤然瘦了五公斤，卧床十周之后，她重新出来读书。却剪掉了一头陪伴自己多年的、过肩的美丽长发。

于是马格的故事在我的记忆中清晰起来，她的光头、她的大笑、她毕业典礼时候的紫色纯粹女性风格。

心中忽然好生对马格怜惜，于是便在学校短假时候鼓动马格和我一起去南岛旅行，和我一起去看新西兰最高峰，南阿尔卑斯群峰中的库克山（Mt Cook）。

我们坐在教师休息屋里策划，一边喝咖啡。所有的老师都在短时间赶紧加水加油，以便奔驰下去，我是那种喜欢将和现在环境不同的因子扑到面前世界里来的人，于是开始讲旅行的事情了，在教师休息屋的沉闷气氛里。

马格被我这个外国人策划的新西兰行程迷惑了，看着我将手指在"寂寞行星"的地图上划来划去。

"我要先去但尼丁，之后，我们可以在库克雪山碰头，之后，我要去看冰川。"

"那么你打算如何从但尼丁去库克呢？"

"我坐大巴。"我一向不敢独自开远途车。大巴让我感觉安全，新西兰大巴干净舒适，又有大玻璃窗可以看风景，司机大多是非常礼貌的老人，见多识广，和他们聊聊，知道不少信息。

"为什么不 HITCH?"马格"啪"地拍了一下椅子。

"什么 HITCH?"我一下子没有听懂，之后醒悟她说的是什么。

"HITCH 多有意思啊!"她眉飞色舞。

她说的是招手在路边搭车旅行，这也是新西兰年轻人喜欢的一种旅行方式。

我脑海中出现我在夕阳西下、饥寒交迫的时候在高速公路边挥手的模样。

"啊，我不行。"

这句"我不行"后来成为我和她共同旅行时我的口头语。

"那么你打算住在哪里?"

"背包旅馆里。"

"你不带帐篷吗?"

"我?"我想了想，"恐怕不行，我这辈子还没有住过帐篷。"

马格又猛地拍了一下旁边那张空椅子，"什么?"她声音大到我几乎震落杯子。

"你居然没有住过帐篷!"

我有点不好意思。

"这世界上有人还没有露营过!"

我笑笑。

鬼 Kiwi，他们是在野外长大的，露营有如家常便饭，动不动就在海边森林里漫步个几天几夜，累了就睡在帐篷里。反正他们有的是地方。

我应该在哪里露营? 南京路? 长安街? 深南大道?

新西兰所有中学都大喊"OUTDOOR"教育，中学生动不动被老师带出去野营，地理考察或科学考察个一周两周是家常便饭。我呢，应该在什么时候去露营?

小学升初中考试? 初中升高中考试? 高中升大学考试? 大学之后的我，已经定型成书院女。工作以后假日和朋友一起去黄山玩，却看见人山人海，之后更坚定多在家看电视的决心。

我不知道什么是帐篷。

这一点无知，被马格喊破了。

教师休息屋里一堆野鸟 Kiwi 在看我这个家雀，我真的脸红了。窗外绿色操场上，少年们在玩橄榄球，欢笑着，这个简单的国家有他们自己的文化。

他们的文化就是到野外去，用手脚身体去接触大自然。

我的"野蛮女友"马格，决定和我一起去见见不同文化的风景。

3. 霜上女

马格自从那天吼过"你还没有住过帐篷"后，又柔和起来，她决定尊重我的文化。

"我们不 HITCH 了，也不住帐篷。"

"没关系，我都可以尝试的。"

"不行，无法想象一个没有露过营的人第一次开始是在库克山的雪地里。慢慢来吧。我带你，夏天，在惠灵顿的郊外开始好了。"

这个马格，确实是既"野蛮"又温柔的，我点点头。

最后我们的计划变成我从但尼丁坐大巴到基督城和她碰头，之后她开车带我去库克山，住在背包旅馆里。这不是最佳的旅游路线，但我对但尼丁向往太久，非要先去不可。

计划之后她决定把我先包装起来，成为"在野"人士。

我们在"加德满都"买了厚毛袜、帽子，还有紧身内衣裤。

"我们将在雪中行走。"马格将一顶红白相间的帽子裹到我的黑头发上，"一直到冰川，我已经看过地图，库克山一带雪山森林区可以行走的路线好多，真让人高兴。"她十分兴奋。

"我已经多买一条裤子，如果你实在怕冷，给你。"她说。

马格意识到和一个东方书院女一起旅行的责任。

她催促我在旅行开始前先在惠灵顿一带森林里开始几次长征，以便磨炼意志，好对付冬日库克山的雪、风和冰。

那一天清晨，我还在大睡的时候，忽然窗子被敲得山响。

"理——"

窗上露浓霜重，我抬起头，看不清楚窗外来客，只好把窗子打开。伸出半个头去，却见马格，她穿一件翠绿的大风雪衣，绿色棒球帽，眉上披着晨霜，站在被霜描白的青草地上，像个绿神仙。

"我感冒了，所以今天我们去森林漫步的计划取消。我特来通知你。"她还在喘气。

"见鬼，你发烧了，不会打电话通知我，要在高速上开车来？或者等我给你电话？"

"我丢了你的号码，我不能让你在这里干等干着急，所以特来通知一下。"说完，她握着手套，和她的红色小跑车一起消失了。留下我看着霜下草地发愣。

自十五岁来已经没有朋友会因为一个一起漫步的计划要失约而在清晨赶来敲窗通知你。

马格诚然具有中国魏晋人物的风度。

4. 基督城山上的茶和鸟

我从但尼丁赶回基督城是在深夜。本来是中午的大巴票，因为我是那么被但尼丁迷醉，多待了半天，因没

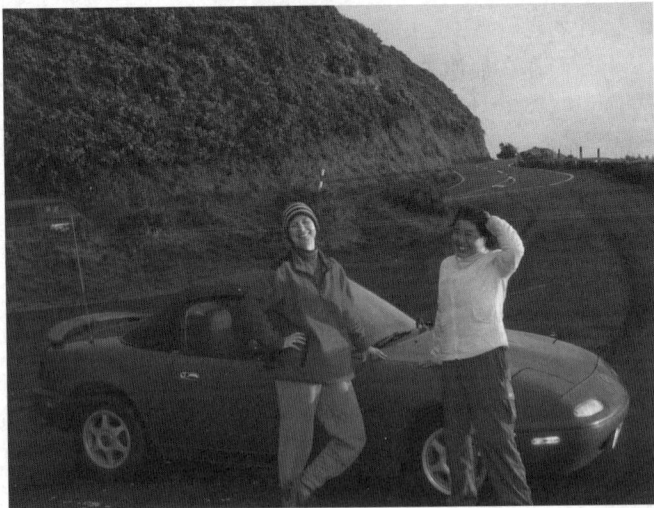

有车子，远行也不方便，就独自将这半天流
连在市中心一个纯白色苏格兰风格的教堂里。
那个教堂全是石的，正中悬着一块玻璃，十
字架画在玻璃上，红的蓝的绿的，也是苏格
兰的颜色。整个但尼丁是一只漂流中的风笛，
吹着对英伦绿岛永远的思乡曲。

瓶中有束白雏菊供于神前。整个教堂非
宗教的东西只有花和我，默默在此消磨时光。

这城市端的是秀丽无比。我宁肯为此坐
夜车，忍受颠沛之苦，脑中却不停回闪路上
所有的风景。

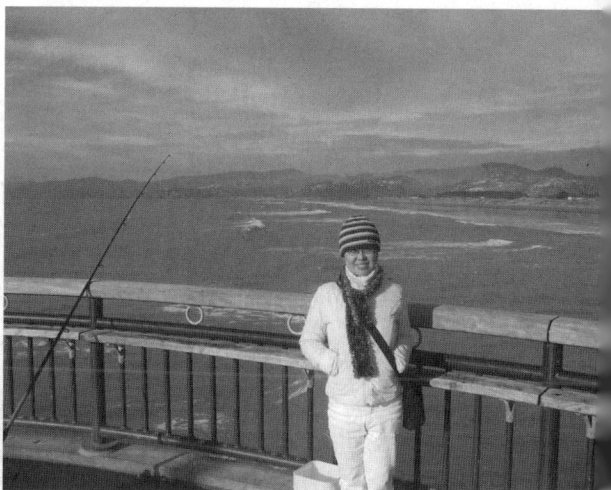

我在基督城

但尼丁之秀丽脱俗，比较基督城之舒展
典雅，很难取舍。我这么想着的时候，收到马格的手机
短信，说她已经到了基督城，明早来旅馆见我。

马格把我叫醒的时候我正窝在绿色睡袋里大睡，窗
外是基督城的明媚蓝天。南岛的天空比北岛更简单，蓝
得清透，像一艘水晶独木船。整个天空有一种奇怪的散
淡旷远的格调，像是 D 大调的曲子，这 D 调的天空应是
南岛的专利。我看到马格出现在眼前，这个北岛女孩英
姿飒爽地穿着如下服装：

紫色毛衣，绿外套，蓝袜子，粉红短裤，褐色靴子。

完全不搭配，只有她穿着就正好。不是美丽，是风格。

马格旁边站着一个有点羞涩的中年男子，这是她提
到过的好朋友，马腾。

马腾在坎城经营一间小店，卖山地自行车。他们是
童年好友，因为马格要来，马腾将店也关了一天，要陪
我们出去看看。

马格将我的背包提上了马腾那辆蓝色旧尼桑。

"去山顶看看？"

我说好。前两天在基督城的市中心沉溺于教堂、艺
术中心之类地方，专心看这里的古典建筑，但是我知道
坎城的精华还不在市中心那一段上面，而是海岸及旁边
的青山。如 Port Hills 和旁边的 Lyttelton 海湾。

南岛的孩子

基督城的街头艺人

南岛的牧人

基督城以建筑闻名，艺术中心尤为著名

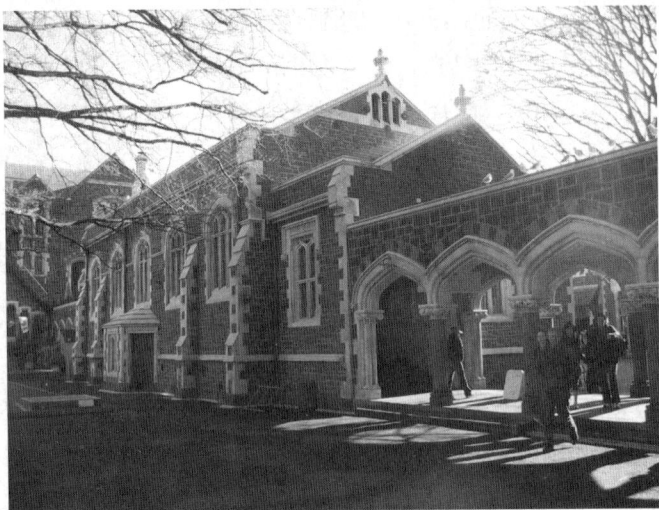

　　车子向坎城西南而去，Port Hills 是一组死火山，山线舒展，和海势相呼应，一波高过一波，山坡上牧场处处，旅人可以坐缆车到达山顶。

　　阳光如此，几乎让人忘掉这是冬天。南岛原来不冷，或者不是那种骨头里的冷，是一种颜色里的冷，我喜欢季节变化的颜色，而南岛，处处是现成的水粉画。那些牧场本来以为是单调的东西，近看了却觉得只不过是一种声音、一种色调，和青山蓝海碧天以及远处绰约晶莹的雪山配合起来，无穷地奏鸣着。南岛变成了一种童话七色花，旋转着，旋转着。我默默在风景中，是忠实的旅人。马格和马腾都向我介绍 Lyttelton 海湾的历史，这原是欧洲移民最早在坎特伯雷大平原登陆开发的地方，在1860 年开始就颇有人气，如今是城中富人区，有点像惠灵顿的彭特尼和黛丝湾，但是惠灵顿是山城，没有坎城大平原的气魄。因为有平原的对称，这里的山开朗很多，更长气，不轻易落地，一拨拨向着远处的南阿尔卑斯挥手。

　　雪的诱惑已经在绿原上凸显，我知道我必将去库克山了。今天只是一个前奏，且看基督城用什么留我。

　　到了山顶，下面的城市非常模糊了。没有多少树，却见塔沙克草一蓬蓬开着，这种剑形草是很新西兰的，处处见得到它们。惠灵顿的山大多树木繁密，像坎城 Port

Hill 这样干净的山不多，这死掉的火山确实是为了人看远处的雪峰准备的，像个镜台，自己很谦卑，不多话。旁边有三三两两的山地自行车过去。马格朝他们招呼："你们一定不冷，对不对？！"对方报以大笑，停车擦汗。

"去喝杯东西。"马腾说，手指路边一个完全由石头盖的屋子，那屋子在一个矮坡上，掩映在绿树丛中，正对海和远山，是个小酒吧。绿顶石身木门，再朴素不过。旁边有个小园子，里面竖了一根石柱子。上面挂了招牌：The Sign of the Kiwi。

原来这小屋竟然是坎城大名鼎鼎的古迹之一。二十世纪初期，坎城人 Henry George Ell（Harry Ell）在议会得到席位，他为过多农业开发会对新西兰自然风景及动植物有所破坏而深深担忧，提出对后来新西兰非常重要的一个法案：1908 年通过的环境保护法案。他在基督城大力推广了该法案，集中民间资金建了五百多个环境保护区，并很有匠心地在 Port Hills 沿山建了数条行走长道，供游人行山观海，又在这数条行走路线边安置了四个以新西兰名鸟命名的小茶屋，游人到此，擦汗、歇脚、饮茶，之后继续前行。每个小茶屋虽小却典雅而野趣，巧妙站立在沿山所有最好的观景点，无论看海，还是望远处雪山，都是合适的。

这四个茶屋分别是"The Sign of the Kiwi""The Sign of the Bellbird""The Sign of the Packhorse"和"The Sign of the Takahe"。其中"The Sign of the Kiwi"和"The Sign of the Takahe"最为著名。

我看这屋，石口石面，低低矮矮，很不起眼，但是妙在全用火山石，和我们正行走的山融为一体。建筑师是二十世纪早期的坎城人 Samuel Hurst Seager，曾经留学伦敦，后来自成一家，也是新西兰建筑界的一代宗师。他其实虽然和新西兰所有文化人一样，师从欧洲艺术，但是已经开始决心创造新西兰自己的风格。小小"奇异鸟之迹"，正是他展示这一风格的一个例子。用当地所产火山石，屋内全是石墙，厚厚苍苍，微见猩红。屋子虽

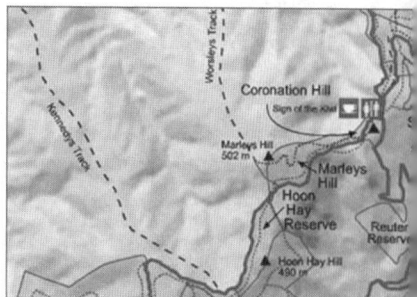

地图标志，红色标记处是这个茶屋的所在

1920 年的小屋旧照片

矮，却在坡上，故看起来并不矮，没有给人悬空之感觉，像一块火山石窝在黄色塔沙克草中，憨厚中现着机灵。门前石廊和门中吧台相望，显出层次。共三间主屋，都不大，吧台占一，茶屋在左，另有一间藏在后面，却对着路。小小茶楼，也是曲曲折折，有许多可以玩味的地方。我进去一看，先喜欢这里半暗半明的光线，真有在石洞中的感觉。到了外面那间小屋，才豁然一亮，原来外面所有海和山和草的远景，都藏在这个屋子的玻璃里。但是小屋的主人还不肯到此为止，而是在玻璃上画了许多六角雪花，所以给人雪夜石屋、三两友人登山对海的感觉。屋外山路空旷，虽已经离世很远，屋中却见得暖。真是洞天福地。我佩服建筑师的构思。他想在简单原始里找到美和安稳，以此作为他建筑的新西兰感觉，留给后人，共饮一杯茶，或再配一点鸟声。

马格和马腾久不见了，絮絮说不完话，我在玻璃窗上画的星星飘雪之下端坐，慢慢喝基督城留我的那一碗茶。传统上很多人以为新西兰本地没有文化，其实奇异鸟们最精的是把文化的虚壳破了，务实到享受生活的细节中去，他们保护自然，运动休息，在对欧洲的乡情之中吐故纳新，自己琢磨出了自己的一种绿色生活。坎城是这种绿色人生非常好的例子。

马格知道我喜欢这个茶屋，第二日起早又带我去看了"塔克河鸟之迹"，那却是哥特式的严正建筑，做了一个山上咖啡屋简直让人觉得是大材小用，里面规模宏大，精细非常，给人奇异宫殿的感觉，正对远远雪山。这屋也是绝妙消闲之处，不过，火山石屋"奇异鸟之迹"的简单温馨却是别人没有的。

到现在，我依然憧憬着哪天雪夜和友人山行，在"奇异鸟之迹"喝点热东西的感觉。

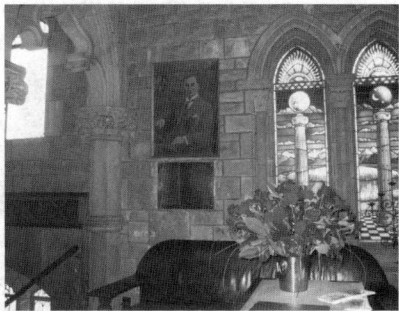

The Sign of the Takahe

5. 你好，南阿尔卑斯

这应是世界上最美丽的路线之一。

这是一条雪径。它蜿蜒、清澈、宏大且神奇。如果你读过南唐李后主晚期的小词"心事数茎白发，生涯一片青山。空林有雪相待，野路无人自还"，你一定会向往那种雪路来回的清旷自由，那种青山相聚的奔放恢宏。

那么今日，不在古典的奔忙红尘里，你依然会在新西兰南岛，从坎城，经南阿尔卑斯群山，到达雪城昆士唐的路途上，找到这份收放自如、王者隐者皆是的后主

心情。

我爱，且让我先幻想月夜单飞，悄悄飞过坎城大平原，向南岛的万千雪峰默默行去，那雪峰如莲花的手掌，在月光的波涛里静静拍打着记忆。

那竟然是记忆里的、前生的花。我的心是一只年轻的鹤，飞过温暖的雪，羽毛被雪光洗得干干净净。

一直所希望的，不就是这样的故事吗？那里有顽童的天真、帝王的大气，有词人的敏感、爱人的沉溺。

十八岁时候我握着一卷李后主的小词，将灵感一片片撕落，洒在成长的路上。之后，奋不顾身跃入钢筋水泥下面的化装舞会。而今天，却能在天涯海角，看到那些白色的青春羽毛，它们依着雪山和长白云，一一回家。

忽然回首，看到各种颜色的春夏秋冬，都被凝结在这里。迷路过，慌张过，沐浴过爱恨，我们的成长，在终点，是一条雪路。

那雪路上的心事啊，一点点，都是解脱了的谜语。那是不能决定成败的一种境界，是不能论悲欢的一种爱情。如冰蚕剥丝，一寸寸，都是雪。

我爱，如果你还如旧时那个茫然而挣扎的青涩女孩，在南中国的城市热浪中会一次次问自己，我的未来在哪里，我的未来是不是梦。那么，今日的我，希望告诉你，这里还有一条雪路在守候。

守候成长。

我的心默默充满喜泪，此地，宜有词仙，拥素云黄鹤，与君游戏。

那么，雪路相待的，是我们无限度的成长游戏。在种种翻云覆雨的故事之后，有一种清澈的悟觉，必然要在故事的故事后面，天蓝蓝、水草丰美之处，与我们见面。

　　就在一个天气晴和、云如钻石的南岛的早上，我开始了白日梦般的雪山之行。

6. 夕阳下·星空里·晨光中·用身体旅行

　　马格手把方向盘，在一号高速上飞车前进，我则握着地图和相机，为两个女生的行程"把路"。我们的行程从南岛中部的新西兰四大城市之一坎城开始，向南经过一号高速公路，然后在小镇 Geraldine 处左转，汇入 79 号公路，进入南岛的风景心脏区之一，南阿尔卑斯的雪山公园区（这一带被唤做 The Mackenzie Country）。之后，我们将从小镇 Fairlie 转向 8 号高速公路，向海拔 701 米高的 Burkes Pass 进发，那里，几个绝美的冰湖已经在望。车过冰湖，再入 80 号高速公路，便离到达南岛最高峰、海拔 3 755 米的库克雪山不远了。

　　马格是个真 Kiwi，看风景的角度是实证性质的，她会把车子停在一棵大树旁边说："嘿，刚才飞过的那鸟是 Tui。"或者，在车入雪山高原、夕阳方下、满山暖翠、灵光笼罩天地的那一刻，用手轻轻抚摸地上新出现的雪原

　　进入雪山区，我感觉太阳和草都变了颜色和模样，像一首歌曲进入另一种调子

上的奇异花草。

"Touch The Untouched Corner"，这是马格的看景观，用身体旅行。对于我的不停拍照，忽然在一片云、一群羊前停下呵呵感叹，马格深为诧异，称为"一个游客"的行为。不过，我告诉她在这一切结束之后，我将会给她一堆美丽的回忆。

"我的回忆都在我的身体里，我已经触摸过风景。"马格说，一边把蓝鸟车开得飞一般。

但是我不能舍弃我的游客行为，这些照片，是要在之后的红尘枯燥时一次次独自回味的，我从没有丢弃过它们。万水千山，我收藏一朵花、一片云的孩子气习惯，从来没有改过。

"你用身体旅行，我用心旅行。"我朝马格做鬼脸，一口气又拍了几张相片。

这条路上游人必然要停一停的地方是从平原转入山区的入口小镇 Geradline，这里，地貌陡然改变。在坎城一直遥望中的雪山已经真实布在脚下，虽然这一带还没有多少雪，但是地势已高，空气清冽，植被有异。离小镇不远的 Peel Forest 公园是新西兰著名的针叶松的聚集所，且有数个山间瀑布，如有时间，应该好好在这里漫步，与松涛流水切磋一番。不过，我们因为要急着在天黑之前赶到库克雪山，便将这大风景的前言部分匆匆翻过去了。

车到 Burkes Pass，天色已经暗了，四周是白皑皑的雪山，如一幅风景长卷画一般打开在眼前，晚霞是通常的紫和金，但一旦被雪选了做一条晚会披肩，那么再简单的霞光，也矜贵无比！此时，山已深，路却平和，不需太忙碌攀登，已经被大风景团团笼罩。我有一点遇神的感觉，希望这一切不是幻觉。

霞色渐渐变深，雪山便也随之改变颜色，在这里，从白到黑不是简单的一挥而就，而是花了上天快一个钟点的时间，细致无比，一点点，一片片，涂抹了这段时空。在都市里，神总是闭上眼睛，让我们这些红尘人物自己画自己的肖像，那些重重叠叠、纷纷扬扬的情节。

而在雪山里，风景的神自己开始信手涂抹，往画布上倒颜色。雪山是最好的风景底子。

因为它是空白无一物的。

旅程中，我们看到四周雪山被金的、紫的、淡红的各种音符敲击着，它却大音希声，不言不语。那种冷静的、持久的对美丽的无所谓，造成了这一带风景的冲击力。我完全无声，马格也被深深震撼了。似乎无论心灵还是身体，都已经对这种光景无能为力。而霞光下雪山边的几个紫色小湖（Lake Tekapo、Lake Ohau），却是犹如几朵冰莲，静静开放在雪的怀中。湖水在暮色中竟然完全不动，似乎被雪催眠，完全睡着，远看像一个冰场。甜美的，安宁着。

许久之后我们，终于评价了一短句，是英文。

"Stunnig。"

雪山前，篝火团团。有鸟斜斜飞过，像不肯走的孩子，在风景的怀里醉。

马格说那是鹰。

我拍下一圈照片，希望有机会拼图起来，成为全景，但是因为我终究跟不住霞光的脚步。这幅真迹已经有些模糊。

我们的车终于在晚上八点到达南岛最高峰，库克雪山脚下的库克镇。历时四个半小时。

我们发出一阵欢呼。将大小包裹卸到了雪山下的背

背包旅馆的火炉边
一向是我最喜欢的地方

包旅馆 YHA 里。雪山已经就在身边，明天的旅程将是灿烂的。屋内，炉火正红，这个小旅馆里，有五湖四海来的年轻人，把笑泼洒在雪山下面的小木屋里。这是一个干净而温暖的旅舍。

我正想在火炉边歇下脚，马格却又披上大外套。

"出去呀，去走走！"

"你还不累？"

"去摸摸星光！"她的身体旅行观又回头了。

"星光！"我也兴奋起来，跟着她走了出去。

此夜星河，是在雪山怀里。我们两个漫步在库克谷无市无灯的小镇之路上，身边雪山虽在暗中，却贝壳样发出淡淡亮光，所以不觉得黑。夜雪山，给我无限青春流动的感觉。靠得如此之近，才感觉雪的肌肤是丰润而坚硬的，并不柔弱。在山里，雪不再是以往暂居城市里星星点点的慌忙灰色游客，却从容、伟岸、生气十足。这里是雪的故乡，容它们没有掩饰地生存着。

然而星光呢，那耿耿星河才是夜雪山的主角。

那夜晴朗非常，并无月影，但见满天星斗被冷光所罩，一改那种平时闪烁其词的风格，全部冻结，流光成奇异的白霜，一条条纨素般盘旋星边，而万千星星却成为一朵朵霜中之花。

那是一整条银河被放在你家冰箱里等你拿去当冰块冲杯酒喝的感觉。那也是一千对恋人不愿意分开，请上天把他们冻结在一个美丽的约会时的感觉，以此永恒那一瞬间的清澈誓言。那还是一个童声的合唱团，将清嫩的歌曲大合唱交到一个录音棚里的感觉。总之，那不是平凡的星，却是一场星的魔术。

我们深深呼吸着这星光，那清冽的雪气和光华都浸入灵魂深处去了。

马格一定要找到一个看星的最好角落，那是雪山脚下一条小溪的旁边。夜色中，可听声音，不见水流。

但，是否已经足够？

我坐在草上看星，马格却一定要躺下来。

"Touch。"她说。

我躺了下来，霜草上，冻土微润，可以听到身边雪溪欢快地流过，此外，世界安安静静没有声音。我想象着雪山清晨的模样。

头顶星光无限。

我和马格的区别是，我躺了一分钟，她躺足十分钟。

7. 看雪的人·看雪的女子

早上刚起床就听马格在厨房里喊："快来看风景啊！"

也不用出门了，YHA正在库克谷的中央，小小木屋中每一个窗子每一个门都是藏雪山景致的画框。

无论用如何的心情去准备，真看到那晴天白雪的妖娆景致时，我还是有点不相信自己眼睛。难得是如此晴天，雪峰的脉络清晰无比。云也格外亮，空气纯粹，你不用呼吸，已经陷落进去，原来此处是雪的心脏在深呼吸。我再次感受到雪的魔力。忽然间，笑意升满了怀，才了然什么是简单就快乐，如雪山保存给我们的这个新天、新地。电光石火间换了个水晶肺腑，我也没有什么要说给谁听，只想大喊一声"啊"就够了。好像整个旅程就是为生命来一次深深的深呼吸。风景有这些全没有道理的道理。我记得是在昨日夕阳里开始和南阿尔卑斯对流，将自己的心放在这里充电，那一些阴阴阳阳的锈

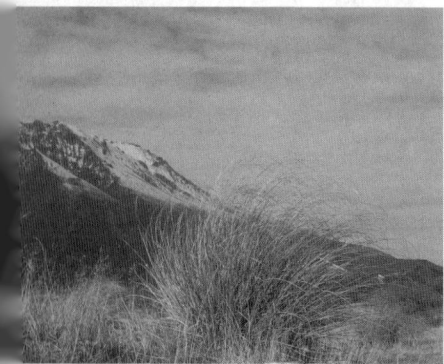

铁或者黄金都开始发出响声。那一刻我肯定我的外在也有了不同的模样。全无寒意。只想问这雪山是谁如此善良地为我们留存着的。

一个打着细辫子的东方小姑娘笑眯眯地在旅馆前骑着小小山地车，她十一二岁模样，脸胖眼细，天真烂漫，是我们的旅馆里最年轻的看雪客。由她的母亲自奥克兰一路开辆翠绿四轮吉普带来的韩国小姑娘，正无瑕地享受着雪。于是想起昨晚在背包旅馆共用的自助厨房里看到的她的母亲，一名神态自若的中年女子，在学校假期独自带着孩子来看雪。

记得她母亲做的晚餐：绿的蔬菜、切细的黄瓜丝、红的番茄，还有煎得微黄的鸡蛋和烤得正是火候的面包。甚至还背来了几枚淡菜，一起摆在两个雕花瓷盘里。旁边是一瓶白葡萄酒，并一个高脚酒杯。在背包旅馆里面是没有富人的，更别忘了这里是雪谷，并无多少食物卖，想来都是母亲已经准备好的，她不许旅程太仓促纷乱，已经准备好了要细细体验。和旅馆里其他许多布包芒鞋旅行全世界的年轻人一比，这个母亲的旅途精细生存让我大开眼界。

早上又见这个小姑娘，却是在骑她的小小单车，准备和母亲一起到雪谷里漫游了。回看母女俩的吉普车，车上另有架子，正好放一大一小两个单车，在雪山下，母亲的单车高高摆着，替主人的个性作注解，真有点笑傲江湖的感觉。

和这母亲我们并无机会说话，不过，看那车、那酒，已经知道是什么样的人物了。

孩子告诉我们，她们是移民，自韩国来，住奥克兰。

孩子名叫崔爱莲。

另一群看雪的少年也在我们眼前过去了，他们全部坐着轮椅，是爱尔兰一个残疾人组织安排这群少年飞越半个地球来看雪的。

其中有个少年，转着轮椅扶手，带点羞涩在雪山前坐着，微微笑，他们的同伴在尖叫、欢呼。

我朝这个羞涩的少年挥挥手，他也笑了。

"你好！"

背包旅馆是海内存知己的地方。我们因被这眼前风景所吸引而相聚，又因为想去下一站寻找美丽而分开。普天之下，莫非民土。率土之君，岂非这眼前的山河岁月？是在新西兰，我认识到了最清晰、原始的风景。睁开了我看风景、发现风景的另一只眼睛。

从此，我的世界亮光有异。玻璃心里放了一只小小草鞋。因为走过、发现过、旅行过，你就会被这特殊亮光捉住。许多人对旅行有许多误解，或认为是逃避。其实旅行着的许多人，是非常真实地在流露着自己平时被隐蔽的内心，又非常用心地在重新整合自己的内心，使之更平静入世。我觉得看风景、寻找风景是绝对的一种参与。似乎古人那种"读万卷书，行万里路"的生活方式，不再被认可，虽然那真是我们中国人文化中本来非常可贵、非常重要的一部分。

因为山水清丽而奇异，旅行设施完整，价格便宜，新西兰可说是世界上最好的背包旅行地之一，因此，你每到一处，都可以看见来自世界各地的年轻人在这里不知疲倦地走着，发现着，他们自己也变成了一种风景。

我这么想着的时候，马格又在厨房里大喊："理，来尝我的烤面包啊！"

一转身正要进屋，却见雪前面又多了个黑发女子，独自一人，朝我微笑着。她身子苗条，长身玉立，脸上始终含笑，娇羞而平静。一件布夹克，一块红色头巾，那气质如一朵东方的野百合，开在这南半球的雪前。

"你是中国人？"我大喜。

她摇头了。

"对不起啊，我是日本人。"她用极糟糕的英文对我说，一面摆手。

想起去年在尼森见到的许多独自游世界的日本女子，看来她也是这一群女性中的一个。

"我叫夕理。"她说。

夕理来自大阪，是一名职业服装设计师，在一家大公司里朝五晚九十年后，她深觉疲惫，于是，在三十岁

夕理画的我

夕理画的马格

那年开始了环游世界之举。新西兰，是她的第一站。

打开夕理的旅行日记，发现她是用在果园或者牧场打工换食宿的办法，用六个月时间环行新西兰的。她的日记上一半是卡通画：路上所见有趣之人、有意思的动物、植物，甚至一个有趣的菜，都被她用小漫画记录下来。

"三十岁前，帮助别人设计人生的服装，三十岁后，想用三年时间给自己做一件衣服。"

夕理在餐桌上铺开白纸，在二十分钟内分别为我和马格画下了两张卡通肖像。

画我，因为都是黄皮肤黑头发，她是一挥而就，画马格，她却凝神观察了好久。

"你的鼻子和我们的不一样。"

听夕理这么一说，马格哇哇大叫起来。好像被当作怪物，很不服气。不过，画一出来，她也不响了，抱住夕理感谢。

我笑笑，读志摩的诗："最是那一低头的温柔，恰似水莲花不胜凉风的娇羞！

"道一声珍重，道一声珍重——"

夕理将在四个月后离开新西兰独自去英伦，希望她能继续优游地画她自己的美丽人生。

8. 手握玄冰终不语，蝴蝶翻过空山去

我和马格都是穷人，看雪但不打算滑雪，只想走雪。

库克谷一带，千峰并立，偶见冰川，除了是滑雪的佳处，也是对想爬雪山征服高峰的冒险者永远的诱惑，更有许多略浅显但依然曲折的路线，供一般旅行者行走。

库克谷的雪峰一带天气变化多端，因此，开始任何一条行走路线之前，都必须先在旅馆或者 Information Center 了解一下今天各条行走路线的路况，如果雪路地形图上某条路已经打上红叉，说明它今日结冰路滑无法行走，那就只好放弃另等佳日了。

在库克谷的众多行走路线之中，来回两到三小时的 Red Tarn 和来回四个半小时的 Hooker Valley（霍克谷）是

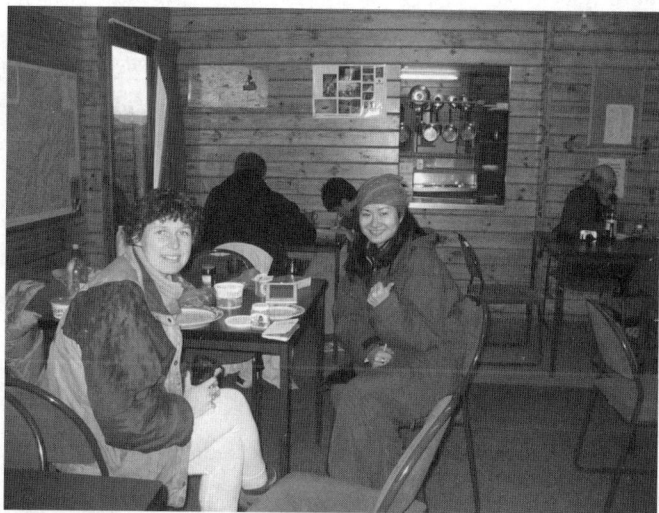

最被游人所喜爱的两条路线。尤其是霍克谷，雪峰绵延，下有奔溪巨石，两条大吊桥之后，游人便被引向正在库克峰脚下的霍克冰川。一路上，游人还能看到雪峰间著名的雪山雏菊等植物。这条路可以提供雪山区各类风景的全貌。

我和马格在细雨霏霏中开始霍克谷之旅，雨中，雪山忧郁而苍劲，别有一种味道。

霍克谷的开端处有简单的纪念碑，为攀登雪峰的冒险者中不幸遇难的人而立，尤其是1914年的大雪崩，曾经使许多登山者葬身雪中，其中一人的尸体竟然在几十年后才"出雪"。

雪峰虽然有险恶的一面，但是，如果你站在雪山脚下，看到白雪无辜地覆盖群山的模样，还是会非常理解那些爬山者是如何忘却了自身安危，一步步走进这个绝美诱惑的。

这就是致命的美。

霍克谷的第一个吊桥离纪念碑不远，步行约五六分钟，在这里，回头一看，已经有不是很成规模的小冰川逶迤山脚下。我是个目光短浅者，深信这里就是霍克谷的精华所在了，于是开始站立拍照，天上的鸟、身后的湖、前面的雪山……

一张一张，正拍得热闹的时候，马格在目前面吼起

来："你这个游客！快点走好不好！前面路还长着呢！"

我心想，见鬼，你这个马格，从头闷闷走到尾，整个旅行变成一次大健身。

磨磨蹭蹭走了一段，天上雨停了。雪山骤然清亮，我却有点想念雨中雪山的灰色格调。

"那是孤独的雪，那是死掉的雨，是雨的精魂。"最喜欢的就是周树人这一段散文诗歌。这位沉重的思想者写起诗歌来才漂亮，他是个懂风景，但不太看风景的人。

雨雪相依，是徘徊的诗魂。

记得太阳是一点点出来的，先在远处的雪湖中亮出七彩，然后渲染到近处白色的山。慢慢地，雪山有了一点点梦中女子淡妆微笑的风格。

慢慢地，那徘徊的野草般的男性气质消失了，代之以淡淡阳光中的纯真雪山。

这时候，峰回路转，到了第二个大吊桥，第一个桥是纵向的，第二个却是横向的。

这就是谷的含义，它是曲折的，提供看风景的不同角度，把谷边所有雪山的一切方向都切割出来了。因此同样的雪、同样的山，在一条变化多端的谷中是永远不重样的。

我开始在心里同意马格。前面风景永远更好。我的过早停步是没有意义的。

第二个吊桥边，河大水深，谷中雪浪飞扬，冲击一块半楼高的绿玉石。我刚想拍照，马格悲愤地大喊："理子，前面还有冰川不是？！"

看马格真有点发火，吓得我将相机收起来了。和马格一起在草路上飞奔，把身体旅行进行到底。这一带的雪山因此变成一组没有被记录的运动镜头。

冰川在我们的汗中出现了，马格走得快，不见了影子，她已经告诫过我，在谷的深处，绝不能大声说话，以免引起雪崩。因此我也不敢喊她。

此处，雪山便在尺寸间，已成我掌中之物。雪山脚下，一个沉寂的冰塘，上面白冰凝结，或青或蓝的万年玄冰在岁月中组装成各种奇异形状，或如奔狮，或如飞鱼，或小如凝箫，或大如走船。你可以走近细细看冰，它们清澈如此。

这正是在毛利人心中敬为神山的库克峰脚下之霍克冰川。

冰是一万年不变颜色的一种独特坚持。因为有雪的懂得和陪伴，冷也好寒也好，就这么过了。谷中没有他人，冰们悠闲地冷着。那景象是非常志怪的。

我正独自赏冰的时候，马格忽然在冰川左面那一带乱石中出现，她向我挥手。

沉默中走近她，听见她低低地说："理，你不爬过这堆石头，去谷底摸一摸冰川吗？"

马格的身体旅行让我叹服。有这么一个游伴，我多看到许多风景呢。

于是摸爬滚打，和马格"飞"过了那堆青青乱石，终于到达谷底的谷底。

这是真的"谷底"，前面已经没有路了。

我深呼吸，骄傲自己穷尽了这条冰雪路。

那真是个"好的故事"一般的景色。有一大块闲冰靠在岸上，任君触摸。如果不是"飞"过乱石，是不能摸到它的。

我摘了一大块"雪"，抱在手上像抱了一个宠物，而之后，又被冰塘中漂着的浮冰所吸引，触摸了它们。

马格现在"允许"我拍了一张照片，并且告诉我，最大的那一块冰，形状酷似"泰坦尼克号"。

我们正在谷底盘桓的时候，夕阳忽然出谷探视，金光透明，飞烟一般，一秒钟内满布雪山和白冰。正如金色渔网，网住一船冰鱼。让人觉得静中之动，冷中之暖，寂寞中之华丽。那光景也只有梦中得过彩笔的江淹一类的人物可以形容得出来。必须是骈文才适合写这样的地方，因为骈文的病，本来就是没有内容而美丽，而这里的风景，也就是这样的。说穿了，谁又要风景来载道了？

我凝视"泰坦尼克号"，深吸满谷万年玄冰之干净气息，非常感谢马格的领路。如果不是她坚持带我到谷底，我很可能早已半途而废。

少年时候，曾经写过一篇小文，叫"雪的婚礼"。说自己心目中的理想婚礼地是在雪国，少年时候总有个感觉，心爱的人会在最冷的地方守候着，等着你。

如今真的到了这冰雪谷中，却发现雪原来是暖的，因为你走了这么久来看它，这么长的旅途使你变成了一个快乐的、暖的游人，因此，在目的地是否有什么在守候，不是很重要了。

但还是想起少年时候那篇小文，微微笑了。虽然离那时候的心态远了，我看风景的时候还是喜欢雪国。如果有机会，我会选的旅游地还会先是北海道、瑞典、阿拉斯加之类的地方。

我便在玄冰之前念了一首小打油诗：

> 手握玄冰终不语，
> 蝴蝶翻过空山去。
> 行遍雪峰千千万，
> 才知险境是寻常。

回程时候，天色暗了，没想到一路都看见背着背包进谷来打算和夕阳雪山同醉的旅行者。爱侣、孩子和父母，还有独自跑步进谷的人。他们悠闲地像是来参加一个雪和冰的舞会。

这是一些在旅行世界的人。他们是更深一步的身体旅行者。

我们欢笑着和他们打招呼，告诉他们谷中奇异的美丽。

霍克谷，你一定要来的地方。

9. 尾房之云

马格一出山谷，便要在暮色中载着疲惫不堪的我回坎城去。她屈指一算，假期还有两天，想着回坎城还能玩一天，坚持要在晚上开车。

喝一口热水，换一身干净衣服，马格和我又启程了。我知道我说服不了她，就罢了。虽然外面有点小雪，我

们打足了暖气，倒也一路顺利地到了坎城。

其时已经半夜，马腾把自己的一间尾房让出来给我们住，自己到朋友家去了。我铺开睡袋，五分钟内进入梦乡。确实，这时候我感觉两条腿已经不是自己的了，不过想想今天的霍克谷之旅，真是不虚此行，累一点也没什么。

我的计划是在坎城好好歇一天，之后便坐火车回惠灵顿了，不料马格另有妙计来让我"就范"。

"理子，你起来吧，活动活动筋骨。"第二天，一大早，我就听到马格在屋里"磨牙"。

"马格，我实在已经活动够了，今天我的计划是睡一睡，我的脚很疼。"

"因为脚疼，所以才要活动呀。告诉你，马腾这间尾房，是他为了看风景特别租的。正靠着海湾，后面山上有一个私家牧场。风景很棒呢。如果你错过今天，就不知道什么时候才能看到了。"

我一听，圆睁双目，决定起来了。马格"呵呵"一笑，她知道我的脾气，死活不肯落下美丽的景观。

马腾的"尾房"，是在坎城 Lyttelton 海湾旁边。这是城中黄金地段，马腾因为不是富人，只租了富人大屋中一间尾房，偶尔来看看风景。这间尾房在一套红砖房子的二楼，里头一切简单，只有一套音响、一把摇椅、一个书架，几杯柠檬茶是用来待客的。外面一个阳台，正对着山，山上黄黄绿绿的叶子。下面一条小路，往外走通向海湾，往里走通向这家人的私家牧场，一个完整的坡。

马格带我去后山看那私家牧场。说是牧场，其实更像一个天然的庭院，有那种半野趣、半温馨的感觉。这是一个扇形的坡，起伏委婉，四围杉树成片，成为不是墙的墙，兜住坎城的水晶蓝天。羊群几处，安安静静吃草，这景象也就罢了，倒是另有一只老牛，坐化在坡上，身体正准备融入泥土里去。一切宁静。我想问那老牛是何时何故在这里仙去的，但是又终于没有让这个问题问出口，想来它只是新西兰人后院里常见的事务，就像我们园林里的一种盆景。但是不知为何，觉得这个简单的庭院有比我们精巧的园林更动人之处。

你想，牛将没于碧草中。

马格和我爬上浅坡，一起躺下来看南岛之云。那天正好有一大块足有半亩地大的云在这坡上逗留着，光彩照人，有如没被切过的大钻石。云是新西兰的特产，南岛被叫做"长白云的故乡"，一语双关，说南岛雪如云，也说南岛云如雪。惠灵顿的云被风吹来吹去，难得有生根的机会，南岛的云则处于大平静之中，一气呵成，好像准备在天上永远住着，不打算迁徙。它们可以大成一个球场。

我有点惊奇地看着这半亩平云。南岛的奇异气质又一次震撼了我，我知道我会再来。

这里似乎有属于我心的风景。

风景可以感动你，也可以激发你。而这里的风景，是在反客为主地游览着你，欣赏着你，描绘着那个平时隐身的你。中国风景的传统里面，南为婉约，北为豪放；南为细腻，北为粗犷，如余光中比喻的，南是蔷薇，北是猛虎。而在南岛，我惊奇地发现，两种美的传统是可以被颠覆和糅合在一起的。在雪山的豪迈之中，你嗅得到杏花春雨的细致；在长云的幽雅之中，你却又看到骏马秋风的爽朗！于是，你徘徊于南北之间的中国性情在这里挥洒一体，浑然成一种充满异质的美！

是的，在南岛，你可以笑，可以静，可以醉，可以醒，可以猛虎，可以蔷薇。淋漓性情，本来无忧。

古人说过闲云，但我眼前这云，还不只是"闲"字可以了得。

这是一种活泼泼的动机，比如庄子笔下的北冥之鱼化身而成大鸟鹏的翅翼的那种"垂天之云"。它们可以变化成鸟、鱼、人、牛各种东西，它们是创造本身，是一种无字之道。

那天，我躺在南岛的一个山坡上，看到生命的真。脱落面具，它可以自由如此。

我知道我会再来。

马格问："你觉得怎样，还累吗？"

"真的不累了，马格，你的身体旅行还是有效的。"

马格一听，跳起来拍拍手说："好啊，那么我们再去活动活动，去滑冰如何？"

10. 渡口的树

从坎城回惠灵顿可以坐新西兰著名的观光火车（Tranz-Scenic），要在皮克顿渡口（Picton）停下来，过库克海峡。这观光火车是非常干净舒适的，车厢里卖上好的摩卡咖啡，香烈烈，连我这样专喝摩卡的人，也挑不出它什么毛病。

早起从坎城出发，到中午就可以到渡口了，这虽是个小镇，但名气特大，为南北岛的中转处。

我们从水蓝色的观光火车上跃下来，马格兴致不减，坚持要带我漫行小镇皮克顿，我却叫停。

皮克顿是个渡口，我们就站着感觉感觉吧，我说。它会是一个再见的手势。我和马格走了几步，却遇见站台边一大棵红豆树，有一人高，半面墙大小，深绿的叶片中红色小珍珠无数，静静地红着。那种红色是深沉而永远的，颗粒细密有如雨点，但被季节的转化冰住，变成一种圆润的执着，欲语还休。

我用手触摸那冰凉的小豆子。

"这是红豆。"我说。

"红豆生南国，春来发几枝。"

我把王维的诗歌朗声向说英语的马格读来，之后翻译解释。

马格听完，惆怅而温柔地向我微微一笑，我知道她能懂。

我继续说，那个诗人后来隐居山中，他还有美丽的诗歌如：

"芳草年年绿，王孙归不归。"

只不过在诗人的故乡，已经不太看得到这类红豆了。

只有在早就漂流南天门边的这个岛上，还可以见到如此一树累累的红豆，随意地开在人来人往的火车站台

边。后面那青青群山浅浅谷，小小海湾抱紧渡口，渡口边帆无数。皮克顿有那样非常节制的惆怅，是南岛一个低低的开幕词。

我向马格说，中国是有红豆诗歌但现在不见红豆的地方。

诗人们生在唐朝，那时候他们的马车边可能红豆处处，且青山芳草，是以将其大块加以文章。

红豆不是玫瑰花，红豆诗歌也不是简单的十四行诗。东方的爱情是另外一种格调。

对中国古人来说，恋爱不是寂寞的。完全不是，盈盈一水间那脉脉深情，起步于个人对内在玲珑性灵世界的雕刻，那是天、地、人三才融合中的呼应，那是性灵的消长和无穷更迭，那是一种光彩、一种和谐、一种美、一种希腊艺术般的对称。南岛留着古代中国红豆的标本，那是南岛的秘密，一种天人合一的山水缘。那是我们在旅程中要找到、要留存内心的别样红尘别样家。夕理，理子，马格，我们这些来自五湖四海的人们，是在路上验证了这一颗红豆的。

平凡的心，一颗平凡的心如何在日子中经历万水千山而不衰老，这真是谜中的谜，我相信在南岛这个水晶独木船上，有半个谜底。

库克山的夕阳

我合上眼睛，看到坎城山上的茶和鸟，看到马腾的尾房后面山坡上死去的老牛，看到库克山雪夜的星空，看到南阿尔卑斯群峰间紫色的黄昏小湖，看到霍克谷深处"泰坦尼克号"模样的万年冰。金色的夕阳带着烟雾冲进万千雪峰，我脚下的幽蓝冰川却永远不肯融化。

因为它们是冰。

我喟然而笑，用照相机在皮克顿渡口、南岛和北岛分手的地方，拍下这张王维的红豆诗意图。

这座小岛不只是一个透明的世外桃源，它更像是收集纷乱世界上所有往事的一个背包，这云白水碧，不知道存留了多少干净简单风景的绿岛，是上天帮助五湖四海的凡人将自己灰灰白白红红绿绿的故事收集淘洗、消化澄澈，放到岁月深处去的那个背包。

寂寞行星，需要一个小小的绿色后院。我们的心，需要一个绿色的背包。

且行，且悟，且成长。旅人，记得风景永远在窗外等候着你，记得风景永远帮你的心背着或许有点重的行李。

马格见我忽然微笑，便握一握我手说："谢谢理，给我一段旅程。还有，我想在零六年去中国背包旅行。"

我回头看她，也笑笑。

马格，谢谢。

南岛的背包小旅馆：
看得见风景的房间

　　这个旅馆我曾经想把它当作一个秘密藏起来，自己没事偷着乐。后来又忍不住悄悄写了出来。也许是因为这个小小的落脚点是那么独特的缘故。

　　那是一个小小的背包旅馆，叫做"短面包"（Short Bread）。

　　"短面包"在南岛的阳光海岸城市尼森。其实这是一个非常普通的背包旅馆。如果不是那个小小的后院里那棵绿蕉；如果不是前院那棵梨花；如果不是前面那个安静的木门；如果不是后面那围更安静的绿栅栏，还有饭厅里那个供旅人聊天吃饭的大木桌子，以及自助厨房墙上那一块块漂亮的瓷砖：上面描着一只只憨憨的小蓝企鹅——新西兰的象征之一。

　　风景到了南岛，像是一首歌到了一段高音。高处不是不胜寒，而是清秀、旷达、放肆和平静。

　　到了南岛，我有点感谢少年时候大量阅读过的古典诗词，如果没有那些诗词已经提供一些意境范本，我怀疑我会不太清晰这里的风景含义。

　　我觉得尼森的风景，比宋词要粗放些，比唐诗要细腻些。

　　南岛的一半是世界各地来定居的艺术家，他们在这里打磨出作品，并且卖掉。有的开始迁徙来的时候抱着隐居的目的，慢慢地，因为刻苦兼天分，却在这小岛上扬名世界。其中手工玻璃器物是这里最有

南岛的蓝企鹅也在背包旅行

名气的。

城市的另一半是葡萄和来喝葡萄酒的旅人。用六十新元参加一天的"葡萄酒之旅"，去看许多葡萄酒庄园。旅人们卸掉冬服，三五成群，访葡萄，饮而归，如此，集体画就成为尼森景色中之"众乐图"。我们的女导游告诉我，每到葡萄成熟日，她除了带大家去游玩，还要担负回旅馆时将许多客人"扛"下车的重任。当然，看来比较瘦弱的本地女子的她也没有因此收过小费。众多葡萄园中，"且避于葡萄"（Grapes Escape）这家是很有点意思的。品酒屋宽阔开放，设计独特，屋外更点缀小店，卖尼森地区金湾（Golden Bay）来的手工艺人作品：艺术蜡烛。于是喝酒的人喝酒，不喝酒的人赏玩一通酒架子上那一栏栏漂亮的酒瓶之后，大可以溜出酒屋，到旁边去看葡萄、阳光，还有那些小店里造型不拘一格的蜡烛。红的黄的蓝的蜡烛做成酒杯的样子，那绚烂的颜色让人不饮也醉。我私以为这个庄园的名字特别好——你想，喝酒这事情说得雅致点，可不就是个"避于葡萄"？！

尼森的海和惠灵顿的海风格不同。这里，海像阳光的襁褓，开朗、丰沛，有那种文采精华、见之望俗的爽朗味道。尼森的艺术家 Chris Findlayson 先生在海边闲住，在葡萄和阳光之中避着。忽有一日，灵感来了，就将海边交通要道"岩石路"上的发电所墙涂红了，将那屋彻底画成一个立体的大窗子，笑笑地站在海边无限阳光里。那画中，窗子的玻璃是透明的，里面看得见碧山、蓝海、白云。大窗子一半开一半闭，开的那一半被一团云不留神溜出屋子，停在粉红的窗子顶上，变成红屋的白眉，还泻了一段影子在屋上。那云画得好，远看疑幻疑真。画家把心里的阳光都倒到这个红屋上之后，意犹未尽，干脆在红屋底部近海水处，刻写了新西兰的毛利名字"Ao-Tea-roa"（长白云的故乡），原来他是要将这个旧发电所改写为新西兰的民族标记。那匠心真正透明在阳光里。漫步尼森，处处可见诗思发酵，原来这城不单是酒的故乡，也是酒神、创造者的故乡。

按照海边红屋的眉批，这个城市就是个看得见风景的房间。

确实，我觉得尼森的妙处不是"风景"，而是"看得见风景"这几个字。风景其实到处都有，可是看得见风景的心不多，或者说，让你在一种充满动态又安静的心态中去看风景的时空，是不多的。尼森展示的不是风景，是那个看得见风景的房间。确切说，就是尼森人生活在对风景的创造之中。

且不说那自全世界而来的手工艺人在这里长期安营落户，且不说那许多葡萄园主把这里的阳光当作他们的生意同伙，且不说这里的艺术家和酿酒人为电影《魔戒》提供了特别的戒指和特别的啤酒，且不说这里每年的特殊服饰艺术节（Wearable Arts Reward）已经成为世界性的特殊文化，且不说这许多和我们旅人有点远的事情，就说这家小小的背包旅馆，它就是一个"看得见风景的房间"。

"短面包"进门必须脱鞋子。只是为了这个自助旅馆能一尘不染。而因此，这个小旅馆有了家的味道。进门

小小背包旅馆犹如住家

尼森的海

金湾有一种特别的蜡烛

"短面包"是一个中年隐居的英国白领之杰作

见到的是一个个来自五洲四洋的年轻旅人，正在悄悄地完成他们走世界的旅行。他们在"短面包"里小住，清晨起来去看风景，晚上回来，自己简单烧完饭菜后，就在灯下谈论今天看到的东西。有刚读完博士学位的学生，有在大公司工作几年后想找新感觉的白领，有十八岁想挑战自己独自旅行并在厚厚的笔记本上开始写作的新新人类，有刚从中东回来的 Kiwi 老旅行者，有刚刚开始旅程的日本女孩，有只是想把生命中三年拿出来看风景的美国混血女生，当然还有平日循规蹈矩地生活、偶然假日出来呼吸绿色空气的我了。

"短面包"为旅人设计了一张老橡木的大饭桌和同样厚重舒坦的条凳。还有写着你名字的一个塑料袋，是为了你能放一些属于自己的杂物。起居室里暖暖的壁炉之火燃着"短面包"的温馨，壁炉边那个小小书架上一本本旧书是可以让你窝在旧沙发上随意翻翻的读物。

夜晚的时候，众旅人围火炉而坐，一起看 DVD 电影。

这真是一个美丽的家。

这本是一处殖民风格的老屋，完全是个家庭住房，老板买下这个屋子后，重新装修，使之变成一处家一般的旅馆。连走廊上挂的画《魔戒》诗意图都让你遐想无限。很少有旅馆如此精心策划又如此随意平和。

它是一个看得见风景的房间。住在里面，你会觉得看风景本身竟然是一种风景。于是，旅途中的疲惫顿减。

晚上六点半，"短面包"的伙计会大喊一声"来吃短面包啦！！！"装满玻璃罐的香气扑鼻的"短面包"（是一种奶油饼干）便出现在厨房中。六点半的免费"短面包"分发是这个旅馆的珍藏细节。老板是不惜工本也要打造这个看得见风景的房间给过路的人。而十九元一夜的费用使得这个旅馆永无赚大钱的机会。

你会看见老板是一个微笑的中年女人，她偶然出现在这里，给大家带一束百合花。从英国移民来的她，年轻时候是个背包旅行者。白领生涯之后，她愿意用自己的积蓄到世界另一端建设一个小时候的梦想。一个看得见风景的房间。

尼森美酒吸引了全世界游人，女导游每年都要准备好背游人回家

"短面包"的清晨
"短面包"的夜

你想，在尼森，那个年日照超过两千小时的地方。

我们如果不知道新西兰这个小地方独特的美丽究竟是什么，那么不妨在"短面包"住一夜。

原来这个平静的绿色国家，是被很多不同地方来的人的奇思妙想所构筑的。所以，你一定要深入这绿色之后，去读那绿色后面的蓝色波涛。那是很多人飘移之中的海藻式想法，或是飘移之后沉淀的玻璃式风光。

如张爱玲《半生缘》里的女主人公，我是认真地觉得手中一切都是可爱之物的那类人。因此，我喜欢静静地读人生，新西兰是其中一个独特的版本。适度的散淡，适度的灵性，适度的神秘，最后组成心灵深处那个把人生精致化的风景屋。

如果你在这里走过，别错过。别以为简单山水里面没有人境，也别以为淡淡人境中没有风情。人生短短，何必有太多奇想。但又何苦一无奇想。

一个看得见风景的房间，是一种对平静岁月的微微设计。那不是奢侈的。那屋子在你我心中。

笑笑，告别"短面包"，红尘中有一千种累，都被这里的一夜抚平，甚至有点想永远留在这个金色的小角落里。但还是挥手上路，去承受我该承受的路上风尘。

"短面包"，我会再来。

南岛的花：
世上有个性情之城

　　我们四个，去南岛的尼森看花。

　　选了春假，考试刚结束。惠灵顿被灰风摇晃了一冬，刚开始暖和起来，空气发出晶莹的光。云如大象牙，一片片。北岛如果是美，南岛就可以是一种幻觉，在那里，天与海都是一种颜色，就是一种纤细、光洁的蓝。像我想象中的日本古书，《源氏物语》里的女孩子。

　　我们决定在尼森住几日，选了小而雅致的背包旅馆。尼森因为多隐居的画人，所以旅馆的设计常有奇幻之气质。比如这家塔思曼，在每个房间里随意地用彩笔涂抹，门上绕了绿的长青藤，墙上飞了大朵的鹅黄水仙，床头柜上面蹲着寂寞的蓝鸟儿，是谁手绘的屋子。像不像你梦中的小家，且常常在旅行中被遇见。

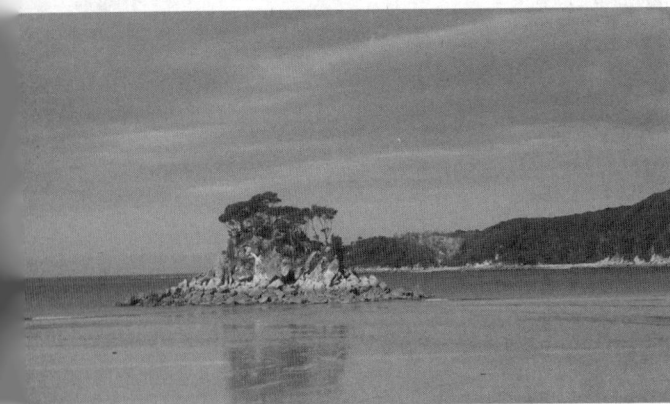

大的客厅里悬挂着种种不同的手做灯笼，比如海星，比如南瓜，全是简单的美好。窗外阳光大朵开，说明这里是阳光城市尼森。

我来这里是第二次，知道这是个性情之城市——酒、手工艺人、游人，当然，房价也在贵起来，因为谁嗅到了这里有梦的痕迹。其实使人安居的不是阳光，而是性情。等到商人们追来的时候，已经只抓到地价了，但空气中笑得最好的，可能是那个用笔抹出那片墙上树叶的流浪艺人。

我和少年们在小旅馆门口的红玉兰下面荡秋千，院中有张木桌子是给你吃早饭用的，红玉兰是一棵大树，花开过千朵，朝光中一个颜色，夕阳中又一个颜色。早上它红得无忧，黄昏它红得微愁。我不曾见过比新西兰红玉兰开得更完整的花，一树可以开成一个人的一生。细腻画出人心里可能有的深情和放纵。完全是未经触摸的美丽、未经触摸的性情。我们久久停在花前，装作无所谓的样子吃饭喝茶，其实却是在用心听一个歌手的用心之曲，谁会对美丽麻木，谁又真敢为美丽停留，我们和一树春花之间，有那种唇齿相依的寂寞。

那年夏天，我曾经为北岛惠灵顿海边小镇几亩的薰衣草寂寞过、狂喜过，而这次，在尼森，在这棵平凡的红玉兰前面，又做了花儿寂寞的解语人。

我向来爱看花，何况是春天，在南岛，尼森，这个飞光如水银的城市。

旅馆里有人在默默下棋，他们是一对旅人，十年前在旅行中认识，后来一个在美国一个在澳洲，常有联系却不见面，今年忽然决定到尼森来，在这里住一年。

在红玉兰后面，有温柔如水的故事，在海上面漂浮着。我喜欢十年后在小旅馆里下棋的这一对，尤其是那个女子脸上沉静的笑。尼森可以放置多少个过十年的心灵之约。而过去十年的日子呢，管它多少风尘，在这里都会消失不见。等到红玉兰开满树的时候，旧日不能安定的性情都会静下来，变成海边的一局五子棋。

另外，南岛任何一个角落里都有不知姓名的日本女孩在工作、度假，她们总是在默默地吃着泡面，旅行着。脸上有让人非常猜不透的、精灵而笨拙的笑。现代的日本女孩子看来都有些卡通，不再是那么充满川端康成所迷恋的、细小的哀愁。但是我非常喜欢现在的这一路气质。而她们也常常会在南岛让被北半球忙碌都市打乱的性情充电。

尼森的塔思曼海边森林公园，是那种可以坐快艇玩的大树林。林边银浪千尺，怪鸟旋旋。云像一把把手枪，在天海的靶场里自由地射击着美丽。在这里，美丽太多，相互射击都可以，简直惊动人心。当船穿破晶莹之水天，送你到金碧相吻的海边树林脚下时，我们有点恍惚。这里的沙滩就算无人，也毫不荒凉，只因为尼森如此精致而性情。厚厚的阳光，薄薄的灵思，把自然里的空和冷杀灭，烘托出永远的人情人气。据说这个公园是看鸟、听鸟的好地方，连着听潮。下次，该好好在这里露营几日。

因性情之城市，变回性情

之人；或者因是性情之人，来寻找创造了这个性情之城。

多年之后我定然还会记得尼森小旅馆的红玉兰，在那花下，我笑得如此天真。脑中全是旧日在大学里爱念的司空图《二十四诗品》。

呵，君知否，脱帽看诗，人淡如菊，全在尼森。

塔思曼森林公园绵延数百里，是一个露营听鸟之地

喝一杯叫做但尼丁的摩卡

嗨，推荐几个好玩的地方给我。

准备去南岛新西兰四大名城之一但尼丁之前，我问同事詹木。他是但尼丁人。

我相信"地主"总有特殊心得。

他兴奋起来，闭上眼睛。

"你当然要去奥大——"

"我当然会去奥大——"

"我不是说 Otago 大学，我是说大学旁边那间老书店。我在那里度过青春呢。"

我笑笑，詹木的话让我想起我喜欢的杭州三联书店。西湖公园边那间。

"好，詹木，听你的，我会去那家书店。"

詹木又深深闭上眼睛。

"还有城中那间巧克力工厂。"

詹木喜爱甜食在办公室里也是有名的。

他说的话，倒让人想起亦舒那本《朝花夕拾》里的故事背景。巧克力工厂老板爱上来访的女客。

"好，詹木，我会去那家工厂。"

詹木已经陷入对美丽故乡的思念中，他的表情酸酸甜甜起来。

"但尼丁不是三两天看得完的，你应该——"

"嘿，詹木，看你那么迷老家，干脆回去算了。"

詹木把浓烈表情收回来，笑笑。

"不回去了，不回去了。虽然美丽，因为种种种种，不回去了。"

看，老外对故乡的距离美态度和我们多像。我大笑

起来。詹木已经在埋头手绘一张但尼丁小地图给我，上面清晰地标出老书店和巧克力工厂的位置。我脑海中闪出孩子时的詹木走过巧克力工厂，流着口水，少年詹木满心"维特烦恼"，沉在书店里幻想的样子。

一个人有一个人的城市。

我希望的但尼丁，不会是詹木的但尼丁。

我将看到的但尼丁，也不全是但尼丁人眼中的但尼丁。

人生路程所发现的景点，全是自家个性在作祟。他人推荐都无效。

我打开第十二版的《寂寞行星》。

我已经去过书店，又去过巧克力工厂。

半天之内，我把詹木的但尼丁结束了。

我在市中心的主要街道乔治街上游来荡去。

这是詹木没有说到的地方，因为太平常了，对在这里成长的他。可是对一个旅人来说，乔治街是多么璀璨的地方啊！

这里有红黑两色的苏格兰帽子、毛茸茸的新西兰羊毛围巾、日本花花绿绿的小吃，还有一间装修顶标致的"礁石（Reef）"海鲜店卖地产海鲜。那店的风格是一间南半球的敦煌石窟，不过，这里的飞天不是女子，而是天花板上飞下的彩鱼！我在那里吃了一个冰点，味道很好。如果你什么也不打算买，就在这条窄窄长长的街道上来回走走，看看街道上那些青春飞扬的学生面孔，也是最好的奖赏。

我就这么走来走去。

我印象中但尼丁应该是沉静的，古典的。但是其实这是一个海和山之间活泼的学生城市。半城大学生，半城据说是老师和图书管理员，还有一年可以多达百万的游客（1998 年的统计数字）。大家对但尼丁担负的责任是把它保养成一个年轻的、High 的地方。这也就是但城一直的口号：生态旅游（Eco-Tourism）。

它比奥克兰单纯，比惠灵顿艳丽，比基督城……基督城是闺秀，但尼丁是邻家美少女。她吃喝玩乐，古怪精灵。虽然处处有苏格兰风格的老建筑，你仍然可以评价但尼丁首先是一个很适合新人类的城市。这些老建筑，它们在基督城出现的时候，就是历史象征，意义重大。但在这里，古典却是一种青春的装饰，好像美少女喜欢戴一串古代手链。

我想力劝年轻人挤时间在这里恋爱。这里空气中有那份少年人恋爱的飞扬跋扈的感觉。

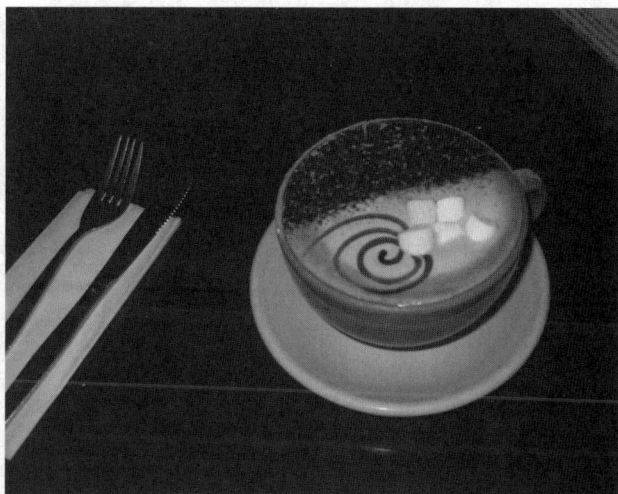

且看看但城乔治街上的摩卡

在乔治街喝了一杯古怪精灵的摩卡。我的习惯是到一个地方先去考察一下这里的摩卡。对我，街头咖啡屋里摩卡的香味和姿态往往决定这个城市的气质。

这当然是一杯十六岁的花季。

还有咖啡店外的阳光不好忽略。

但城的阳光是一种舞蹈的轻阳，在太平洋的海风里荡漾。

白鸟在店外飞。年轻人的脸，年轻人的脚。青春拨动阳光，一切都是脆脆的。去咬它一口也不打紧，它们还在生长。但城给我的时间感是比新西兰其他城市都快一拍。它却丝毫不忙碌。

——快点去悠闲吧。

这一定是乔治街给但城派出来的名片：年轻，创意，又有点懒洋洋。它充满南岛那种精致又野趣的休息气质。我在自己写的《两个小女子的雪山游记》里说的，既猛虎又蔷薇的气质。

但我知道但尼丁不止一条乔治街。

这个被认为是世界上最具英国维多利亚王朝风格的移民城市，在年轻朝气的容颜背后有沧桑古怪的历史，有艳丽复杂的人物。它某种角度上有点像我们中国的六朝古都南京。金粉繁华的历史和明山丽水的花木相映衬，

但尼丁的巧克力厂是个游人和吃客都汇集的地方

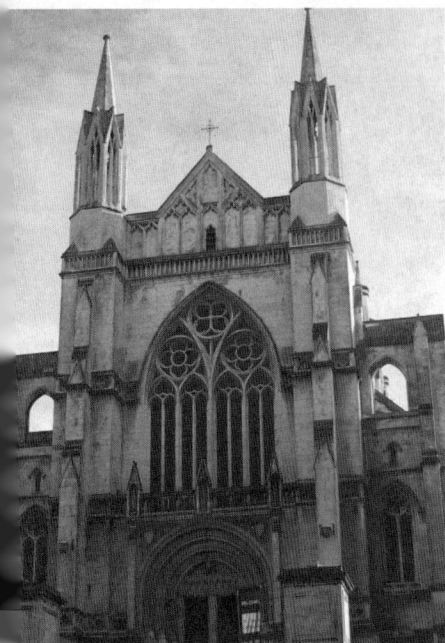

但尼丁的人文风情
中有浓浓的苏格兰味道

但尼丁的啤酒厂生
产全新西兰最有名的啤
酒 Speights

引你读下去、想下去。

我旅行的时候像破案，不抓住这城市的真灵魂，是不会退的。谁也没有雇用我，我是永远的私家侦探。如果有雇主，它的名字可能叫"美丽人生"。

因此旅行对我，是个好玩的游戏。

喝完了摩卡，我觉得我找到了我心目中的一个南岛城市。

但尼丁依山傍海，
风景秀丽，生态环境与
人文环境并美

但尼丁是名鸟白头
翁的栖息地，在海湾的
观鸟台看白头翁飞动，
游客可以一坐两小时

海边随处可见的海
豹增加了但城的生态旅
行趣味

第三辑　柠檬树

柠檬树

我刚刚到新西兰的时候，一天，在惠灵顿的短片电影节上看了一个十分钟的短片，叫做《柠檬树》，是一个不知名的韩国导演拍的，那个导演是个刚到新西兰一年多的新移民。

这个短短的故事几乎没有什么情节，讲的是一个印度新移民去见工，失败，再见工，又失败，他在租来的屋子里度日如年，听着窗外的雨滴滴答答……唯一陪着他的是桌上的一个柠檬，他用它泡茶，熬过最难的那一段日子。后来，终于找到了工作，他搬家了，搬家前，他将桌上留着的柠檬籽栽到窗台上的小花盆里，走了。

后来，又搬进这屋的是另一个新移民，是一位南斯拉夫来的女性，她已经有身孕。看房子时，她一见到窗台上那个小盆里绿色的柠檬树苗，就直觉地租下了这屋。

她在这屋里生下了一个女孩。孩子会走的时候，她带她去坐火车，在站台上，那个印度移民——如今穿了很好的西装，干干净净的，看来是有了很好的工作——也在等车，他们相视微笑。

车来了，女人起身离去，男人终于不经意问了一句："你女儿好美，她叫什么？"

女子看着前面来的列车，同样不经意地回答："她叫柠檬。"

男子微微一笑，他们就擦肩而过。全剧终了。

这个在电影节只作为片前副片放过两次的十分钟短片，是那样传递了东方的婉约之美，以至于我认为这一定是一个中国人的作品。我千方百计找到了这个导演的电子邮箱，寄了一封信给他，告诉他，我如何地被这部片子感动。

他很快回信给我，告诉我他是一个韩国人，告诉我在他乡创作艺术是多么寒冷的一件事情。

然而我总觉得他是那个种柠檬的人，将清香传递给了周围的人。

或者我们每个人——不同肤色不同文化背景的，都在这迁徙的过程里种着一棵小小的柠檬，而不知道今日站台上碰到的那个擦肩而过的你，是不是柠檬树的旧主人。

很久也没有再写信给那位导演，总觉得他一定还没有放弃。

一定的。

维大二三事

1. 只有一处风景

我对于维大（The Victoria University of Wellington）的感觉好又是因为那个不成器的理由：因为它是我的大学呀。

我总是不会去恨现实。虽然我也想去哥伦比亚，去哈佛。但是，如果我得到的是维大，那么我就有理由去常想它的好处。

维大是惠灵顿这个山城的头生子，有点摆俏地立在市区最老最好的地段 Kelbrun 山头上，离著名的玫瑰园和观光缆车不远。这所学校的面积小到不用围墙，小到一个上海来的留学生看见它第一眼就悲伤得要退学，因为和她心目中的"大"学有些距离。

我却不知怎的，从第一天见到这所学校起，就没有对它恶感过，只是到现在为止，还是迷路，因为这所"小"的学校在各个山头上分散，各系都只是小小木屋。一条坡路穿校而过，和城市相连接。惠灵顿这边海，那边山，地很贵，维大也不好意思多抢地盘，遂乖乖和城市打成一片。只是学校这一边山路上绿荫甚多，另一边却可见海的诱惑。维大的颜色因此是在半蓝半绿中夹着红砖房子。其实，她得天独厚，把惠灵顿的精灵寂寞气质，咽在喉中，我们就在那气质中来来去去。后来慢慢地不想说它太小，可能是旁边海的眼睛在媚着你的缘故。刚来的同学切记要登上图书馆望下面的惠灵顿湾，学习晚了，就见那海边万家灯火点燃你一种奇异情怀，便觉是身在海外。很满足这种 exotic 的感觉，在我，是如此。

我的大学：维多利亚大学　2000年8月20

这一点气质，离它不远的梅西，就不好比。

城市也因为有它，无端地精神了好多，不知道为什么。它像一枝"天堂鸟"，细细杆子，插在惠灵顿这个高颈玻璃花瓶里，由咸海水养着，总也不老。主楼老凯克楼的尖顶和那巍峨红砖还是复制了许多英国式的庄严，下面覆着碧碧的长青藤，和红砖一起装点出学术的清冷繁华。我觉得，有了老凯克楼那一片风景，够了。它已经把这个殖民城市从英国老家带来的那点子梦和老派头的尊严，邮票样"啪"地贴在了这张航海而去的老信上。

记得那时候自己来报名，第一年新生，英语且说不流利，但是所见世界都亮晶晶。坐在老凯克楼前那张长青藤笼罩的长椅子上，想想眼前的美丽新世界……

每每为了大学可以给人的一种"我在长大"的幻觉感动。

手指轻摸长青藤的叶片。啊，为什么一定要去欧洲呢，康河也被志摩游滥了。

我喜欢到一个大家基本陌生的地方由我来创造新的感觉。对我，维大的"小"后面，反而是一种空间。

我的葡萄总不酸。

2. 芦苇深处的歌

去电影系听课要经过音乐系，因为是山上的学校，两边是山径连接。高高又低低，俯仰几次，人一定会走得汗津津。

我极喜欢走过音乐系的感觉，那是一条下坡路，路边芦苇飞飞，如有风，它们一定摇摆如一堆乐谱。

这一边则是音乐系的练习厅，细细垂下的百叶窗里面，丝丝缕缕飘出学生们排练的声音，各种乐器惹人停住脚步，听听。路上是小小的白砖，常有只黑猫在那里蹲着，也听音乐。

我把这条路叫做"乐之小径"。总是悄悄站在芦苇下面，悄悄窥听旁边练习厅窗中的音乐。这里不是声音本身，而是美丽声音的子宫。厅中音乐系学生从不觉察出有个东方女生悄悄地站在外面，他们正细胞样生长在自己创造出来的声音中。窗子上面反光，外面绿色植物的影子像水中花一样飘在这玻璃的光上，幽幽绿绿。

过去就是宗教系了，常有个年龄很大的本地女学生，

光着头，穿一件五彩的衣服，坐在门前吸烟。

穿过这条音乐路，你会看到教戏剧的老师的那间办公室的窗子。

他在窗玻璃上挂一个黄色小丑，挥着手，向着来的学生笑。

小丑后面是我们系。建筑全部沉在山头绿荫中，像绿窝里的一只小虫儿。咖啡屋被叫做绿屋，旁边是排练厅，学生一排戏，里面就是悲欢离合各种喊声。

教室小，且被绿色笼罩得很黑暗，老师还好不开灯来讲课，坐在黑屋子里让大家闭上眼睛想镜头及脚本。

五分钟后开灯，所有同学一挥而就他们短片的构思、草图。

上了这么久课，还是记不清许多学生的脸相，我们就分散了，分散之前，还是在黑屋子里看彼此拍的作业短片。明亮的屏幕上，彼此制造的梦比彼此的脸要清晰。

有一次上课早到。老师在放欧洲的片子《蓝》，音乐"轰"一下出来，在空空的小教室里，我竟然觉得不能承

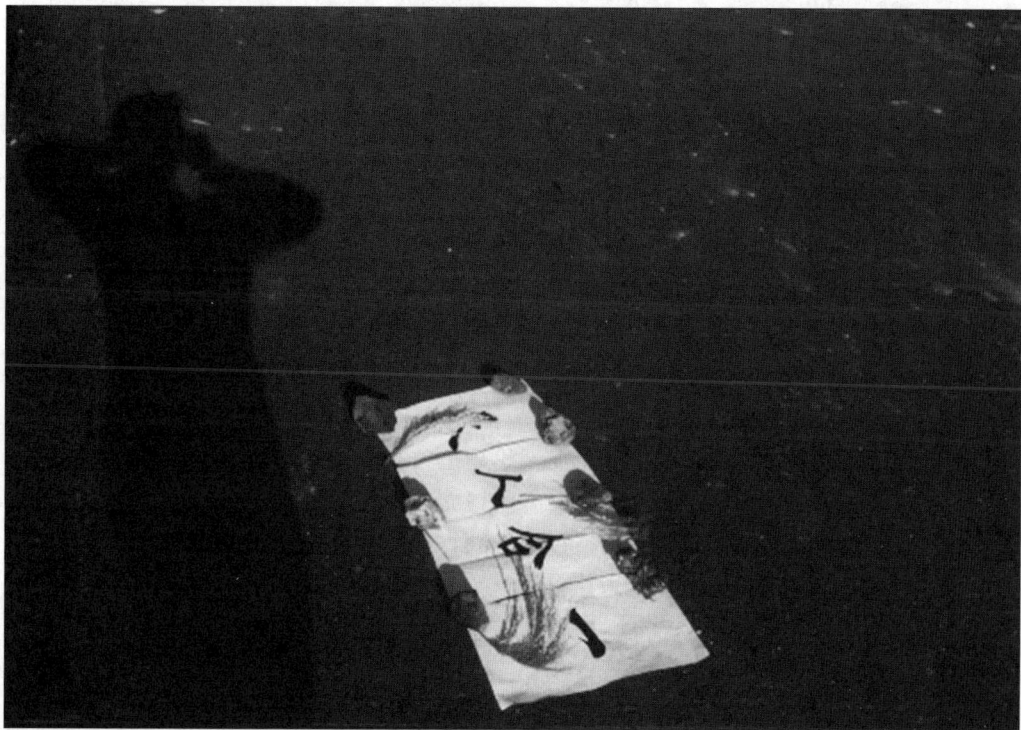

受。那种极度感性的冲击，像遇见个穿蓝衣服的寂寞朋友，在这绿屋里，我晓得我们语言不通，安慰不了她。

忽然眼泪都流下来了。

3. 记不得毕业哪天

我没有去预订毕业服参加典礼毕业。

我一直是毕业的敌人，在中国大学毕业分别之际，他们在酒会上哭得死去活来，我一个人在旁边冷静地走来走去。那个时候文科毕业生总是格外敏感脆弱的。学校里白衣飘飘的浪漫和窗外正酝酿的物质革命有着先天

我在维大电影系的作业，幻灯作品"天人合一"。在电影制作课程中，我用天天走过的这条小路作外景地，拍了一套幻灯作品"天人合一"，用我的影子在这条小路上写出了中国的字，并把他们展示给说英语的老师和同学看

我一直是毕业的敌人

绿屋

的冲突，而我们却命定要在这未来看得见摸得到的挣扎和蜕变中毕业了。无可逃避地。

现在又到毕业季，却干脆不去典礼。隔了一个重洋，我还是选择文科的缘故，已经不是因为少年浪漫。

这只是一个选择。

因此我抱着卷子、笔记、分数单默默走过维大绿屋，两年来似乎我是这屋里唯一一个黑发黄皮肤的人。

海外校园毕业时，看不见群群黑发少年长夜痛哭伤别离的情绪，才知道当时如此悲哀过的我们好奢侈、好幸福。

而今天我只是独自慢慢坐电梯上维大九楼，再一次看下面海湾的灯火。曾经被憧憬过又被实践过的穿过别人的语言去触摸心爱东西的那种艰难寂寞和不足为外人道的欢乐，都蓝蓝的，水银一般注入心里。旧日如在自己国家曾为毕业流泪，现在却只见一点点水银光，在千山万水之外，犹如站台上不知名爱人拿着的小灯，微微摇着，祝福你再启程，那淡淡的光平静而倔强地对生命中的一段段旅程闪着低调的别离情绪。告别，意味着要改变。而生命中的弹性和坚持直到最后的协调那漫长的过程，却是一次次毕业后才要交出来的真考卷。

换一种语言配音，对于毕业，我心却依旧是一段黑白默片。

文科生的心灵深处永远惶惶着，因为我们的毕业证书上，不是刻着漂亮的"经世致用"四个字。

那么是什么呢？是什么留在我们的成绩单上？当年毕业的少年现在又毕业，他们中的一个，在天涯海角的惠灵顿海湾静静地看清楚自己投入的等待的是什么。

是四个无颜色的小字，写在发黄的笔记本边缘上——"雕刻时光"。

我们会是以各种方式雕刻时光的一群人。物质的大革命边缘，会有万千偷哭或偷笑的心希望看到那奔忙而美丽的流光被人细细雕刻并存留。

而文科，只是我的一个选择。她和青春一样，像一颗奇怪的坏牙，拔了这么多年也没有拔掉它。后来发现其实它的英文名字就是成熟。我们不需要因为我们的敏感而反复要求世界原谅了。那坏牙不可变的弱和疼痛，其实也是一种力量。

许多人对在新西兰念书的人嗤之以鼻。

我则对他们嗤之以鼻。

毕业后还是常常溜到维大图书馆看新到的书。反正学习没围墙。

图书馆前有群海鸥，没出息，要和穷学生来抢面包。几年来，我常常坐在台阶上喂它们。

现在换了人了，谁坐在海鸥里落寞地抽烟，一头染黄的头发，是更年轻的中国学生，他们的数目慢慢多了，大多人非常勤奋，占据所有图书室的角落。令人非常鼓舞。

我有时还偷偷在旁边二楼的咖啡屋里喝咖啡，看免费的《惠灵顿首都时代》，伪装成学生的模样。

维大没有门房，也不查号。所有人只要在这山头找到停车位，就可以进来，但是从来也不见拥挤。

现在眼里的维大，不再是长青藤的神气童话，它是一段路，和世界上所有的路一样，有泪、笑、无奈和欢畅。

我终于觉得读书的真正目的是读出寻常心，海外念书，尤其是如此。把所有光环撕掉，我们才好在大学那部机器里面藏一点我们自己的体温。我们有的，是在另一种文化之间感性生存过的寂寞，和寂寞锤炼出来的些许定力与某种个性。如果不走过，就不懂得。

因为体验是那么私人的东西，谁代替得了谁？

我的毕业证书，竟然就是那一点点自己的体温，以及用心与维大的海和山及别人的音乐、看不懂却让人哭的电影、见了面却没记住脸的外国同学之间摩擦出来的那一点点醋。

风城换车记

　　我是那种人，车如果不报废就不换新的，无论旧车如何问题重重伤疤累累。

　　而 2005 年初我终于换掉了跟我四年多的那辆丰田思坦丽，原因也就是因为它报废了。在一个红灯口前，后面有车冲过来，把它的后盖彻底撞碎。

　　车毁人在。我得到全赔。

不得不换车了。

想来跟旧车不是没有深厚感情，它是我的第一部车，承受了我全部糟糕的练艺时光，被摩擦和小撞过数次。换过玻璃，换过一扇门，连发动机都换过。

但是它不失为一部忠厚的好车，尤其是对女生，它的小巧使得我在惠灵顿的山头可以自如泊车。而且无论它如何被撞，样子都不失体面。白色，白色的车是永恒的。

我记得我在惠灵顿天蓝的情况下开它去海边的超级市场为家里买蔬菜，一年内，我只敢开到超级市场，车就随着我笨拙。之后，我要去念书了，要不断开上高速，车也陪我。晚上读书回来晚了，在海边绕出名难开的惠灵顿五十八号高速，五分钟内过十个转弯那种，夜雾下来，我什么都看不见，当时想，如果它入海，我也就入海了。

有一次大雨，夜晚在路上，整个风城全部消失，只留下一片白白的影子。我和车，飘在半空中，我一边哭，一边开，心想，死定了。

但是并没有终结，我们共同又走了八万三千六百公里。

我忙不过来脑筋发昏的时候，车为我吃罚单，被警察记过也毫无怨言。如果换个更熟练的主人它应该不会受这些罪的。

还有，它是个柴油车。它没有音响设施，因此缺乏情趣。它有自己的缺点。

我懂它，它懂我。但是，四年，我们缘分却尽了。

保险数字很低，因为我从来没有以为它会离开我。所以写了少少的钱。现在只好自己再加钱买新车了。

几天内我情绪低落，在上班时候大力摔上司的门。他瞪着我，说："嘿！要不要我把我老婆那辆跑车卖给你？"

新西兰是著名的汽车国家，零关税自日本进口的美丽二手车使得大家都可以自由买车。中国留学生中许多人都买奔驰、宝马，因为价格和国内悬殊太大，不买可惜。

不过我没有名车情结。我只是沮丧旧车莫名其妙的失踪。我希望一把牙刷用一辈子的习惯再次被朋友们抨击。

"你这人，不是该你有新车吗？"

如果大家知道我对机械的生疏及天性的懒散就会理解我的沮丧。国内旧友如今仍然对我能开车上路一事表示怀疑。

他们记忆中有关于我学自行车三年不成的"黑色档案"。

这样的人如何开车上路呢？

但其实我也开了这部丰田四年了，仍然是泊车泊得歪歪扭扭。

买车对我的意义，就是代步。

我打开报纸寻车，发现我完全不懂任何型号、价格。我没有什么标准。有人推荐我看了一辆宝马，又有女生希望我锁定 RV4 或者 ECHO 这些款式风格都女性的车。

我对宝马无热情，它的样子很像一个穿西装的上班男子，并没有所有人感觉的那么高贵。而且，谁都知道宝马配件贵，万一有个伤痛，就要花大钱维修呢。

嘿嘿，一入豪门深似海，还是不能轻易去攀权贵呢，免得自己受罪。

我尝试了女式吉普，这是我应该会喜欢的一类车，偶然去越野，白领梦想车。

不过我还是确定自己不适应开吉普，在尝试了以后。我对那类粗大的方向盘有些戒心，好像我喜欢但不适合穿很休闲、很奔放的那种衣服。

我又试了种种车，或因为价格，或因为感觉而放弃。

一周过去，我还在沮丧中走路坐火车。下雨时候跑步。迟到有了借口。

在新西兰住过的人都知道这里拍卖车子成风。大家都在拍卖行里买车，或者看小报分栏广告注意私人售车。

在无头绪的状况下，我在报纸上找到了一个小小的广告打电话过去。

是一个中国人自己的小车行。没有门面，在自家的院子里卖车。老板自己又做雇员，一个广东来的年轻人——凯。

凯给我看了他所有的车子，就在他的小院子里，围墙也是他自己砌的。屋子里面有他才几周大的孩子以及他的妻子。

车子从日本迁徙来，他从中国迁徙来。

凯给我介绍他所有的车子，也顺便介绍自己的经历。三十左右，在瑞士留过学，回国工作一段时间，再来新西兰，在这里申请的移民。

慢慢有了自己的房子、生意。因为喜欢车子，把这个爱好当作了自己的饭碗，在他乡，慢慢开始了新的人生。

卖车人、买车人和车一样有公里数，有故事，有风格和价格。因为我们和车的缘分，起于旅行之天性。

我在听凯介绍自己的时候，试了一部祖母绿的尼桑，这车子很小，样子很古董，只是油缸只有一点零，因此我知道我不能选择它。

终于在朋友的帮助下挑了凯院子里的一部尼桑帕沙，银灰色，两门，样子很大方。

这部车是那种不惹眼但是很耐看的类型。在吉普、宝马及另一部红色跑车的围绕下，有点不出众，但是一旦被单独开来，它立刻显示出它的好处。

比如外形的时尚但不时髦，颜色的轻盈但不轻佻，比我原来的车要宽大，但是整体的感觉还是一辆女生车。只是比思坦丽较成熟些。

而且它是一部平凡的车，凯可以给我一个比较好的价格。凯一边帮我试车，一边告诉我他的海外生存感受。他喜欢车子的背景是因为父亲在国内也卖车，因此血液里有爱车天性，父亲靠卖车赚钱送他去欧洲留的学，现在被他接来新西兰打麻将安度晚年。他自己在新西兰先蹲洋人车行里做帮手三年，慢慢摸熟门路有了正式经销牌照。

还有，他不知道什么时候应该去冒险自己开一个真正的车行，这会是一个梦想。

我终于敲定要买凯这个家庭车行里的车。这时候，他在继续说他的体验："新西兰是个美丽的国家，因此我们要学得特别开心。刚来的时候，最坏的情况是我口袋里只有六百块，置之死地而后生，现在过来了。"

他希望活到一百岁依然拥有车行，看自己子孙开各色的车来为自己祝贺大寿。

在告别凯之后，我把车子开到高速上，车子很稳，很轻盈。一下子，我爱上了这部车。

第一部车是新奇的，第二部是我的一个选择，我要好好珍惜它。

在晚上的时候我把灯打开仔细地看了它，真的，它很靓。平凡，又清秀，上班时候开不扎眼，又有个能塞一个冰箱的后尾箱，非常实用，适合柴米油盐的人生。而且外观是结实中带点飘逸的。我觉得它其实是我想要的那类车。

迅速地，我买了一个薄粉加脆蓝颜色的动物样子的靠背，一个天蓝的鱼形挂件来装饰它，以讨好我的新车。拥有第一部车的时候，毫无经验，笨笨的连个油都不知道及时加，现在希望我知道如何珍爱这辆新车，不让它太受委屈。

希望能够天长日久开下去，路上风霜如果狠，也希望它能为我挺过去，为了我在找到它之前度过的那些摸索、寻觅、尴尬的时光。

我还是后知后觉，看到了才知道自己喜欢哪一类。"梦中车"其实不存在，只看你会遇见哪辆。

我脚踩油门，要让车冲上风城那蛇形的海边高速，邻居听到久违的车响，特意打开窗子向我笑，一边朝新车竖大拇指。我也满脸笑，听车中音响向我灌输从国内带来的那些老歌。

在高晓松的《好风长吟》中，我再上风城高速路。

终于换了一辆新车。

学在新西兰

出国以来一直烦恼的一件事情就是我们和西方人之间的交流障碍，这并不是简单的"歧视"之类，也不仅是因文化不同造成的差别，其实最最让我们自己心里难堪的，是我们对西方人文化一厢情愿的关注，这似乎是长期中西比较（攀比？）留下的一种类似文化斜眼症一样的症状。他们对我们，只是看作亚洲人中的一员，并没有特别的关注。但在我们心里，世界是分裂着的两半：中国和外国，东和西。永远较劲，永远攀比，永远患得患失，永远累。在西方人心里，世界是多极的，各自有各自的位置，中国是一国，毛里求斯也是一国，没有人一心要来比较中国文化和西方文化的高低优劣，甚至很多西方人根本持文化保守论调，认为各国应保存自己的文化，对我们绝无"学贯中西"的要求，于是我们大大地落伍了。

失落了一段日子，我也开始逐渐学习着把世界看成一个多频道的电视。这时候随着出国人的增多以及选择的增多，在很多国人的心态里又多了一个怪现象，就是在比较东西之后，有好些人又继续拿着尺子来量西方各国的长和短，攀比一番，美加是高个，日欧是中等，澳新是三寸丁，等等，很能代表这种心态的代表作大概是一篇网络文章《不来新西兰留学的十大理由》。

"十大理由"这样的写法，是突然红火于这几年的，象征物质时代的心情，永远在计算，又不是很清楚这些计算是否得计，故意张贴出来，为自己再设问。《不来新西兰留学的十大理由》里面的主要理由中，奇怪之论颇多，也就不一一列举了。只是其中有两条，一是悲哀新西兰大学中没有出过诺贝尔奖获得者，二是指控这里的大学计算机学科教学质量低且管理松懈。其实这种说法是有明显的误导的，因为维多利亚大学确实有校友获诺贝尔奖——2000年维大校友、新西兰人 Alan MacDiarmid 获诺贝尔化学奖；另外新西兰人获诺贝尔奖的还有1962年病理学家 Maurice Wilkins，当然鼎鼎大名的放射物理学家卢瑟福早在1908年就已经获奖了——这些都是不争的事实，而且以一个人口三百多万的国家，这样的诺贝尔奖获得者之比例，当然不会太低吧。然而最主要的一点是，诺贝尔奖是不是你出来留学的理由？

另外一条指控也不实，因为新西兰目前仍以高质量的程序员闻名于世界，其中当得益于大学的教学吧。说到管理松懈，以我在本地大学里的经历，只感老师严格细致，一篇作业字字圈点来改，每次都看得我很感动（觉得自己不够认真，面对这样的老师）。班上曾经有过因为0.01分的成绩之差，一个同学的一门课硬是没通过的例子，总之是严格的宽进严出，我的两年读书历程中尚未看到有松懈的例子。

其实《不来新西兰留学的十大理由》的作者不喜欢新西兰，本身属于见仁见智之范畴，并无太多可批判之处，可圈点的是他的理由里面有很多代表了我们对待西方文化惴惴百年的心，仍然如故。希望去最富强的国家来开阔眼界无可厚非，随手再来打击一些比较小（地理面积上）、政治态度比较淡的国家就很滑稽，可以看出心里还是将洋大人当作假想敌，故意随时媚强傲弱一番，显示来自天朝大国的身份，含义是我虽不比美国阔，但比新西兰……便有了满足感。然而困境又在这里出来，新西兰，或者其他为作者所不屑的国家，并没有要和谁争长短的心，他们的世界也是多边形的，热情和愤怒可能发生在看全黑队的比赛时，普通生活中没有这样的戏剧性。因此我们的《不来新西兰留学的十大理由》又没有了对手和观众，而且在现在大家叫喊"地球村"的年代里，这样依旧努力将世界只分成中国和外国，或者中国和美国便慢慢有些太孤单了。

本来国无完国，人无完人，但在新西兰生活的日子里，我比较欣赏该国国民的一点是他们并不爱拿自己的国家说事情，固然知道自己是谁，但并不为此太喜，也不为之太悲。去年惠灵顿的国家博物院征集一批新西兰摄影，标题是"我心中的新西兰标识"，得到的作品大多雅而有趣。其中有一张我记忆很深，作者让一对夫妇戴了一对羊头面具站在自家屋前，手挽手，作者在旁边解释道，这是世人眼中的我们——新西兰人。这作品里面充满了对自己的微笑和对别人看自己眼光的微笑。这种微笑是我想得之于对自己祖国的关系而没有的感觉，然而我也喜欢我永刻于心的那种苍凉之感——对"故国三千里，深宫二十年"的古国，只是不愿为了自己这种苍凉感而无视别人独有的微笑。

　　有关于来新的小留学生，《不来新西兰留学的十大理由》的作者十分看不起，特别列一条指出在国内没考上大学的人将永远不可能成为精英，这种棒杀是那么粗暴，让人不由地很想为在新的小留学生说几句。虽然各类媒体都有对他们负面的报道，我所认识的小留学生中却不乏努力和认真的。相信他们本身是矛盾的一群，很多在国内的教育体制中是不被看好的边缘人，却又有幸获得父母大量的爱和财富，这种不平衡使得他们的心理是很封闭的，被过度地爱着又被过度地轻视着，成为在"先富起来"的阳光和"分数万岁"的阴影中徘徊出来的一个特殊群体。他们简单的经历中也还是背负着中国十年来的变迁，于是很多人一出国就急急将头发染成金色，像是要逃避什么又像要追逐什么，但是这仍然不是棒杀他们的理由。

　　去年认识的小留学生女孩 C 告诉我她在国内初中的时候就因为犯了偏头痛在班里被靠边，自知不可能再去挤"独木桥"，便选了初中中专。一年后，她来新西兰重读高中，在这里她重新开始做梦：高中，大学，硕士。新西兰改变了她的命运。她说这些的时候脸上有平静而快乐的光彩，今年她已经如愿考上了奥大，事实证明她

不是个坏学生。这句话，也许日后她会以扩音喇叭喊给伤害过她的初中岁月听，虽然她现在是那么的平静。

我想对于 C 这样的学生来说，新西兰给他们的福泽是难以衡量的，灰姑娘得到水晶鞋的意义不只是为了找到王子，而是在冰冷的舞场上有了一个开始起步的机会。对于小留学生，我相信他们最需要的乃是一种信任，被别人也被自己信任，不会因为是考不上大学来留学而悲哀，也不再为是来了小国留学而压抑，慢慢忘记世界是中国或外国，人群是精英或渣滓这种两分法。这种忘记可能在小国比较容易，这正是在新西兰很可以珍惜的独特机会之一。当然，先有了信任才会有珍惜，有了珍惜才能开始学习，无论是否身在有诺贝尔奖获得者的学校里。

学在新西兰，如果能慢慢学到这个绿岛的平静，深纳于心，为日后或浓或淡的日子打底色，而终于解脱一种浮躁的心情，来了解细看除了"诺贝尔奖获得者"那样的硬指标之外的各国文化之别和风俗之异，也是一份不俗的成绩吧。

愿少年的心不再被莫须有的比较而欺骗，懂得你永远是你自己的金。

没有泪水的离别

手机上一串串的短信，是倩姑娘发来的。

倩是我的学生，小留学生，来了三年了，高中读完念了一个专科，忽然，她告诉我要回国了。

倩叫我姐姐，可能学校里我是那个常常认真仔细听他们心事的中国人。每年我一定会安排一个话剧让他们在惠灵顿文化节上演出，他们必然获奖。

忽然间，已经有了两届学生，倩和另一个"老"生回校看我，在留学生休息屋里夸张地抱我，引起今年学生的惊异。

"她们是谁？"

"是你们的师姐。"我被学生们环绕，非常有成就感。倩说希望临走前我能送她。

那晚我们在梅西大学宿舍里坐着，满地狼藉，倩把所有东西都卖掉了，她说起回国、回家快乐极了。

"早上吃妈妈的饼，中午吃奶奶的面，晚上吃爸爸的饺子。"倩不想读本科，不是偷懒，只是觉得学的酒店专业适宜早点面对社会，读完国外高中，已经有流利的英语，因此回国去找工作了。这一代孩子是不同的，她们永远比较实际。倩笑容甜美，个子娇小，我们是好朋友。

另外来送倩的还有三个学生，在读本科的两个，还有一个男孩凯，无心读书，只因为不喜欢新西兰太闷，他一直念语言，后来在网络上居然找到了一个女朋友，两人决心一起去澳洲。

我比较担心这个男生。他只是比较脆弱，很多被人批判的"坏"孩子是很脆弱的，而家长又希望他能留下来，拿绿卡。

不知道多少孩子因为父母对他们的误读而受伤害。比如这个孩子，他重感情，喜欢热闹，这类性格是不适合留学的，但是他的不快乐没有办法和父亲沟通。他终于选择了在网络上找了一个女朋友。但是之后他又觉得自己二十岁就定下一生的感情太早了。如此困惑的、苍绿的少年，我非常同情这一类留学生。

　　我大力拍他肩膀，希望他珍重。

　　"老师希望你知道自尊是最重要的，留不下来别耗着……"

　　倩问我有没有话要送她。

　　呵，没有，我从来不担心女生，女生是强者。另外两个正专心读本科的女生听来，都笑着点头。

　　记得我曾给他们在课余讲鲁迅、徐志摩，记得我把《再别康桥》印好了塞到学生手上。在百分之九十九是白人的学校里，我依旧告诉他们，一再地，说清楚《红楼梦》的故事。

　　我不能允许十八岁的中国人不知道谁是陆小曼，鲁迅的原名是什么。说我迂也好，我要求孩子们在学好英语的同时写一些中文作文，读《背影》及一些简单的唐诗。有时间会让他们看我收藏的各类优秀电影。后来他们告诉我他们真的爱我做的这一切。

　　其实我们是这样成为朋友的。我不相信这一代人不喜欢经典著作。有学生会站在办公室门口问，老师，还可以再印一篇朱自清的文章给我吗？

　　我说好。

　　那天下课的时候，倩忽然站起来，靠近我说："老师，我帮你把你的围巾系成韩国样子好吗？"

　　说完她就轻轻地，柔和地解下我灰色带雪花点的毛线围巾，并重新帮我系成了一个时髦的样子。

　　我给倩的"报酬"是印了一篇泰戈尔的小诗歌给她。

　　现在倩要走了，我们一直坐在地上，听各种歌曲，凯和倩乱打乱闹，我知道他们是一直闹成一片的，也不管。只是，其实我知道凯是那种会用胡闹来掩饰悲伤的孩子。

到了晚上十一点，我知道我要走了。凯也和我一起走，另外两个女生决定留下来，一直陪倩到天明，之后送她去早晨四点钟的第一班飞机。

她回国了。十七岁到二十一岁，其实这条路也好长。

无论大家如何说来说去，这一群孩子也慢慢长大了。

倩跳着在车窗外面挥手，简直像在跳舞，夜色里，小雨中，我看不清楚她年轻的面容。

凯在车里一直笑，忽然，在车转弯的时候说："好讨厌那种拖泥带水的感觉。所以我不回头，也不挥手。"

我知道他说的是离别，这一群孩子一直是故意用各种形式来掩饰伤感的。有时我觉得他们毅力惊人，虽然表面看来竟然是卡通的。

凯就要去澳洲了，背着他的网络爱情和绿卡的梦想，我知道，他不会和我告别的。

我的车驶过了惠灵顿最热闹的那条街道，十一月，是留学生分散的日子，天空中飞机一直在飞。

十一月，大唐卡一直占线，机票一直断档，这个南半球安静的城市无心睡眠。

在第二天的下午，我一个人独自在办公室里备课，忽然手机上出来一条短信，中文的，只有一句话。

"轻轻的我走了。"

发送时间是清晨。

我忽然如此彻底地伤感，彻底地高兴。

是倩。她真是最好的学生，记得我教给她的句子，用在最适当的时候。我永远不知道这些表面卡通，总是笑个不停、闹个不停的孩子在什么时候悄悄流泪。但是我确定飞机起飞的时候，她抽泣了。

水一样流动的，毕竟是抹不掉的诗歌。无论海角天涯，给中国的孩子，一代代传递下去，美丽的哀愁。

轻轻的我走了。

十一月的惠灵顿，我握着手机，凝望天空。想象那个为我系好围巾的小小少女。

她已经独自回家。

海上的茉莉花

——漫话小留学生之一

茉莉忽然就消失在惠灵顿那家著名的公立中学里。

新学年开始了，她应该按照新西兰学制升入十三年级，也就是国内的高三。

大学，那美丽的塔尖，已经在望。对十三岁留洋，在这里留了三年学的小留学生茉莉来说，几许艰难都熬过了，现在可以开始收割了。

而茉莉却选择了回国。

中国小留学生成为新西兰各家中学的独特风景

我奔过去找校长。怎么可以让这么优秀的学生走了?

校长也很惆怅。

我们留不住她。她忽然就决定回国,进入上海一间大学。

九月鹰飞,茉莉悄悄回程。

茉莉是我教过的最好的学生之一。英语可以进入主流班级上课,作文写到洋人老师也拍案叫好。兼修戏剧,可以流利演出莎翁剧本。这一切都不算,她还写一手好中文。

我批过她的作文。那文章写雨、写伞、写风、写惠灵顿一个小留学生的蓝色思乡情结。我重重给她 A+ 的分数,喜欢她灵动清新、暗香楚楚的文风。

这样一个女孩子。

十三岁就出国,一般日常社交都和洋人孩子在一起,完全实现了她母亲送她少年留学的心愿,融入主流。

都是为了让她不要有长大后两头不到岸的尴尬,工薪阶层的父母省吃俭用送她出国读初中和高中。

她的表现是出色的,成绩优秀,社交广泛。临行前,她还是学校舞会里的风头人物。

小留学生的两大关——语言、社交她都过了。

我为她设计的未来是读维大传播,将来会是一个优秀国际传播人才。仅凭那口流利的英语,已经显示她的沟通天赋。

而茉莉却终于决定回国读大学。

许多成绩不佳的学生坚持留在海外,为了最终拿到绿卡,而茉莉心有他属。

在简短的电子邮件里,她告诉我她的想法。用的是一手非常地道的英语,她告诉我她是回国找自己身上的中国感觉。

她说自己有了很深的困惑,在留学三年之后。

她曾经和所有的小留学生一样,努力过语言及社交关,在刚来的一年之后,她已经基本完全被本地孩子认

校园舞会是西方中学的重要文化之一

不同的教室不同的上课感觉

小留学生在另一个校园里逐渐找到了新的自我

同了。和他们在一起，也成为聚会的中心人物，他们在一起的感受是平等而快乐的。也有爱慕她的男孩子。总之，聪明漂亮的茉莉很快就解决了许多人要挣扎许久的融入问题。

茉莉为了实现这一切不是没有付出代价，她三年没有回过家一次。每到过年，她总是在屋中独坐，将手表调到北京时间，默默想父母在做什么，吃什么，以及什么时候他们开始放爆竹烟花。

窗外，异国寒山无数。有洋人好同学过来敲门，给她递玫瑰。

然而她无法跟人共度的，是心理上的中国新年。

茉莉的母亲因为经济不是很宽裕，因此也没有来看过她。她给女儿的礼物，是一把漂亮的小伞。

母亲的心意是不要让女儿被风雨吹倒。

然而谁晓得其实惠灵顿是一个不用伞的风城呢。

茉莉很心爱的，是这把从来没有用过的伞。握在手中，保护它，永远不让风吹坏它。

思念逐渐累积，茉莉在三年之后回国一次。

她和老同学在西湖边散步，吃亲戚们给她做的菜，重点是外国少见的豆腐。

春节过后，茉莉再次回到新西兰读书，她感觉自己不再是以前的自己。

"我感觉我在迷失，我非常困惑我究竟是谁。我希望我成长在自己的国家。"

这是茉莉一篇日记中的话。

茉莉终于带着那把蓝色的伞，破开别人的目光，飞回中国去读书了。

我忘不了茉莉手抱一堆英文小说，在学校的走廊里微笑着用英语说"老师，其实我是中国人。我和中国人在一起最有归属感"时候的表情。

记忆中她永远是一朵有自我的感性茉莉。自己选择了属于自己的土地。

她始终是我最珍爱的学生。

上了发条的桔子

——漫话小留学生之二

国际机场，我独自走过检票口，忽然后面有人轻弹我肩。

"老师。"

果然桃李满天下了。

笑着回头。看见一个清秀少女，手提一个黑色小包，独自站在一边，是小桔。

我们乘同一班飞机回国过年。

认识小桔是在她刚来新西兰的第一晚，我是她父母的一个朋友之朋友，被交代去看看她。

刚刚落地的小桔看见我就哭。

新西兰是陌生的，城市是狭小的，食物是糟糕的。她觉得一切都是灰暗的，除了乡愁，就是困惑。

第二天我带她去选课，班主任老师亲切地笑着问她："请问你喜欢什么？"

"我？不知道。"

"请问你以后想做什么？"

摇头。

小桔不知道如何选课，也没有人能帮她。她是国内的中流学生，大部分时间都在麻木和惊慌的努力，以及不可能成为精英学生的阴影中徘徊，心态是闭锁的。对西方学校里常用的"你喜欢什么"及"你将来要做什么"这两个基本问题，毫无心得。

老师帮助她挑选了艺术及商科。最后小桔害怕艺术对考试无用，还是换回物理。

那年她选的是数理化及商科。虽然我告诉她这里的艺术是高考科目，但是她仍然担心艺术是无用的。

之后，在学校里她显示出诸多水土不服。和寄宿家庭也处处不顺心，我常见她一人木木地走在校园里，穿校服都忘记了打领带。我曾经帮助她换过寄宿家庭，之后，我搬家换工作，和她逐渐失去了联系。

而一晃两年过去，现在的小桔——

她换了一个人，清瘦了，高挑了，神态自若，充满自信，且听她在国际机场检票时那口流利的英语……

过去的她好像已经消失在空气中，她现在是一个特别独立、平和、充满阳光和生命力的女生。

小桔笑着告诉我她刚刚通过大学联考，表现特别好，大学的录取通知已经在望了，毕业考试还在学校里拿了几个奖。

小桔说这些话的时候晃着她漂染过的、非常灿烂的头发，显示出非常个性的样子。她说自己也已经找了男朋友。

"我是被老妈赶出来留学的，那时候我一点都不开心。"

"一年之后，我开始了解这里的学习，是以独立自主为特点的。"

"在适应之后，一切都顺了起来。我越来越独立了，学会自己选课，安排学习时间，找资料写小论文，并且会和老师争辩，如果我不同意老师的观点。"

"我在中国真的是很平庸的那一类学生，如果不留学，我真的不知道自己是谁。我会永远在班级排名二十开外，永远是个不被人注意的灰姑娘。"

"现在我很自信，也很平静。感谢高中的留学已经教会我独立思考，在大学里我会更适应。"

小桔告诉我她学会的是独立面对自己的人生。

"不是成绩，而是处理事情的方式是我磨炼出来的最好的经历。"

飞机起飞之前，小桔甩甩头发，微笑和我再见，要坐到后面去了。临别，她告诉我在高中她终于还是选了音乐，她现在会拉小提琴，还在毕业晚会上表演过。

我知道小桔是那种在留学中找到自己的孩子，他们在国内是苦柑，在这里变成甜桔。

真得给他们时间让他们成长，让他们挑选一个比较喜欢的空间。

假期回来，我又偶遇已经是大学生的小桔，她把头发换了一种新的颜色，飞扬而有定力的样子。走在校园中，谁还记得当日那个手足无措、困惑哭泣的小姑娘小桔呢。

现在的她，知道自己如何走得精彩。

顽劣的孩子
——漫话小留学生之三

　　校长一个急电把我叫去，希望我帮助一个班里的学生——岛。

　　岛是一个来自中国北方的男生，刚刚出现在我的班上不过两天。他总是显示出疲倦不堪的样子，眼里有红丝，手指被烟熏黄。

　　在两天之内，他教会班上韩国学生脏话。韩国学生不知就里，大声喊叫，我听得呆掉，半天才反应过来。

　　还来不及找他谈，他却已经出现在校长办公室，目光呆呆，装聋作哑。对校长的所有问题答以 I don't understand。

　　风度翩翩，素有管理经验的女校长气得脸青。

　　岛在夜里居然不顾学校的规章制度，在不告诉寄宿家庭的情况下，偷偷出去包了旅馆房间和朋友通宵打电子游戏。

　　这确实是学校有留学生历史以来最严重的违纪事件。

　　校长决定严办。

　　加上岛毫无悔意。

　　他困倦地看着校长。装聋作哑到底。直到听见校长说要给他一个处分并要给他在国内的父亲打电话时，他才紧张起来。

　　岛在会后开始跟我沟通。

　　"我只不过是一夜没有回去。我只是去安慰一个朋友，他因为和人赛车，出了事情，车坏了，我们去看他，打打电子游戏，就忘了回去。"

　　"我们不是故意的。如果告诉我父亲，我就死定了。"

每年的戏剧挑战艺术节是惠灵顿中学生的重大节日

老师和学生共同感受创造性的教育

我很愤怒地看着岛，他不认错，而希望被宽大。但是我决定和他沟通，看是否能改变他的想法。

"岛，一夜是多长，你不告诉寄宿家庭，他们害怕到几乎报警，校长一大早就奔来找我们……你已经十八岁了。在国内，如果你做了这样的事情，你父母会不生气吗？"

"我父亲从来不管我的……"

"好，都是这么说，那么你母亲呢？"

"他们早就离婚了。我爸爸经营房地产生意，他很忙，我不希望他为我生气。"

"既然如此，你又为什么要抽烟，打电子游戏，不好好读书？你父亲送你出来留学，是什么目的，不是为了让你拿到学位吗？"

"我父亲说过，我拿不拿学位没有关系，只要出国混一段日子，学学英语就可以了。"

"你以为到国外就可以学英语吗？你两天没有来上我的课了，你知道你落下了多少单词？你的学习计划是什么？"我盯了岛一眼。

"老师，我有学的，反正，我爸说过，能学多少是多少。我爸知道我在国内也读不来书，送出来，好坏还能学点英语。口语总是可以学一点的。可是我在这里太受苦，你想新西兰这个地方，连一点夜生活都没有。真是受够了！"

我词穷了。岛胜利地看着我。我仿佛看见了岛的老爸，开着车，拿着手机，也许他也是个夜不归宿的人。皮之不存，毛将焉附。我们为什么要责备岛。

"岛，你好好想想，学校是对的，你这么做影响太坏，给校长写好保证书，让他们打电话给你爸，你面对事实吧。"

"老师，我告诉你，如果校长告诉我爸，我以后一定破罐子破摔。"

我又一次词穷了，只能完全将岛交给已经被震撼得一头金发抖了一天的留学生部主任老太太。她一夜没睡好，已经精疲力竭，如果我再把岛的"破罐子破摔"翻译给他。她可能就会休克。

我见了岛的好友大河，他也和岛一样，满脸疲惫困惑，烟不离手。不过态度较为柔和。

"今年不知道为何，就是一直管不住自己，我也知道自己错了，刚半年，就用掉六千美元。"

"我想被学校开除就算了，转学加拿大，重新开始。"

大河好像还有救，我耐心跟他讲在哪里跌倒在哪里爬起来的道理。并且希望他和爸爸妈妈好好谈，如果不适合出国留学就回国。

"回国也是一样，我不经常见到他们。"

大河的家庭和岛一样，父母富裕，忙碌，离婚，送孩子出国以表示自己还有爱心。

大河的母亲沉迷在麻将之中。父亲不开心时会对大河吼一句："我给你钱了，这还不够吗？！"

终于，学校打了电话给岛的家长，岛为表示愤怒，自动离校了，不知所踪。

大河呢，有人说转学去了澳大利亚，有人说去了加拿大，有人说回国了。

调皮的韩国学生有时候忽然兴起，会在我班上大喊一句脏话。

那是岛教的。

被严肃说了几次后，他终于忘记了那句脏话，我们得以清静。然而，有一天，我步行校园中，遇见一个天真的岛人学生，他向我问好，用的竟然是那句脏话。

我一惊，追过去问。

"哪里学的这句中文，说？！"

"是那个走掉的岛啊，他说这是'你好'的意思。"

岛竟然"流芳百世"了。

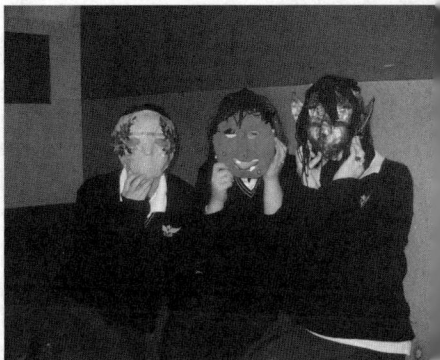

不一样的课堂给小留学生许多困惑

小留学生在一次校园多元文化节上

充电旅行

——新西兰办公室故事之一

系主任菲要去西班牙充电假期了，时间长达一年。

菲快五十了，但仍然有亭亭玉立之姿容，温婉且有定力的外表，头发是银色，总是笑容可掬。她在家做了十几年家庭主妇后才出来工作，三个孩子都进入大学后，母亲也进入职场，很快进入角色。

一个女性先打造了幸福家庭，之后再工作，也是一种好看的生涯，像老老的梨花才破出家门开出那种别样的繁华，总有一种从容不迫。菲教西班牙语，从小就梦想到那里去住个一年两年，今年终于向学校成功申请了一个长长的停薪留职充电假。

菲要走的时候向我们介绍了新来的德语老师，琳达。在充电旅行阶段，她要代理系主任的职务。

琳达和菲的年龄相仿，她体态矮矮胖胖，好穿一件黑衬衫，脸上已经有了许多皱纹。和菲的高雅一比，她非常家常。很快，我们感觉出她的热心。我工作上有问题的时候，总得到她细心关照。且遇到问题的时候大事化小，小事化了，让我们感觉放心。

我很快也习惯了琳达的风格，菲如果是大丽花，她就是花边的阔叶草，带着朴实无华的气息。工作边缘时间，她喜欢和同事讲述她的家事。她的家庭真是问题成堆。女儿十五岁的时候遭遇了车祸，脑部受损，从此失去生活自理能力，只在家中闲着，脾气越来越坏，已经五年了。儿子在念法律，压力巨大，也常常会冲家里人发火，尤其到了考试来临之前，须知道念法律的淘汰率是很高的。这样一对孩子让父母很无奈。琳达的丈夫又犯了严重的关节炎。

琳达絮叨久了，大家也便当作寻常，不再有人安慰她。常见她在办公室里打电话给儿子的老师、女儿的医生，真是可怜天下父母心。

圣诞节期间，大家都玩得开心，只有琳达，雪上加霜。丈夫做了手术，要有一个月坐在轮椅上，女儿情绪时常失控，儿子有一门重要的课濒临边缘。在巨大的压力中，作为母亲、妻子的琳达几乎要考虑结束自己的生命。

这时候，她开始想到自救。

我们都见过一些问题成堆的家庭，其中必然有一个人要扮演上帝的角色，必须用博大胸怀承担一切，肩膀是石头做的，能扛一切，心却是丝绸做的，随时感受别人的一切冷热。日子久了，谁都会忘记这个人其实也是需要被关怀的——琳达就是家里这个临时的神。她决定自救。

琳达去看了心理医生，同时她开始想到改善外形。

琳达是半百之人，脸胖，身也胖，如何看来，都不是个美人。不好和家庭富裕、丈夫疼爱有加、孩子健康活泼的菲相提并论。但琳达决定了先去参加一个"健康＋美食"的组织，目的只是让自己感觉到：自己在关怀自己。这种被爱的力量，使得风雨中的母亲将逐步得到力量来关怀家人。

办公室里我们见到的琳达一天天在变化，她在半年之内瘦掉二十公斤，她的食谱是得到专业营养师调配的，因此活像一幅电影画面，每天都有不同，青绿红白，一色是最精致的素食。她在吃的时候非常幸福地笑着，像一个小女孩看着自己吹的肥皂泡。

她还常去买衣服，买一些和年龄有些脱节的青嫩衣裳。穿在她忽然瘦掉的身体上，有点夸张。在整个心理调整的过程中，人可以变得非常自信，原因还是，相信自己是被爱着的。即使是被自己苦心经营的爱，即使那可能只是左手握着右手的暖。

琳达还是不停地在工作、家庭、女儿的医生、儿子的法学院导师之间奔波着。忽然有一天，我看见她穿着一件明显过紧的新衣服在办公室里独自哭泣。

"琳达？"

——消息很快传开，琳达被十个学生联合家长告到校长那里，说她上课的时候常常不集中精神，而是显示出敷衍的样子。真是天可怜见。谁晓得她的家庭背景？谁又能原谅她？

事情被低调处理了，琳达显然失去了在学校继续攀升的机会。但她很快恢复过来，也许是问题太多，人也疲劳了吧。

她继续吃美食，穿美衣。

在圣诞节前，菲回来了，她轻松亮丽地出现在学校里。充电旅行果真名不虚传，菲更健康、更有魅力了。穿着西班牙感觉的彩色条纹裤子，戴着灿烂如火焰的太阳镜，把地中海边的阳光像喷泉一样喷到了每个人的脸上。

我们大力拥抱菲，却忘记了和琳达告别。

学校的例行圣诞聚餐之后，我回到办公室，看见每个人的桌子上，都放了一个小小的白色包装礼品盒。打开来一看，里面是各色自制的小点心：甜的花生，更甜的巧克力，还有喷香的小面包。

这是琳达给每个同事的一份圣诞礼物。

在手画的小卡片上，琳达说明这是她鼓励患忧郁症的女儿亲手给大家做的，目的是让她知道，爱别人、关怀别人是重要的。

琳达说这是一种治疗。

作为一个母亲，她必须和有忧郁症的女儿终身陪伴，做终身的治疗。用一切力量，希望她走出愁云，重新恢复快乐的能力。

我握住一颗花生轻轻咬开，感觉那种特别的香味，好像琳达带着倦意的笑脸。

呵，那里面的人生滋味。

空中有朵郁金香

——新西兰办公室故事之二

　　大家都喜欢在办公室里贴图。每个人办公桌边都有一片自己的天空。

　　五十多岁的荷兰人瑞太贴的是一幅美女图。

　　瑞太刻板而朴素，一年的衣服都是素色，大眼睛冷冷的，个子高，肩膀宽，走路步子却小而急，不似风摆杨柳，却满带着一种仓促及奔忙的感觉。

　　瑞太从荷兰移民到新西兰已经二十多年了，原来是同先生一起来的，后来两人闹翻了，便一人带着女儿过。现今女儿去了澳洲工作，她也就一个人留在新西兰了。平时，在办公室里她是牢骚最多的，总怪大家对她不够热情，或者是这里文具没有添齐，那里水杯没有洗干净。虽然说的都是对的，但是从她那冷冷的大眼睛里滤出来的严肃而责备的光芒，总是让大家有种沉重的感觉。

　　我想不透瑞太这样刻板的人从哪里弄来这么张明星美女贴图，又为什么要将这张和自己风格不沾边的美女图陪伴着自己。看，那女生风格哪一点像她，那个女明星是个年轻舞蹈演员，一张轮廓高雅端庄的秀脸，一双清澈而深沉的眼睛，乌黑的头发，额上还扎着一条红丝带，红唇委婉欲诉，不是娇羞也不是冷漠，而是一种打心眼里透出的灵秀。这个女生真有三分年轻时候费雯丽的气质呢。我知道瑞太喜欢芭蕾舞，而这个演员肯定是她的偶像了。哎，这个明星崇拜真是不分年龄地域，像瑞太，居然也追星的。

　　我有时候和她一起喝咖啡，但还是话不投机半句多。一坐下来，她就开始说起她多么想念欧洲老家的事情。

那里是文化之都。

瑞太在新西兰二十八年，死死不肯拿新西兰护照，为的是永远当心理上的荷兰人。

那里郁金香成片。

瑞太因为这个缘故，不方便常到澳洲居留，连女儿也不能多陪，但是如果有谁要劝她放弃郁金香之国，却是毫无可能的。

我就问瑞太何不干脆回国算了。

瑞太说她不能回去，因为女儿也定居在这里了，她心理上需要感觉母亲就在不远的地方，有个娘家在旁边。

瑞太的人生被切割成一个永远的十字路口，彷徨久了，十字路变成十字架，瑞太就背着这些慢慢生活下去。

每年她都回欧洲过冬天的。在那里，她会去旅行，读各类短期的班，交新朋友，甚至谈过一次无尾巴的恋爱。

每年拿回办公室的照片，都是一个神采飞扬、红衣深深、灰发灿灿的荷兰女子，让人怀疑她在新西兰的那一部分是个幻影。

她诚然是一朵属于祖国的郁金香。

有一天是学校的运动会，我遇见瑞太，在学校的田径场边。绿的操场旁，一排翠生生的橡树，落下一片浓荫。大团大团代表新西兰风景精华的白云犹如透亮的钻石般，占满了水蓝的天空，空气清亮，令人精神振奋。

我像喝了一杯浓酒一样，十分高兴，便和平时不多说话的瑞太聊了起来。

"你依然在想着荷兰吗？"

"啊，是的。我这次回家去，特意骑了自行车在大片的郁金香花田边狂奔，一边对天空喊：我不想离开你！！！最后，我的眼泪盈满了眼睛。不过，没有人看到而已。"

我被瑞太的古典式情感震住。

"瑞太——何必折磨自己呢？想回去就回去吧。"

"可是我不能离开女儿。"

"她不可以和你一起回去吗？在那里找个工作应该不难。"

"可是像她这样的舞蹈明星，是需要本土观众基础的，我不想影响她的事业。"

"慢着，"我靠在一棵漂亮的橡树上，"你女儿是跳舞的？"

"你不知道？我的办公桌边不是一直挂着她演出的海报吗？"

我慢慢回过神来，是，当然，那美女当然是她女儿。

像瑞太这样年龄的女人，当然只挂孩子的照片了。

细想，那女子的大眼睛，分明是瑞太眼睛的翻版。只是母亲的比较干枯。

你看过一朵花的枯萎版本和盛开版本吗？

那就是瑞太和她的女儿。

"我当单身母亲二十多年，所有积蓄都给了她。从小学习跳舞，老师找最有名的，衣服是最好的，假期去欧洲看最好的演员演出以提高素养……她长大后我一无所有，现在连屋子也是租的……"

瑞太的故事像电影一样，一点点在我面前生动起来。那个在舞台上如郁金香一样盛放，在领舞"天鹅湖"和"蝴蝶夫人"的美丽女子，是我们瑞太的女儿。

我靠着那棵精神极了的橡树，看着天上流云。

空中仿佛有朵郁金香。告诉你短短人生，爱只有一次，得失全部在其中。

请不要对瑞太这样的女子计算爱的成本。

Stop

1

我停下车子，在斑马线前。

这是早上，孩子们在上学，新西兰和许多国家一样，中学和小学都设有早班和晚班的值班孩子，他们穿着橘黄背心做义务工作人员，举着大黄牌子，上面是分明的大字"Stop"。

这字是给大人看的。

如果有成队孩子要经过斑马线，黄背心们就一边一个，把牌子一放。两牌一交叉，就成了严肃的拒绝。

所有匆忙上班的车辆全部静静停下来，等孩子们一一走过。

举牌的孩子有时比牌子还矮，但是这并不影响他们的威信。

2

我把手一挥，请身后的学生静下来，停在楼梯边，等待。

楼上装的残疾人电动车正在缓慢发动，这是新西兰中学里专门为残疾学生上下楼准备的。他们自己备有磁卡，刷卡之后，车就缓慢启动，舒展开来，让他们的轮椅上去，之后慢慢运上楼去，之后再落地。椅子又合拢，挂在楼梯边。

整个过程会延续八分钟，伴随着刺耳的电动车发动声音。

但孩子们已经习惯在这个电动车前等待，看着残疾同学有尊严地拿出磁卡，使用自己的车子。之后缓缓推着轮椅上了楼梯。

我某日想去帮一个孩子推门，她却静静地看我一眼，一手扶好轮椅，一手静静地推开教室门。

我停下脚步，思考她目光中的独立和尊严。

那尊严，是被其他人等待她上楼时候的沉默和绝对停步支持着的。

3

我在那条黄色的狗前面停下来。

狗后面有个秀丽的女生。

她是维大音乐系的学生。不细看，你不晓得她是全盲的。

她和狗走得文静而自然，像是在散步。

四年了。她依赖于新西兰政府提供的导盲犬，逐渐完成本科学习。

黄色狗忠实而专业，帮助女生上下山及电梯，并能为她找到不同的教室。

它知道带她走斑马线。

她上课的时候它趴在一边听她练习钢琴。

在校园里看到他们的时候，我会早早停步。

不是让路，是递过一个微笑。

虽然他们都不能看见。

适合

　　我在上课时候给中学生放周润发的电影《阿郎正传》，放到那一段，就是阿郎要孩子离开他去和已经离异的母亲生活的时候，孩子不舍得父亲，放声大哭的那一段。

　　这一段是感人的，但我没有想到我们学生中有一个忽然红了眼睛，跌跌撞撞冲出了教室。

　　我有点不知如何是好，那是个新移民家的孩子。女生漂亮过人，平时是那种无论如何淘气都讨人喜欢的俏丽刁蛮型。

　　简直不能想象这样的孩子也有心事。

　　后来辗转听说孩子的父亲回国发展了，母亲留在新西兰，之后父亲有了其他的姻缘。

　　后来又发现学校里竟然有好多新移民的孩子都是事实上的"单亲"，大部分是父亲回国做生意，母亲和孩子在这里工作读书。

　　也有一对，女人不放心，跟回去了，孩子和留学生一样，丢给寄宿家庭。

　　这样的情况不仅于中国新移民，韩国的学生小詹也是一样，他的爸爸始终留在韩国，而母亲带着他和弟弟在新西兰读书。

　　家长会的时候，小詹的母亲点名要见我，说是要谈谈小詹的英语成绩。

　　我见到小詹母亲的时候，震撼得不得了，她实在是个美人。韩国清秀佳人，家境好，不用工作。一张脸干净得感动人，又很单纯乖巧的样子，乌黑的头发挂在肩膀上。她不能说流利英语，因此反而更加动人了，那副张口结舌、不知如何是好的羞涩模样。

我说小詹的英语一直在进步，只是在作文里有"我想念父亲"的字样出现。

她母亲掏出钱包里的全家福给我看，原来小詹的爸爸之英俊，是不在这个母亲的美丽之下的。

他是韩国国家排球队的最高指导。

小詹母亲听说了儿子作文的内容后呆了很久，美丽的脸上出现了迷惘的神情。

在学期结束之前，小詹告诉我，他们决定要一起回韩国和父亲团聚，不再回新西兰了。

这个时候，我的一个朋友打电话过来，告诉我两件事情，一是她经过努力，在洋人一家大公司里找到了一份正式工作。另一个是她先生终于觉得不适应海外，还是回国了。

目前她和孩子在一起。孩子在读书呢。

我"哦"了一声。开始想适合不适合的问题。关于去海外发展，有人适应，却也不一定是适合。有人是无心去适应，也不可能去考虑适合不适合了。

关于这个环境调和的事情，终于波及夫妻之间的适应不适应，适合不适合，也就变成海外生活里面另外一个永远的花边了。

题记:

世界，世界，我问你是否还需要一点纯真，世界点头

是

那么你到惠灵顿来吧，在中国的冬天，这里的夏天来。

十二月

这是一个纪录电影式的故事

一个小品文样的电影

和一个图文版的现代张岱小品

她试图记忆华语曾经有过的纯真

从惠灵顿开始

我们找一点点北半球似乎看不见了的

中国古典

如果惠灵顿没有风：To My Windy，Windy Wellington

1. 来到一个风的城市

秦是那种从中年才开始读通俗爱情故事的女子。

少年时候的秦，奔放不羁，读的却是很古典的东西，《战争与和平》或者《三四郎》。

慢慢地，秦开始都市生活。有了一些朋友，生活复杂了，读的东西却越来越浅，后来发现粉红言情其实是有它的魅力的。

或者真的，沉重很容易，轻松却太难。

看新的一代，被流行歌曲和言情故事教育长大的人多么冰雪聪明。

然而，他们中是否还有人知道《三四郎》是谁的作品?

不知不觉，秦变得有点老古董。

秦带着一堆华语言情故事，搭上飞机到新西兰来留学了。

飞机上都是十八九岁的留学生，皮肤光洁，急着把青春运走的样子。相比之下，二十八岁的秦显得比较另类。

是表哥把秦送上飞机的，其他的朋友，秦都没有通知。父母被她的草草离别弄得很伤心，一切嘱托都自表哥处转来，而他的优点是一向没有试图帮秦理清思绪的意愿，就这么让她有一个随意的空间离开。

他一向是老好人，自研究生毕业后在一家名气很大的私营企业工作，每天早七晚九，回家只有看完报纸头条的力气，吃脑白金仍然落发。唯一的娱乐是一周和妻

子去一次饭馆，他定会吃一条鱼。

秦对表哥的生活不置可否。

总之，飞机起飞后，这一切都会被抛到脑后。

古朋是另一个试图来送行的人，被她拦住了。

"免得我哭，何况是什么时代了，到哪里都能联系上，不要太情绪化。"

古朋是那种在朋友聚会上也穿西装的人，老是问秦他该配何种颜色的领带。他追秦有一些年头了，原因是秦长得很像他去世的母亲。

这或许是个离谱的理由，但是古朋很认真。

飞机起飞之后，这一切会被抛到脑后。秦最后敲敲表哥的手。

"老哥，何不劝我留下来？"

表哥顾左右而言他。

"帮我去新西兰剪剪羊毛也好。"

"留你在中国升官发财吧。"

"你要允许自己衣锦还乡让我们沾光呐。"

"老死在桃花源算了。"

有个孩子跌跌撞撞走过他们跟前，秦就说："老哥，我想你若有孩子，一个叫惠，一个叫灵，一个叫顿，算是对他们姑姑的纪念，如何？"

"别忘了我们的基本国策。"

走出候机室后，秦回头看见了古朋。他还是来了，无言地站在玻璃窗后面，给秦一个微笑，手上一束粉红的花，也许是康乃馨？古朋的表情已经看不清楚。

那个笑容很快消失在蓝天里，秦开始在飞机的轰鸣声中昏睡。

在度过其实比自己想象的要短得多的一段时间之后，秦到达了一个南半球的城市——惠灵顿。

惠灵顿是个著名的风城，站在停机场上，秦才发现中国和这里的季节差别有多大，那边是盛夏，而这里是深冬，像是倒着走了一遍时间轨道。

天昏昏，海上来的狂风吹动着秦的黑发。她拎着简单行李，看着机场橘色大巴朝自己开来，这是眼睛里最暖的一团东西了。

最大的印象是天之大地之广。那些让人困惑的人群都不见了，秦突然感到自己变得很大，很立体，倒没有孤独感了。

大巴司机穿着蓝色的制服，眼睛也是深蓝的，留着白色短须，像圣诞老人。他笑眯眯地帮秦把行李放到车子前面的行李盒里。秦注意到所有人的行李都被放在这里，而大家都很放心地坐在位置上看风景。

一个人口还不到四百万的国家是个什么概念？

惠灵顿比自己想象得还小，在海湾边有几条交错的街道而已，只是干净得惊人，房子都像积木，似乎以粉红的木屋居多。在灰色的天空之下，那些粉的屋子看来如此出世。

秦感觉像是从高空来到谷底。风的声音一直追着她入睡。在新西兰的第一夜，她竟一夜无梦，睡得异常安宁。

早上醒来，秦看到太阳已经出来了，光线清亮，世界透明如玻璃制造，窗外绿草亮晶晶。

天空奇异的蓝。

惠灵顿一下子如一管颜料渗入了秦的心脏，风停的时候，这个世界乖得不像话。

秦收拾了一下，在外面散了散步。她住的地方靠近海，海边的屋子一个个都有花园伴随着。秦走过一户人家的时候，看到落地玻璃窗后的屋主一个人在喝咖啡，并向她挥手微笑。

这个海边的城市在不起风的时候像一首钢琴曲。

秦打开手提电脑，在海边一张原木大椅子上开始写信给余家欢。

2. 给家欢的信

家欢：

一转眼，我已经到新西兰一个多月了。还记得你说过要到这个南半球的国家来剪羊毛的愿望。不过来了这一个多月，我还没有在惠灵顿看到一只羊。

过去我们知道的中国人出国的故事总是一连串的奇

遇记，而我只是平平静静想换一种生活方式而已。因此我不想创造一点点传奇。相信不？现在的传奇在中国国内。

　　古朋给我写了很多信，他说无法理解我这么一个活跃的人，如何能够在这里静着。他还说现在国内经济这么好，我现在出国，回去就会很失落。他的生意做得越来越好，要到上海去开办事处了。古朋还说我不在，他不知道去和朋友吃饭的时候选什么颜色的领带好。我告诉他不要二十四小时穿西装。大表哥最近买了车，实现了他在三十五岁的时候有车有房的愿望。他还是落头发。

　　我慢慢不知道写什么给他们好，还是把闲话都说给你听吧。我在惠灵顿一间大专学校里注册念书。有个专业叫视觉艺术，我选了一些课。选择大专的原因是学校里同学少，老师给大家的照顾比较多，人际关系也比较温暖。

　　我的同学们都比我小，大部分是本地人。他们的基本样子是头发卷曲，肤色不论男女都白里透红，健康明亮，说话带着新西兰口音。我这个英语专业的人也听不懂他们说什么。我现在比较沉默。我发现大家都穿得格外随意，所以我也买了球鞋和马甲来穿。这是基本的新西兰人样子。同学们的摄影作品都创意惊人，拍摄也很精美，我的三脚猫本事简直不敢拿出来。我想他们是生活在一个非常没有压力的环境中的缘故，所以有惊人的想象力。

有时候我们上电影课，几个同学一起坐在地上看电影，百叶窗关着，看完了电影，课就完了，所以课给我一种梦的感觉。我们的老师是个很古怪的老头，笑容和善，穿有破洞的花毛衣。他选的片子都是欧洲最古怪的电影，要看十遍才能懂的，但都是好电影。

你知道我很喜欢这里的环境，常常一人在海边散步。这里的居民喜爱运动，无论刮风下雨都有人在外面跑步。我在海边发现很多漂流来的木头，它们看上去很美，就像死去又复生的精灵。我常常坐在上面看一些爱情小说。

古朋问我接下来想做什么，我说就这么闲着吧。我真的没有什么打算。这几年我真的很累，现在想要好好休息一下，就像这海边的漂流木，只是风景，而不是家具材料。

我觉得惠灵顿和我有一些缘分。

小秦

"秦"是那种带着一颗东方的性灵之心来看世界的。她的旅行目的不是变成精英或者传奇，可能也不为一份别样的生存，更多是寻找一个比较大的心理空间。而老朋友"家欢"是一个虚幻的人物，他（她）一直鼓励秦给生活的调色板加颜色。于是就有了秦这一类人的海外生活。

3. 在海湾

秦学会开车以后，常常开车沿着惠灵顿海湾跑。小小的城市因为被海环绕，变得有深邃的感觉。无论晴或雨，海湾边千变万化的风景都是很迷人的。

城市的中心是东方湾。这是惠灵顿湾最丰满的部分，圆润地拥抱着碧蓝的海水。城市中心高层建筑大部分依着这个湾而立，和海上的白帆相互衬托着。海湾边的大道上有无色的原木宽椅子供过往行人躺着看天。

海湾边还有一个餐厅，叫"渔夫的桌子"，造成一艘船的样子，倚在海边。夜色来临之时，满厅灯火，就像一条归航的船。

不远处另有一幢白色建筑，是一个很大的室内游泳池。

海湾边的路后矗立着一些圆圆的绿色小山，山上有青翠的松树，长成一种孩子挥舞手脚的样子，尤其在白云下看来格外快乐。

秦黄昏时候常在湾边散步。在这里，她总会看到两个人。

一个是老人。他开一辆很旧的黄色老爷车，穿米色的外衣。他总是把车停在海湾边上，然后静静坐在车里看着海。秦走过他的车前面的时候，老人有时候会抬抬眉毛向她笑笑；有时候，他沉浸在茫然的思索之中，似乎没有看见世界的其他部分。

以秦在新西兰的短短阅历，她猜不出老人的过去。

秦发现自己并不在意这样的"不知道"。她给古朋的电子邮件里面说："在不同的文化面前我感到自己又开始重新生长，如果不想迷失，最好的办法是不要急着去判断，不要急着去进入，不挣扎也不炫耀。慢慢地我有了自己的天地，那是以前的生活里看不见的。古朋，你能了解吗？"

古朋敲给她一堆问号，最后写道——

"秦，我会祝福你。你知道，我是个简单的人，我对你的希望，是你有一个自己的屋子，布置得好好的……"

古朋谨慎地不说出"家"字，然后提到他记得秦喜欢穿"蜜雪儿"的衣服，因此每有新款时他还会替她买一套。

古朋的话让秦很伤感，因为秦已经不再穿那个牌子了。

但他是个让你无法拒绝的好朋友。

秦在海边常常还可以看见另外一个中年男子。他个子高高的，穿一件蓝色套头毛衣，戴红色棒球帽，穿一双绿鞋子。每次散步经过秦，他都好像有点为自己一身上下的胡乱搭配而不好意思，冲秦抱歉似地笑笑。

他连狗都没有牵一条，寂寞如斯。

秦和他面对面经过好几回，眼睛里都熟悉了，但是嘴上并不招呼，点个头，笑笑过了。

秦更为那个坚持在起风日子里也来看海的老人所吸引。

风里的城市，其实是多么的淡雅自省。人因为有了大的空间，生命多了灵气，这是小国家的好处：你有地方放置你的心，让它不轻易死，或者迷失。

秦在海边漫步，慢慢忘记了自己原来的身份——一个年轻、忙碌的女商人，因为急着成为一个被大家认同的成功白领，曾经连续加班，一点点打下自己的天下。

突然在海边，秦看到另一个自己。

这不像放一个假，倒像是回了家。

慢慢地，秦不再读带来的言情故事了，因为那些故事后面的都市生活已离她远去。

有时候驾车独自在惠灵顿城后的山里走，大片绿色的农庄，屋子是淡黄的两层，前面有马穿着蓝色的衣服站在雨里看路人走过，它的眼睛温柔如水。长长的路少有人走，偶然见到夫妻牵手走过，牵一条狗，男人穿红，女人穿绿，走过一些开满了花的大树。

秦深为感动。

据说《指环王》的导演皮特·杰克森因为这样的山路有了拍摄灵感，这才用一部童话电影将世界的眼睛引到了这个南天门外的绿色小国，告诉世界新西兰有一种大家等了很久的气质：纯真。

真的自然，真的心灵，天和人的合一，在摩天楼瞬息间被轰炸倒塌的时刻，整个世界突然停下了熙熙攘攘的脚步。面对心中越来越大的黑洞，《指环王》还用新西兰留下的无边绿草和干净雪山及时给了受伤发疯的人群一种拯救——那是新西兰留下的一个真实童话。这个小国家在人类的悲剧时刻，忽然站出来承担了它的义务。

秦为此想到了中国古典诗歌。

在新西兰，每一片的风景都让秦想到中国的古典诗歌，那些逐渐流逝的故土之金，一个古国的逝水年华，因消失了它生存的土壤，古典的美丽如最后一只珍惜的仙鹤逐渐消失了。剩下的空洞是无限的，现代化或许是很多人无法承受的一次消失之旅。

但是在这个绿色的国家,诗歌随意可以被捡拾。人被自然宠爱,得以新生心中的旧梦。秦为此欢喜、落泪,独自行走,看云飞云起,真的不再寂寞。

但是电影里,在很大程度上忽略掉了新西兰那种朴实无华的美丽,或者那种美丽本来是没有办法完全表现的。

留秦独自体会。

4.给家欢的信

家欢:

我常常把惠灵顿和杭州比较,但是它们很不同。惠灵顿是静中见动,野趣和文明为一体的,和杭州落潮的灰色古典不同。但是它们都有那种灵光,不是典型的城市,是一种家园型的,古典短令。现在大家都喜欢海上繁华了,忽然全部宝马香车,但是我依然喜欢小令,好像杭州是晏殊的"小园幽径独徘徊",而惠灵顿是晏几道的"醉别西楼醒不记",还有那种疏狂。对我,这两个地方竟然有父子关系。或者是因为这个,一切被连接起来了,所以我并不像古朋想的那么寂寞。

在一个新城里也许你反而最不孤独,因为有空间容纳全部的过去,这才与自己更亲密。

惠灵顿的咖啡屋是很出名的,海湾边有一家,叫"盐"。我去过那里,和一些新认识的朋友们。

先写到这儿了。

小秦

5."盐"·OE 归来的 Kiwi

"盐"是海湾背面一个小小的咖啡屋。惠灵顿有好些咖啡屋的名字很古怪,比如"大寒",比如"远亭",又比如"地狱"(兼卖很辣的名为"地狱"的比萨饼)。这家"盐",位置有些偏,但是客人很多——时间一长,秦就发现看来静静的惠灵顿其实是很爱各类活动的。晚上,酒吧和咖啡屋也总是满满的,市图书馆的信息栏里,每周都有不下十种的文化、体育、社区活动在上演。你可

以加入，也可以不，这里有一些选择。

"小小的城市，大大的心"是惠灵顿市政厅给自己城市的定位。惠灵顿的城市短语是"绝对活力"。

和很多人心中新西兰的静止、偏远状态不同，这个"绝对活力"体现了惠灵顿真实的状态：因为持续移民带来的多元文化的活力，因为是首都而拥有许多文化、教育设施的活力，还有本来的美丽自然带来的活力。海上白帆竞逐，天上鸥鸟盘旋，这是惠灵顿的"活力"。有人不远万里来这里看海，也有人从这里出发开始"Sail"，找一个属于他自己的新的故事。惠灵顿，没有定型的文化，变动着的"活力"就是这个海边城市的母语。

秦在"盐"里认识了刚刚 OE 回来的新西兰人罗素和丹娘。

OE 是新西兰年轻人一个特有的名称，是英文"Overseas Experience"的简称。新西兰人喜欢旅行，许多年轻人都会在 20~30 岁进行一两次海外远行，去欧洲、非洲、南美洲或者亚洲，有的就干脆边工作边旅行，到 30岁以后再回家乡来。因此这些年轻人被称为"OE"一族。

32 岁的罗素和他的女朋友丹娘，就是这群人中的一员，刚刚完成了三年的大旅行。他们踏遍了万水千山。之后，罗素和丹娘开始了在惠灵顿朝九晚五的上班生活，常常到"盐"来喝咖啡，因而认识了黑头发的秦。

秦总是坐在角落里的一张桌子边上，拿着一叠纸静静地写方块字。

只有"盐"，有供一个女子写东西的静和灵气。

秦选择的那个位子的后面墙上，挂着一幅用贝壳镶嵌的画，那是惠灵顿某个艺术家的作品。这里的艺术家总是选择天然物进行加工，海螺、贝壳、芦苇都有。

罗素和丹娘在不知道第几次看见秦的时候，过来和她打招呼，用在香港旅行时学的广东话，声调怪极了。

秦想想才回过神来，笑了。

"你说广东话？"

"不，我来自内地。"

"那么说'满大人'了？"

"是。"秦心想好玩，整个世界都在误会中国，是广东话，又是"满大人"，但我们的母语都是中文呐。

秦很好奇他们的 OE 经历，于是他们聊了起来。

"我去过中国的桂林及西双版纳。我和丹娘就是在桂林认识的。"

"我并没有去过这两个地方。"

"啊，是的，中国太大，我还看过张戎的《鸿：三代中国女人的故事》。"

秦觉得又要被误会了，赶紧解释："那个故事不是我们这一代人的故事。"

"我们不裹小脚，家里没有小妾，屋上不挂红灯笼，没有姐妹兄弟饿死。"

怪不得别人要误会我们，因为我们的世界变得太快，甚至我们自己也不太懂自己。秦想到自己和上下两代人之间的差别，不由叹口气，现在的中国，五年即是一代人。

多么奇怪，曾经是那么传统、那么稳定的一个文化，竟会转变为世界上变动最大的一块火山地震带。而你身不由己，在里面变迁。

秦大概向罗素讲了对自己国家的感受。

"我们出生在二十世纪七十年代的中国人，是这样一种人，幼年时候还遭遇过贫穷，少年时候遇到精神启蒙时代，疯狂阅读所有中外古典名著是当时唯一的时尚。我的母亲会把我所有的零用钱集中起来为我买一套《战争与和平》。

"大学毕业后我们面对的是经济起飞，必须有疯狂赚钱的精神才能活下去。我开始为能用自己的钱买下各类名牌的衣服而骄傲。

"我们是在短短十年内试图吞下资本主义社会积累了几百年的东西，消费成为最核心的生活。

"所以我们在长大的这二十年时间走过完全不同的日子，拥有完全矛盾的观念，变成内在很分裂的一种人。

"你知道吗，我有一个表哥，我们都在南方一个城市打拼，都实现了我们的很多理想，好的工作，比较优越的生活。有一天，我和他一起在一家酒楼吃饭，出来的时候，遇到一个年幼的卖花女孩。她把我们当作一对情侣，因此追着我们，要我们买她手中的玫瑰。我拒绝了。表哥好心，拉住她的手想跟她聊天，问她几岁了，为什么不在读书而在卖花，女孩却一下子凶狠地抱住表哥的腿，说：'你买我的花吗？'

"表哥笑笑，摇头。就在这时候，女孩狠狠咬了表哥的手一口，然后带着那朵有点发黑的玫瑰转身跑开了。

"表哥抬起手来，看着手上女孩的牙印。

"就从那天起，我开始觉得我的生活有哪些地方错了。转型时代的尖锐使我的敏感变成一种负担。少年时期读的书在心里越来越重，变成和每天的生活打架的一种东西。

"于是，我们试图开始过自己的生活，属于每一个人的，选择不同的颜色放在自己的调色板上。也许有一天我也会像你一样，去 OE。"

"秦，你已经在 OE 了，从中国来到新西兰，还不是一次大 OE？"

罗素这么一提醒，秦不由大笑起来。

丹娘喝完一杯"卡布奇诺"，看着她笑了笑。

那是个明亮的惠灵顿黄昏，夏天已经来了。南半球的夏天，可以美丽到像一个深谷的少女，纯洁，却明艳得不可方物，阳光泻满大海，玫瑰在山中盛放，一树树的圣诞红也将盛装登场，草绿到可以让人久久望着不收回目光。

在这一段里我想介绍我欣赏的新西兰青年文化"OE"（Overseas Experience）。年轻时候多走走、多看看，海外飞行，为了内心的性灵世界更大，我相信这是很多人的理由。当然，实际的原因也是有的，英语、学位等等，但是没有梦想的花边，谁会开工去裁"迁徙"这件看不见摸不着的皇帝新装呢。

之后秦对自己有了一个更明确的了解，并且找时间去把握了一段过去的爱情脉络。

我还想介绍我自己的一个歪理：爱情禅。色就是空，爱情如何禅？但在我眼里，爱情是生命中一种很深的体验，帮助你懂得生命本色。色是空的，但色后的悟，不是空的。

我把女性当作一种生命的类型来写，除了母性妻性，她们代表生命里一种非常的细腻和坚决，和宇宙本原靠得近，因此女子来悟爱情禅，是好看的。性的成分，我一直把它写成性灵的那个性。性情中人，总是会懂得的。

我还想说明出生于二十世纪六十年代尾巴七十年代初的那一班人，在时代的变动中经历青春，他们内心深处有对纯真年代的永远回忆和不灭的蓝色梦。

我是那一类，我就只好帮助那一类说话。

那么，这个惠灵顿的故事，是一个OE的故事，是一个爱情禅的故事，也是个一代人记忆自己纯真年代的故事。秦也是情，"纯任性灵，纤尘不染"是某人对纳兰容若词的评价。于是故事有了不算结局的结局。

6. 冬季到南岛去看雪

古朋最近很是失落，甚至给秦写信说他要来新西兰度假，看看她。

起因是古朋最近交了一个女朋友，一个漂亮的、干净的、有时尚感的女生。她在和古朋交往了一段日子之后，忽然淡淡告诉古朋她有了另外的男友。

古朋觉得不痛快并不是他很在乎她，而是他觉得没有在乎的机会，因为她不需要太在乎。

她太需要朝生暮死的感觉，以免太疲惫，或者以此保护自己？

古朋积极、活跃。实际的古朋希望有老式的爱情，希望有人握着他的手说一些天长地久的话。在这件事情上，他显示出人格分裂的症状，一方面希望一切越来越简单现代，另一方面仍然愿意感情持久繁复，像一件古董。

古朋忽然开始不知所措，他的生活不再完美。

他开始认真看秦寄来的风景照片，看秦描写的在海上飞扬的那些OE人群。秦已经读完了一学期的视觉艺术课程，毕业作品是一组奇怪的幻灯作品——秦张开双手站在路上，影子飞扬，旁边草丛里是一张中国的书法作品：天。

秦说在新西兰找到了中国古典，甚至体会出古人如何看自己的影子造字。

秦说春天来的时候，她在海边的小街上散步，看到街边一间小屋里，敞开的玻璃窗后面，有一个无名男子

独自悄悄拾起桌上瓶中的黄色水仙，嗅着它的香气。那个朴素的动作是那个城市最美丽的细节之一，关于人如何在平凡日子里保持一种低调的、与自然和谐的生活。

秦还说海上月圆的时候，惠灵顿湾像一句中国古诗"千江有水千江月"。

下面一联，古朋还记得，因为那是秦最喜欢念叨的："千江有水千江月，万里无云万里天。"

秦的远行为什么又触动了他，让他想起一些已经过去了的事情？

大学时候，古朋弹一手好吉他，常常笑家欢除了英文字典外一无所有。

古朋点一支烟，在酒吧里看着眼前空空的座位，有一点点奇怪的感慨。

是什么事情使得那个城中打拼最努力的年轻女商人秦忽然远走高飞，去南半球看风花雪月，想一些少年时候的故事。

谁不记得秦因不满意毕业分配的选择，开始自己做外贸生意，为了一张订单和对手咬牙切齿竞争的样子。

古朋觉得有淡淡的嫉妒，对家欢。

因为他永远在远处。

而我们想要的美丽生活又在哪里？

当古朋在北半球的夏天里有了一点点不太严重的烦

忧的时候，秦正在南半球的冬天里做一次小小的旅行。

从惠灵顿出发，渡过库克海峡，到了南岛，南岛的中部，有一个叫昆士唐的小城。

在这里可以看雪。

南半球的雪。

年轻的雪在年轻的山里，伴着古老的冰河，那是怎样的风景呢？

秦坐在昆士唐一间小店前面的一张白色椅子上，看着前面的雪山。

这是她曾经幻想了很多次的风景，在家乡尘土飞扬的街上走来走去，很累的时候坐下来，打开电脑，看到不知谁传来的一张雪山风景。透明精灵，很像一个无心睡眠的水上白衣少女，在深深的夜里睁大眼睛，仰望天上繁星。

宽容世界给你的全部，无论那些你是否能够承担。雪山告诉了秦很多很多。

那时候，她计划要来南半球看雪。

为家欢，为自己，甚至为古朋。

有时候觉得自己属于幸运的人，因爱写文字裁掉生命之重，生活中反而容易平静欢喜，轻灵如此。

她打开电脑收远方来的邮件，一封来自表哥。他说他和妻子终于决定要一个孩子。在中国南方那个热而繁忙的都市里，"惠"要诞生了，如秦说笑过的。

只是，他们不会有灵，不会有顿。

留给你吧，表哥笑着在电话里说。

表哥说最近公司重组，看到原来的元老被削下来，一夜之间在办公室负责倒茶水，有一种特别的感慨，于是决定放下一些其他计划，要一个孩子。

表哥老是笑秦在逃避一个正在进行原始积累的社会的所有尖锐，而去做一些不着边际的事情。

秦说，我并不逃避，我只是试图选择。

一封电子邮件来自罗素和丹娘。他们在回到惠灵顿一年后，又决心继续环球之旅，再度启程去南美洲教英文了。

丹娘念念不忘地对秦说了一句："OE 的中国女孩，你快乐吗？"

还有古朋寄来的一张秦的旧照片。古朋在信中短短地说："秦，我们都没有背叛过自己的感情，只是我们的感觉背叛了我们。而生活，从来不是完美的。"

南半球的南面，冬天，滑雪胜地昆士唐，那天，很多人看到一个黑发红衣的中国女子在雪山前静静地用电脑写字。

她瞧来特别安宁，向陌生人打招呼报以灿烂的笑容，像是那些正用旅行新陈代谢的人，特别是女子。

因为她们像一种雌鸟儿，即使飞行也有不同的姿态。

不知道她写了些什么。

雪山前面的小镇上，悠扬的管风琴音乐在飘扬。这安静的一切倒让人怀念起风中的惠灵顿，那种不停歇的循环，海、天、风，无穷无尽。如果没有那使人不知所措的风，惠灵顿将不复是那个充满活力的城市。

让各种心情在风中沉淀过，再出现在面容上的，会是一种新的欢喜。

7. 告别风城

秦买好机票才发现，自己来新的日子正好和离开是奇怪的同一天，一段旅程居然凑成整数。

新航的绿椅子格外干净，空姐也穿着绿衣服，虽然朴素，但是配一条红丝巾就抢眼了。这就是新西兰人的风格：简单而浓烈。

秦来的时候，因为一切都新鲜，一道闪电般的文化冲击使得什么记忆都特殊了。走的时候，却得到更大的心理空间慢慢看、慢慢品尝。

总是如此，因为距离所以美丽，因为离开所以懂得，因为放弃所以获得。

新航里面的电视机在播放介绍新西兰的短纪录片，高山、白雪、皮特·杰克逊、毛利人的战舞、正在蹦极跳的男子，个个镜头对秦都如此亲切，如此充满了人气。她知道这个国家永远在她的生命里。

在一个羊比人多的四百万人口的国家里，有从中国来的秦到达过、长大过、体验过，用自己的心拥抱过的一生中总难舍弃的蓝天白云。

她把行李里面的一本书拿出来，里面那张放了十年的旧书签久已不用了。那上面有杭州植物园折来的一小枝桂花，书签上面是那首小诗：

我带水仙花球从月亮里下来
只为阿拉斯加永远的雪
一生不凋零
我的小银花

死生仅隔一层薄冰
行到天涯无芳草
要看
水成镜
泪凝珠

海上升明月时
阿拉斯加女孩
在等你回家

经过秦手一碰触，那小花静静变成粉末。二十八岁的秦看着十八岁的秦碎成粉末。原来只有旅行才能击碎旅行，时间才能消灭时间，经历才能覆盖经历。我们谁能有理由停留或者回头，在我们唯一拥有的资产——生命里。

之后，秦含笑贴着新航飞机舷窗看外面风里的云。

风城最大的景致就是这些云了。

新西兰的外号是"长白云的故乡"。据说最早来到这个小岛上的毛利人，海上漂流的时候远远见到南岛雪山的积雪，误以为是天空的白云，便将这里命名为"长白云的故乡"了。

只有在新西兰住过的人才知道这个名字起得有多么真实贴切。

这岛真是云的故乡。如果你自北半球飞来，到了澳洲首府悉尼停靠，便发现天空变蓝，那是北半球已经不太看得见的纯净蓝色，大块大块展露眼前，让人心中一空，万事都放下。如果继续南飞，便到了新西兰。这里，天蓝海蓝，那些别处无地可居的云都被收养在这里，自由自在地生活着。云是新西兰的原住民。

有时候，大团大团的白云在海湾上集体舞蹈，离人真近，几乎可以用手抓到。首都惠灵顿更是被云们买下的黄金地。山上、人居旁边就有懒云相随，海边，云又潇洒来回。它们最喜欢的游戏是变化，不停地改变形态、方向，颜色却一直纯粹：白、灰、银、象牙色。有时候在高速路上开车，眼看见路边山上，大团云正晃悠悠爬下来，像睡得太香的婴孩从摇篮里跌下来一样。那云近到你要大喊一声：别闪了腰！

云只是调皮地依靠在青青山边。

海边的云更有其他的意思。它们像一把银团扇那样扇来扇去，很有仙机的样子。不过大部分时间也很憨厚，只是在海上蹲着。到了清晨和黄昏，云一变而被红霞、金霞所覆盖，气象万千，在海上搭好大型布道台，庄严地替上下班的太阳宣誓就职。不懂云是不懂这个国家的。它是一个自然比人更有政治地位的国家，连选举中都有党叫"绿党"，国民愿意选绿色当国家元首。云，也是其中一个议员。

在这里做人，要准备大量的时间走山，行水，望云。

秦几乎忘不了刚从北半球人烟里飞出来飞到这里时初见到那些云的惊讶感觉。而现在，因为要离开了，她更紧紧地贴着窗子，想多看这些云一眼。

我如何能带走一片白云？除非把它们写出来。

秦看到新的岁月从云边飞来，竟然是你无法躲避的一种速度。她确知自己又登上了一个新的航程。而这时候，心里深深不能舍弃的，便是这些云。

两年了，她是云的朋友，云是她的知己。

云知道红尘众生所有的心事，因为它们旅行过。

秦的故事在清淡的悟觉中，有如一片云，飘到了下一个方向。

我拍的惠灵顿的照片，本是想把它做成个视觉小品，但最后变成一种孩子的连环画。功力不够，诸公请见谅。

写了很久，因为觉得不好，终于不敢全部拿出来见人，在这里只要部分地表达出这个故事里的感觉就好了。对于我的意义是我以后再不会写出同一篇了。它是青春本身，很不完美，但是不能再来一遍了。在这个故事里，我是那个没有安全感的、二十四小时穿西装开手机的中国白领古朋；也是一心寻梦却不知所终的少年家欢；也是表面风花雪月、内心坚实真挚，一直想要为有限的生活空间突围的现代版古典女子秦。他们是一代人，其实也是一个人，他们在新西兰的空间展示的还是中国人被从空中拍摄下来的远镜头。

如果真的拍出一部短片来，我会把我喜欢的歌《蓝色理想》放在结尾。这歌在音乐上来说是弱的，但是它还是比较代表这一代人的一种感觉。因工作的缘故，我曾经访谈过这个歌手，当时一直问他对这首歌的感觉。他把手中的玻璃杯放到桌角说，其实是水一样的一种感觉，很随意啊。

学魂—诗心—电影梦：旅英手记

1. 牛津：静水深流

夏日在牛津寻不到"静"土，大群游人熙熙攘攘自各个地界来，将此地近千年延续的学术繁华庙香般消费、吞咽。入夜时分，街头仍然聚集着衣不罩体的年轻人在和伙伴们疯狂追逐。那是在乔治街的当中，旁边有牛津城小而繁忙的公共汽车站，站边人依依不舍地逶迤在几棵大枫树下面等车，闲气十足，却又那么人间烟火。那树绿得好，却让人想见它十月时候该如何红得好。而此时，八月的欧洲阳光如蓝海里的帆一般正张得饱满。朋友说："理，你好运气，赶得上英国的晴日直落牛津。"

我笑笑，旅程总须自家策划，玩一个地方，像裁件衣服，内在没有图纸，怎么行呢？宁可忍着倒时差的瞌睡，牵着大箱子默默一下飞机就颠到牛津来，自有我的讲究，像茶的第一泡不喝，只闻香。

而我知道牛津的静只有自己来嗅。我因此也不急。且穿过乔治街，在沿街的共和咖啡屋里喝一杯热咖啡。之后，我在圣彼得学院边的卵石路边就地坐了半个钟点。环顾四周，赭黄的尖顶古楼，黑漆的自行车，街边处处可见的吊盆紫色喇叭花，像是牛津的三种基本色。

然而我错了。黄昏时分，我见到在牛津居住了十年的同乡——人类学学者项飙。他指给我看夕阳下那些学院的门框颜色，是一种深靛蓝，像夜海结冰以后的颜色，又像我们古书院学子长衫的颜色，但更坚固。

牛津蓝，他说。

项飙过去是这里的学生，现在是这里的老师。山呼海啸的十年牛津日子被他说来变成两个字：苦学。

"这里如此之美丽，即使苦学也是福。"我说。

项飙带我穿越游人不能入的圣三一和新院（New College），特别让我注意两个学院结构和建筑风格的不同。前者连绵屋宇，庄严完整，犹如交响乐；而后者长廊古墙交错，却是一种写意的笔触，廊以雕花石窗围蔽，像一个半开的宝盒。据说，错落光线透入时候，正是文学专业学生在这里就廊排练莎翁戏剧的时候。这廊也妙得很，地面是秃秃的泥地，壁边有几个半颓的石像立着，像是观众又像是戏中人，无以表达那种剧台就是神台的感受。每个学院都有教堂，但是不觉得森严可畏，反而突出了一种学习的庄严和美。正是这所英语世界里的第一所大学，把学习变成了一种人性向神性贴近的思慕。那思慕遮天蔽地，将天地人的关系说了个透。项飙一直提醒我注意新院的"随意"，还有结构的"随意"里表现出的透彻的牛津教育精神，比如正常课时之外的小组讨论（tutorial），尊重老师和学生个性的导师制度，等等。

项飙也让我注意听新院里偶然穿空而出的一两点教

堂钟声，还有院后的那大片草地，绿地上有一个精致土台，群群绿树扶台而立，当中有阶梯上去。原来这绿地是一个露天戏台，但也可以是毫无关系的一堆土，任学生发挥了。牛津的秀丽全在这些地方。这些气势逼人的建筑未阻人气，反而和人的美丽呼应，成为一种激发，不是锁链是钥匙——我因此懂得了大学可以这样。草地可以是戏台，而圣爱德蒙学院一树玉兰花立在红墙门口，守着来回路过的人的时候，更像是一树书的白色封面，开花时候，好像天在准备阅读着什么，静静地。那种静也是游人散尽后，项飙这样的学生在图书馆里添上的灯光，默默折射出知识的温馨。那真思本蹲在我们的性灵里，酝酿时候，真有一种烤面包的香气呢。

夏天的牛津，不是净土，但静水深流，蓝，才是牛津色。

2. 牛津：叹息桥畔好读书

逾七百年历史的宝德来图书馆群落，是牛津最具有气质的所在，游人入正门，学人入偏门，虽然热闹，却绝不零乱。你可以花五镑及相关证件获得一周的零时读书证，便可以在宝德来或其他学院图书馆饱食那八百万群书了。

宝德来高耸入云的楼尖使得它犹如一座书殿，进殿有教堂可以观礼祈祷，楼上是藏书阁。众多古籍散发出绝对书香，抽出一本抚摸那些古文字，好像进庙堂触摸莲花。我默默无语，出没在宝德来的书雾里。此处，知识变成历史的一部分，读书犹如进入红尘大庙中参拜。正是牛津，让我又一次体会文明延续如大河的力量。暮鼓晨钟，学海无涯。而在如此恢宏和谐的古迹中阅读，赋予了阅读一种魅力，好像在群花中舞蹈，又比如在大森林中露宿。

宝德来边的叹息桥，是借了威尼斯的古迹之名，但是我喜欢叹息两字，就不管它的出处了。叹息桥边好读书。这种光景，只有亲自到达宝德来，目睹对面圣三一学堂里紫色的薰衣草如何生长在书香里，才会清楚。即使是匆匆忙忙的游人，也不会不被那庄重典雅的叹息桥所感动的。更不能再想象月色下、夕阳中，这里会有怎样的灵感奔涌。轻轻叹息一声，也许是对这些美丽最好的回答吧。

白天在宝德来读书，入夜以后，不要忘记去主街上的"鹰和孩"餐馆喝一杯。白门绿字的小餐馆，是牛津汇聚文人的地方。据说托尔金在这里盘桓。巨著《指环王》也得之于该馆的小酒，到此必须一醉方休。

我利用读书和夜饭之间的黄昏和清晨旅行牛津城，一次次走，反而更迷失，索性不再寻访什么了，只是又一次路过"新院"时候，巧入一个牛津老校友的聚会，看见白发苍然的老"学生"成群来访问古墙边的花，碎碎低语的时候，风自绿地上起，吹过墙上的长青藤。他们之后走入新院那暗暗长廊，在石像边小坐，慢饮白葡萄酒，大多衣服简单而宁静，白麻衣，褐花裙，旧皮鞋上有一点点尘埃。在先贤石像间低语往事，纯粹是一场时间神话。那聚会无电，无音乐，夕阳落后，恍惚明暗之间，汇聚学魂。那光景似乎比他们多年前在这里排练莎翁剧更有嚼头。

项飙，温州同乡，牛津大学教授，人类学家

3. 剑桥：白石伴碧水，鸳鸯携隐绿柳中

噫——到剑桥了，自伦敦国王十字火车站一个小时的高速列车后，一个淡蓝的小站映入眼中。此时，心中所有学习过的中国文学脉流都奔流起来，像一场烟火开始繁复，精致，恍惚，狂热地释放出来——这样的情衷却是面对一个他乡的校园燃起。这种看似莫名其妙的深情投注，当然只因为一首已可被称作古典的现代中国诗，和一个已化作青烟的诗人。

无论怎样走远，怎样伪装或者真实地放弃了关于诗歌的一切往事、记忆，无论怎样把身体里面的诗歌水分拧干，或者干脆只买过季的玫瑰作标本。那一声"在康河的柔波里……"，还是会让你的心变得柔软。

何况，已经步踏剑桥的小径，在王后学院的门边停留，看学院下面的康河流水，正为今日的游人拨弄。

牛津的士人之蓝，和剑桥的诗人之碧相得益彰。双方的分流，正是历史上一场学子纷争的结果。仅从风景而论，剑桥的小桥流水，精致疏狂，会更让大多数人心醉神迷。看康河上，长蒿舞动，几许青春。

剑桥的好处之一是几个主要学院位置紧凑，国王、王后、圣三一几个一口气连绵，幽雅景致让游人看得咋舌不已。牛津三十九个学院散布，或者让人迷失，如一个精神的古堡。剑桥的三十一个学院却单纯，是阴性的，极度大气之中还显妖媚。那一花一砖，都精致无比。

剑桥的好处之二是主要学院大都在水边，水上的桥连接了各个校园，一拱拱的弯月让几个学院合成了一个首尾相接的大花园。这样在结构上水与书院相连的完整感觉，是它独具的风格。

剑桥的好处之三还是和水有关。水边，树色更绿，更幽深；水边，鸟儿更肥，更野趣；而水边的学子，多了一份脱略，一份神秘。

我们其实并不需要多少理由就会爱上这里。只要默默在王后学院的几个私家小花园里散步几分钟，你就知道这是一块得天独厚的灵秀之土——此处，长廊均有花镶嵌，古楼无不碧扶疏。我独爱王后学院"总统枋"的小砖门，那门边累垂的一架红蔷薇，微风吹过全无痕迹，像比果实还沉。在这里站着，看花，只是看花，却疑心有一个亲切了很久但遗失了很久的朋友要来，相遇，把静在空气里的如花美眷招引下凡。恍惚之间，穿过红蔷薇边的小门，看康河就在脚边，水边那棵大柳树，突然"呀"一声挥袖唱响流年。

因为先入为主，看了王后学院的野草闲花，对隔壁国王学院的宏大气势，竟然不能再投入很多，再次走到国王学院校园康河边的时候，却见拱桥边一块白石，潇

洒卧在绿草上，和野鸭同眠。那石亮得奇异，仔细一瞧，
上面却是几排简单的涂鸦式中文草刻：

> 轻轻地我走了
> 正如我轻轻地来
> 我轻轻地挥一挥衣袖
> 不带走一片云彩

白石远望国王学院的大礼堂，背朝几棵百年古树，
旁边一是游人如织的林间小道，一是水声不绝的康河。

原来，志摩在此。

不须多寻多问，剑桥的灵魂凝聚在这块中国籍贯的
灵石里，是一颗诗心。

默默拱手，向白石。周围各色人民来回，对于白石
似乎一无所知，也似乎有所感应，因为它不是什么巨碑，
也不是如何严肃铭文，只是一点点非常感性的纪念和痕
迹。我觉得这种纪念方式对于徐志摩的个性是恰到好处
的。这个在国王学院逗留过一年的旁听生，竟然用另外
一种语言对剑桥的美与英国浪漫主义诗歌文化作了一个
巨大的跨文化回放。而一石所激起之千层之浪，后来的
华人至今还受用不已。

我是因为这首诗歌而没有在这里如在牛津一样迷失
的。我所想验证的剑桥，是英国的，也是中国的，是志
摩的，也是所有学习过"五四"，留恋过这次华语文化的
近代文艺复兴光芒与气质的中国青年的。

剑桥在我们心中，真的是一座桥，是一座跨越两种
伟大文明、沟通人心的小小白石桥。志摩铭记的也许不
只是两个青年的爱情，也是两种古老文化相遇时候，心
灵深处碰撞出来的那份相知相惜。而在一个诗歌逐渐凋
零的全球化时代如何再来相遇剑桥，抚摸康河边的白石
呢？我们迷失吗？如果迷失，如何去再寻一条丝绸之路？
或者，此时的志摩与徽因，已经可以在网络上相遇？

在离开剑桥的时候，微雨轻袭，回到火车站，但见

一个粉衣的英国少女正焦急地在车站边等待爱人。当那个英俊的剑桥男生终于跳下火车，两人拥抱的时候，我注意女孩之后回身打开了带来的小箱，将一份包装好的精致礼物递给了男生。

在两个学生传递礼物的时候，剑桥的爱情故事正像世界上所有的爱情故事一样，带着雨中的朦胧展开眼前。在任何时代，爱情似乎总可以有如此雅致的时刻。它本身不会失落诗歌感觉。因此我们信奉青春。剑桥八百年的时间走廊上，不仅有群星灿烂的学术文化，更有对青春和爱情的景致之存留。这也是志摩所希望我们在这里找到并记住的。我相信。

4.伦敦：南岸的文化地图

我在伦敦住伦敦大学政治经济学院的宿舍，正巧在泰晤士河畔，跨过滑铁卢桥，就到南岸。

南岸曾经是贫民区，却在十年之内得到大刀阔斧的重整。如今，已是首都的文化走廊。南岸地图包括：滑铁卢桥旁的国家剧院、BFI艺术影院（国家电影社——英国独有的国家电影资料所），汇集世界现代派艺术精品的泰特艺术馆。泰特收藏的毕加索先生之画，隔一条新千年桥和对面的圣保罗大教堂相望，而这边又紧邻纪念莎士比亚的"GLOBE"剧院。这类古典和现代握手的风格在南岸是一绝，其中包括巍峨的双塔桥和蛋形墨绿色的市政厅，光线变化的"伦敦眼"和百年如一的大本钟。南岸的水边，汇集了伦敦的精华。显然，这里是伦敦的南岸，也是世界的南岸。

在南岸走，最好选择一个阳光明媚的周末黄昏。岸边行人大都是伦敦的居民，在此休闲聚会。在南岸，各色人等均有其选择，剧院满座，艺术影院爆棚，泰特里面游人如织，GLOBE莎翁古剧常演常新，"伦敦眼"前排着长龙，连BFI前面的旧书摊都很受欢迎。这些场所都附有很好的露天咖啡馆及酒吧，国家剧院里面的专业戏剧书店和 BFI 里面的专业电影书店也非常齐整。总之，南岸是个完整的文化百宝箱。

我最喜欢的南岸风景是 BFI 影院。这家艺术影院应该是全球数得上的，因附属于国家电影资料社，它专业的层次自是不同。BFI 那句口号"因为电影激发……思想"意味深长，表现国家电影社立意将精品电影文化和大众生活结合，将雅致文化和平凡人生和谐起来的决心。因此，影院有普及艺术电影的义务，除了配套专业书店，出售 BFI 出版的专业电影教育书籍，更于每周每月有组织地推出世界电影大师的电影回顾，以及新人的小众之秀。这里是英国电影文化的中坚堡垒之一。

我到的时候正是英国导演大卫·李的回顾周，一口气推了他的所有名作，我买票去看了《日瓦格医生》。影院满座，四个半小时的电影中间休息了一次。我犹如离开一个半醒的梦一样走出 BFI 大厅，穿过滑铁路桥下的旧书摊，看泰晤士河水的流淌。这个由罗马人首建，穿越千年历史的古城，在南岸文化地图的衬托下仍是年轻矫健的。对于文化的不停呵护、分享、整理、推广，原是一个城市、一个民族之所以骄傲，并得以真正美丽存活下去的原因。

第四辑 惠灵顿水仙小语

惠灵顿水仙小语

　　如果是那样一个女子，诞生在父亲寄托一生的军营里，那么漂流就是童年少年时候命定的主题。

　　女子总难免写出闺阁文字，是一种特殊颜色、特殊气息的花朵，摆脱不了也就不必强求摆脱那种命定的框框，但我是军营里长大的女孩。我们毕竟把剑气流入诗心，在白色书屋、水晶闺阁和绿色营房里面交错着一些属于我们这类人的小小植物。是水上的花，在漂流中，开放。

　　维系住闺阁文字的雅洁秀丽、体物入微，又试图有一点超越闺阁的金刚之力：所谓"铁肩担道义，妙手著文章"。那些壮士的思力也是希望放进自己文字里的，即使只有一点点。我们在漂流中，努着力。

　　少年时候喜欢将苦夏中午定为读诗歌的季节。中国的南方，在没有空调的军队大院老屋里，屋外墙上毛主席语录逐渐褪色，屋中，有小小少年抱《唐诗三百首》一遍遍抠，直到细细汗珠落在那些黑色毛笔柳体字上。每有心得，就做笔记。不知道为什么，诗喜青莲，词推白石，虽然两颗诗星的风格一豪一纤，有北北南南的不同。如是长大，虽然对文字依然是不求甚解，但却慢慢知道了如何于寂寞里试图咂摸欢欣。

　　最夸张的文科少女成长细节，记得是央求理工科友人自浙江大学的图书室里借出《白香词谱》，因为在众多文科学校里借不到这本书。

　　谁知道那书真的在浙大有。朋友把它借出来，越西湖而寄给我，并写短简说那书是自九楼图书室灰尘里淘出来的，不被人读，已经有些年了。

这本书的内容后来忘记了。毕竟那少年走过了那种是书一定要读的夸张岁月，跨出军队大院入红尘，并在各色日子里慢慢真实下来。

然而有一个冬天翻阅有汗味的少年笔记，却是觉得军队院子里寂寞岁月有厚爱我，且如此温存，暖了绿装父亲膝下凡凡女子的一生。

苦夏长天，幼小的我，曾经借父亲屋中旧书，跨越银河入美丽游乐场，触摸高处如童话般脆生生的那些亮星。

冬花水仙，是自童年时候每每种的窗下小花，用它的按时在除夕日开放庆祝新春成为自己心里定下的一个独特传统。西方典故里，水仙是自己爱自己的一种花。而在我的记忆里，它属于中国人的家，中国人的年，合家欢，有爆竹般密密的喜气，看了，是可以忘忧的。

于是那一日，窗下合拢少年，忽然想到自己或者希望有那小小银花般的沉静清香文字。在家中为红尘里的故事悄悄守岁。我喜欢水仙的弱小低调、毫无张扬的感觉，以及可以走过寒冷的那种内在神秘纤维，非常阴性。

——那可能是美。

如今，又是冬天，身外是他乡之景：清静碧岛，淡泊长天，心中却携带着旧诗歌里的故乡意境：玻璃世界，白雪红梅。季节变了位置，自一月为六月，而心灵深处对方块字系统装载的性灵世界的感动，原来却没有移过分毫。

重重叠叠的生存里，但见灵思一片，轻轻飞扬，于碧谷之中，清湖之畔，伴水仙，舞不息。

——是中文这只古典虫子。飞呀飞呀。

心散·我所喜欢的作者

在我们长大的那个时候，文字还有神圣的余波。

光环逐渐消失的星星，留在二十世纪七十年代上半段出生的少年们的心里，画出长长的梦境。对我们日后骤转的生活，留下一个模糊的底子。久了，不一定消失腐烂，却有如一种奇怪的菌类，幽蓝在心底。

我至今不清楚，历史为什么要让我在二十岁前以读文字为荣，二十岁后却要面对小康社会的全部其他创业细节。如果那是戏剧，就是前奏和背景完全与故事不合，人物有点不知所以。

我们在转型期的多向风中如此长大，心难免散成无数片。

我最喜欢的文体，因此是散文。

散文是说不清楚真假的一种叙述，也不是大作品。

我喜欢并认同的散文作家是大陆的朱自清和台湾的简媜。前者的散文代表一种文人和平民百姓结合的状态，朴实而细腻，而且认真。后者的散文是女性文字里的异数，那种纤细精粹的文字和大气磅礴的思考合二为一的感觉让我震惊。朱自清有多从容多温厚，简媜就有多澎湃多凌厉。两位都是社会责任感很强的散文作家，而且他们文字本身的美丽都是天然姿色，学不来的。

在冷的日子里，去读朱自清的《冬天》，会让你有回家看了看的温暖感觉，那短短不到四千字的文章结尾是：

> 在台州过了一个冬天，一家四口子。台州是个山城，可以说在一个大谷里。只有一条二里长的大街。别的路上白天简直不大见人；晚上一片漆黑。偶尔人家窗户里透出一点灯光，

还有走路的拿着的火把；但那是少极了。我们住在山脚下。有的是山上松林里的风声，跟天上一只两只的鸟影。夏末到那里，春初便走，却好像老在过着冬天似的；可是即便真冬天也并不冷。我们住在楼上，书房临着大路；路上有人说话，可以清清楚楚地听见。但因为走路的人太少了，间或有点说话的声音，听起来还只当远风送来的，想不到就在窗外。我们是外路人，除上学校去之外，常只在家里坐着。妻也惯了那寂寞，只和我们爷儿们守着。外边虽老是冬天，家里却老是春天。有一回我上街去，回来的时候，楼下厨房的大方窗开着，并排地挨着她们母子三个；三张脸都带着天真微笑地向着我。似乎台州空空的，只有我们四人；天地空空的，也只有我们四人。那时是民国十年，妻刚从家里出来，满自在。现在她死了快四年了，我却还老记着她那微笑的影子。

无论怎么冷，大风大雪，想到这些，我心上总是温暖的。

中国味道的家、中国味道的亲情，没有被大量细心的女子写出，却被一个男子几句道破，让人千山万水也记得回头望乡。这真像最好的时装设计师都是男性一样。大家虽然更熟悉《背影》那一篇，但是我觉得那篇背负父子亲情成长的故事，是很重的。这一篇也写亲情，但一个男人说自己的妻儿，浅浅深深，全是温暖爱意。我因为这篇文章而喜欢冬天。一篇好文字帮助我们选择了一种人生的感觉，清和、冲淡，永不言寒。

至于简媜的《四月裂帛》，却永远是太浮躁的热天气里降温的银色团扇，且看：

我们真的因为寻常饮水而认识。

那应该是个薄夏的午后，我仍记得短短

的袖口沾了些风的纤维。在课与课交接的空口，去文学院天井边的茶水房倒杯麦茶，倚在砖砌的拱门觑风景。一行樱瘦，绿扑扑的，倒使我怀念冬樱冻唇的美，虽然那美带着凄清，而我宁愿选择绝世的凄艳，更甚于平铺直叙的雍容。门墙边，老树浓荫，曳着天风；草色釉青，三三两两的粉蝶梭游。我轻轻叹了气，感觉有一个不知名的世界在我眼前幻生幻化，时而是一段佚诗，时而变成幽幽的浮烟，时而是一声惋惜——来自于一个人一生中最精致的神思……这些交错纷叠的灵羽最后被凌空而来的一声鸟啼啄破，然后，另一个声音这么问：

"你，就是简媜吗？"

我紧张起来，你知道的，我常忘记自己的名字，并且抗拒在众人面前承认自己，那一天我一定很无措吧！迟钝了很久才说："是。"又以极笨拙的对话问："那，你是什么人？"

知道你也学中文的，又写诗，好像在遍野的三瓣酢浆中找四瓣的幸运草："唷，还有一棵躲在这！"我愉快起来就会吃人："原来是学弟，快叫学姊！"你面有难色，才吐露从理学院辗转到文学殿堂的行程，倒长我二岁有余。我看你温文又亲和，分明是邻家兄弟，存心欺负你到底："我是论辈不论岁的！"你露齿而笑，大大地包容了我这目中无人的草莽性情。

那一午后我归来，莫名地，有一种被生命紧紧拥住的半疼半喜，我想，那道拱门一定藏有一座世界的回忆。

汹涌澎湃超过万字的散文，把女子可能在平时日子里面没有机会书写的神性依托、社会叛逆和哲学思考，这些对生命大树上重大枝干的考证，都喧哗出来，让你不得不警惕女子的内力。但又文字细密，女人香弥漫，读者无法躲避。且看：

　　直到一本陌生的诗集飘至眼前，印了一年仍然冷版的诗（我们是诗的后裔！）。

　　诗的序写于两年以前，若回溯行文走句，该有四年，若还原诗意至初孕的人生，或则六年、八年。于是，我做了生平第一件快事，将三家书店摆饰的集子买尽——原谅我鲁莽。

　　啊！陌生的诗人，所有不被珍爱的人生都应该高傲地绝版！

　　然而，当我把所有的集子同时翻到最后一页题曰最后一首情诗时，午后的雨丝正巧从帘缝蹑足而来。三月的驼云倾倒的是二月的水谷，正如薄薄的诗舟盛载着积年的乱麻。

　　于是，我轻轻地笑起来，文学，真是永不疲倦的流刑地啊！那些黥面的人，不必起解便自行前来招供、画押，因为，唯有此地允许罪愆者徐徐地申诉而后自行判刑，唯有此地，宁愿放纵不愿错杀。

　　原谅我把冷寂的清官朝服剪成合身的寻日布衣，把你的一品丝绣裁成放心事的暗袋，你娴熟的三行连韵与商籁体，到我手上变为缝缝补补的百衲图。安静些，三月的鬼雨，我要翻箱倒箧，再裂一条无汗则拭泪的巾帕。

　　我不断漂泊，

　　因为我害怕一颗被囚禁的心。

　　终于，我来到这一带长年积雨的森林。

　　你把七年来我写给你的信还我，再也没有比这更轻易的事了。

　　最不能忘记"冷版的诗"那一个定义，把简媜心中对那个作者敬于写字淡于卖字的那种风格展示出来，让人神往。

对我，读散文的黄金日子还是二十岁前没有太多干扰的时候，一个句子也记了又记。曾经为另一个女作者喻丽清一篇散文里写的"海浪如一个盲人在沙滩上一寸寸摸索前进"这个比喻惊喜了很久，好像被作者无端贿赂了许多金。但是慢慢地，更加喜欢文字能够平淡中见深情，人淡如菊，保证应该有的那种怨而不怒、哀而不伤的东方人的美丽。

文字本身的贵重，还是心散情不散的散文里最能够称到。

想象老年的时候，如果收藏了个把这样的句子，是自己写的，就有得夕阳红了。

心终于不散。

因为散文。

桂花是否还在：
记忆中的中文系女生

记忆中，有那样一群中文系女生。她们在二十世纪八十年代末开始读大学，在一种颜色杂陈不清的时代中开始读《诗经》《马克思传》《高老头》。

她们热情、激昂，同时又细腻、易感。整个奔放的二十世纪八十年代到了她们开始收梢，于是她们注定要带着上个时代的乳液进入另一个时代的真空。

怀念她们，怀念她们那种绝对的、对文字的忠诚。

即使没有成为文学大师，也有过仰望星空的虔诚。

即使是一个弱女子，也很吃力地尝试过把"家""国""大我""小我"这些词语写在成长记事上。

那个时候的中文系女生，是寻找和相信自己力量的一群女子。文字的贴图时代，美女作者的喧嚣、写作和炒作的混淆、隐私和性别的介入，还远远没有来。她们得以独自享受一个清澈或澎湃的精神上的雨季。

很疲惫不堪的青春，但那是她们的标记之一。

我的朋友J是她们中的一个。她说过，在八十年代末的一天，一个郁闷的夏天，枕边放着那些旧俄作家的作品，和同学在南方一间大学狭小的寝室里，闭着厚厚的蚊帐一边打扑克，一边听录音机里一首台湾歌曲《八月桂花香》：

> 尘缘如梦几番起浮总不平
> 到如今都成烟云
> 情也成空宛如挥手袖底风
> 幽幽一缕香飘在深深旧梦中

繁华落尽
一身憔悴在风里
回头时无情也无语

明月小楼
孤独无人诉情衷
人间有我残梦未醒
漫漫长路
起伏不能由我
人海漂泊尝尽人情淡泊
热情热心换冷淡冷漠
任多少深情独向寂寞

人随风过
自在花开花又落
不管世间沧桑如何
一城风絮满腹相思都沉默
只有桂花香暗飘过

　　别人的歌曲，我们的情绪，听歌的心和歌曲后面的苍凉故事其实无关，我们只需要那歌中的清澈和浓情，反复说明了那个胚胎中的时代，我们曾经如此透明。

　　没有结束的歌曲，变成一种时间的耳语。

　　八月的桂花在南方是很浓厚、很传统的一种中国美丽，没有面目，只是空气中的分子充斥天和地，若有若无，清淡而坚持。后来，变成那个时候中文系女子的花语。

　　十余年过去，桂花是否还在，你还能否在日子的上方看到桂花的盛放。碧绿、金黄，花细小而叶繁多，历练雨季，是秋花中最酣畅的一种。可以是茶，或者甜品。当然，还可以是酒。

　　整个二十世纪八十年代末中文系女生的时间段前面，一直写着"非卖品"三个字。因此，她们不入后面的时尚专柜。

　　你在公开场合几乎看不到她们的演出，但是她们必然还在，在九十年代的都市角落，或者天空边缘，流着她们的气质，清香刚烈、若有若无。

　　　　一城风絮满腹相思都沉默
　　　　只有桂花香暗飘过

　　我诧异，雨季的后面是雪季，她们会开出点什么，证明透明的你我，不是夭折的一群婴儿。
　　我等着。

美丽徽因

今天偶然听到大家议论林徽因，不由想起读书时候对她的热爱来。

那时候，以为写中文的女子中有三人是特别可爱的，一是张爱玲，一是萧红，一是林徽因。张爱玲是特立独行得可爱，萧红身世凄凉，然文字之灵秀晶莹，有如北国红豆，是无人可敌的姿容。而林呢，她美丽。

记得初见她的照片，是十六岁的林，几乎是有小龙女的飘逸和静美，按照我们一位同学的话来说，林是"女孩中的女孩"。

她的文字不多，诗歌、小说都散在四处八方，要仔细找。但是很多人的诗歌里、文字里都有她，徐志摩就不说了，据说钱锺书的小说《猫》的女主角也是她。

我四处搜罗她的资料。只觉她是人淡如菊的那一类，不做秀，不爱出名。低调才显大家闺秀的实力，尤其是其后半生以蒲柳弱质毅然陪伴夫君跨越千山万水写中国建筑史那一节，让人窥见美丽女子的真实内心。台湾拍电视剧《人间四月天》，请当红明星周迅来演她，其子却不看好周的演出，只说："她太肤浅。我母亲是个朴素、理性而坚毅的女子。"

我想知母莫如子，大家如何评价她，对她不重要。林如不美丽、不有才、不有名父佳夫，她依然是她，这才是她美丽的秘诀，虽然大家议论的大都是她的这些花边。她诚然是个有信念的女子。她为梁思成画图、整理资料，不是一般的妻随夫。她是深深爱着中国建筑后面的文化的，他们是一对学者夫妻，林长民的女儿和梁启超的儿子都有着对中国那代读书人最后贵族气质的继承。

正是这些给了这个女子和一般荡舟康河的女学生不同的东西。

我相信女子的美丽是因为她们对生命那种细腻的感触，以及深深的、对生命本身的那种信念。而林徽因的美丽，真的很多是因为她的信念。因为信念而有内在的韧，而又因为她的细腻，始终不愿意对生命大声宣言，那种韧始终不代表世俗的"强"。"人间四月天"，春的朝气透过她的一生，这就是"女孩中的女孩"。

现代文学老师也是林迷，他告诉我们徽因在徐志摩死后的悲痛，她向机场要了一块出事飞机的残片，放在自己的书桌上，一直到死。临终前，她目光久久落在那块残片上，默默无语。

而梁，对此从不发一言。

有人将姜丰与林徽因比较。我觉得她们是水和火的不同。以姜写文章展现自己婚礼细节的作风，是和林的低调完全不同的。我不是不喜欢她，只是，她其实是改变了林那一代中文女子的风格的，这种改变就像一把檀香扇变成一台电风扇，你没有办法去评价好坏。

因此虽然都和剑桥有关，但这两位女子却是风马牛不相及的隔代人。也因此，林反而成为绝响。

你可尝试过去找一把真正的檀香扇？那多年前曾经存在过的，女孩中的女孩。

红山茶，红山茶

——纯如那样一种女子

因为朋友们这几日写了那么多关于张纯如的文字，都是那么结实，那么充满了心念的文字，我一直觉得我都已经不能再下笔了。

黄昏的时候和我的一个学生在海边的惠灵顿湾散步。其时天之苍苍，非正色而全是夕阳之光，海面上瑟瑟的金。我问年轻的少女可知道《南京大屠杀》这本书，她答不知道。

我用手头的 DV 拍摄下那最后一段夕阳，拍完以后，站在沙滩上立即回放。少女看着屏幕上的最后一片太阳那样不顾一切地在沙滩上铺金，那种朴实的奢侈，不由惊呼起来。

"拍完之后，它已经消失。这就是美。"我说，她点头。

我背诵了一小段中文的"南京大屠杀"给这个十六岁的中国留学生听，是摘引的《拉贝日记》里的一小段。那时候，侵占南京之前，日军的头目问拉贝为什么要留下来，和黑发的中国人同在。

拉贝回答说："我在中国居住已逾三十年，我的子孙出生于此，中国人对我及家人素来极热忱照抚，我对此地已经有了太多牵挂。如我在君之故土东瀛有过卅载之居龄，若来日大难，强侮临贵国之城下，我亦当留下，与汝等共存亡。"

日将闻言，倒退数步，嘴里喃喃"武士道精神"。之后，深深向他一鞠躬，表示自己对他显示的"忠"之道义的尊重。之后，允许拉贝带着一个将救护万千平民的

"保护区"，在血海中留在南京。

而拉贝，在日记中叙述他留下的最初目的是保护他开设的外资公司中的中国雇员，他的伙伴，他三十年生活的一部分。生意人并不只看重钱，生意是生活的一部分，而他，选择了和自己的生活同在。其实此中道理再朴素不过。

为了表示日记的历史性质，我是特别夹用了古文来翻译这一段的。

这一段，是我读这本书的时候会特别流泪的一节。我在海边读给我的学生听时，也感觉微雨扑怀。即使多年之后，在海外，即使我们和这一切已经完全脱离开来，只是怀着一颗简单的、为人的本心，想到那样一个场景：大兵压城，而有一人愿意留下，与我们同在，而这人，其实并不是我族中人。

是什么，使得日将向他鞠躬。

来自江苏的少女眼里显示出感动的泪光，我们站在黄昏的惠灵顿海边，看到一朵小小的红山茶，像个漂流瓶一样，从心底潜出来。

这个时间，在遥远的另一个海边，应该是这本书的作者，那个美丽的女子落土为安的时候吧。我记得自己想了很久，只有化用半句最清秀又最坚硬的姜白石词来描绘她的走。

> 春潮寂寞，夜深垂泪石头城
> 花也流失，侠心安慰几千秋

最喜欢的纪念句子一直是戴望舒纪念萧红的小诗：

> 走六小时山路／到你墓前／送一束红山茶／
> 而你卧着／静听海涛闲话

多么短小、幽雅、深情绵绵的怀念，是给那样一个在山海之间惆怅"要留那半部《红楼梦》给后人写"而黯然去世的萧红。

至于今日落土的另外一个女子，她却似乎是留了半部《史记》给后人写了。

而仍然是红山茶的幽雅才能给她。走六千小时山路去送也可以，因为她也曾经在血海之中，选择也许与自己无关的、受难的人同在。

是不是一个深深的鞠躬并不能说明什么，给这样一个女子。

我记得中国古代一直有史家一族，又有侠客一类，又有美丽的女子代父从军，但是全不知道这些神气可以复活在一个其实不写中文的黑发女子身上。

她亭亭玉立，有春花的容颜。一个内心自我清晰的女子，在和煦的生活之余出手修补天空，是因为看不过蓝天上的裂痕。我愿意相信她的力量和美丽是因为血液里的中国文化在起作用，却不知道为何近二十年来中国女子中大都只流行小女人哲学，而失落如此美好的气质。纯如却让我搜索了一下记忆，想起我们有过灵敏而坚毅的精卫，柔和而博爱的女娲，这样亦刚亦柔、有丰盛内心的好女子。

像她，对遥远的石头城，比拉贝更无牵挂。而她竟然选择与父母的悲惨记忆同在，拉着父母的手，用明亮的眼睛，注视他们身上的伤痕，企图帮助。

我们的文化百年来一直有那样大的危机感觉，而因为这样一个女子，我们竟然感觉可以稍微喘息一下。是不是这么想太过自私。而谁敢在夜里去读她摘的这一段《拉贝日记》呢？

只有默默剪一朵红山茶，找一个透明的水晶瓶装好，在夜凉如水或者晨光微微的时候，听着涛声或如洗的鸟声，试图用来生的故事图景描绘那样一个女子应该有的福祉，以此获得内心的安慰。

来路千里花如海，只此一枝是忘忧。有一种女子，注定要为遗忘忧愁而书写忧愁。

即使消失在风雨中，白色裙裾飘飞，仍然是一枝忘忧的花朵。那一笑融化中西，鲜亮在几千年默默的黄色文明里，点燃几许城头烽火。

红山茶给你。纯如。谢谢你关怀中国。

我看散文如看琴

散文于我，是一个类似打捞沉在海底的琴的过程。

记得电影《钢琴课》的结尾：聋哑的、爱琴如命的女子爱达，在经历一番心劫后将随身的琴丢入大海，琴如一具深色棺木堕入墨色的波涛，最终，琴角牵系的绳又将女主人公一并拉入海波深处——琴不舍人，还是人不舍琴？人和琴在海底纠缠，像两只兽在搏斗，最终撕裂成两个世界：人浮出海面，续其温柔平淡的一生；而琴呢，沉入海底，在鱼群的呢喃声中永恒，成为一个苍绿的秘密，延伸到后世去。

这架深海的遗琴，是一粒故事的种子吧？它种植在海的花园里，成为那些文字、声音、影像的源头。被我们为了幸福生活必然要丢弃在道上的往事，在无言无语中却被生命的爱琴海收藏了。

喜欢沉在海底的感觉。

以此假力于文字去潜泳。

须晴日，玻璃样的空气，坐在城中的巴士站等车，看眼前的人如一条条水草般招摇过街，闭上眼睛，轻轻地眩晕。

红尘如水。

突然很想回身去找我丢掉的那架琴。不是钢琴，或者只是一把小小的口琴，那在青涩的日子里陪伴过我的小小声音。

浮出海面的是生活，沉入海底的是生命。是人，就需要这样的平衡。

是以，文字有它的意义。

海底不是死亡的世界，却是更奇丽的一种存在。一切以你意想不到的方式在组合。另一种日子在滋生。海底鱼群有地上花所没有的好看颜色。

还有沉船和往事。船上生锈的珠宝，水手没有写完的日记，不再有用的锚，没有寄出去的信。所有来不及细品的粗糙流光都在这里，在海的滋润下一点点被磨出来。也许欢乐逐渐清冷，变成眼泪样的白珍珠，伤口却被雕塑，成为舞蹈着的红珊瑚，谁知道？

可能一切只是为了说明，我们的生命不只是在尘土中来了就去这么简单。海底的世界帮助轮回，推动感触。

夜灯下，笔一走，就下海了，多少沉默的寻寻觅觅，却只为自私地打捞自己，只有在这里，没人怨我怕我忧我厌我一无所有？

听窗外海水逝无声。

美国人自己给自己扎的刀子
——解读《美国丽人》

　　"其实这部片子被译为《美国玫瑰》或《美国丽人》是不确切的，因为这个'beauty'在片中是'生活中的许多美丽'之意，而不是传统的'美人'。"

　　"台湾《联合报》的翻译是'美国心，玫瑰情'，雅则雅了，还是和片子那种黑色幽默感不合拍，你看译成《美国之魅》如何？"

　　"魅力的魅？鬼魅的魅？"

　　"还有魅惑的魅。"

　　——关于《美国丽人》译名的一番小小讨论

　　美国的电影文化中，乐观向上的成分占主要比例。好莱坞几年来的奥斯卡获奖片，《泰坦尼克号》宣扬用爱情战胜死亡；《拯救大兵瑞恩》高扬人道主义，烘托美国人的"高、大、全"形象；同性恋者也坚持"人权""平等"这些资产阶级开山传统，在《费城故事》中喊出了"我有一个梦"的美国主旋律；《阿甘正传》则把小人物的人格魅力宣扬到极致，虽然阿甘是被一片飞扬不定的羽毛主宰了人生，但他总是能平静地说出"死亡是人生的一部分"，仍然是眼泪边缘的微笑。

　　但是《美国丽人》却是一部难得的、美国人在志得意满之余自己给自己扎刀子的电影。

　　熟悉托尔斯泰小说的人应该知道中篇《伊万之死》，写一个中产者在发现自己患绝症后对人生的陡然反省：平静生活细流中突然涌现出一角咸而腥的哲学海浪，这一角浪花随着主角肉体的衰亡逐渐扩大，终于将多年建筑起来的生活圆桌完全掀翻了。而《美国丽人》也有如此于无声处听惊雷的效果：两个相邻的三口之家，都是有屋有车、花园里有玫瑰的中产者。主人公是一位意兴阑珊的中年父亲，因为事业多年处于瓶颈状态而倍遭妻女白眼，面临被炒（下岗）的危险，感觉自己虽生犹死。突然有一天，他偶然被自己女儿一位青春正盛的同学的一段舞蹈所惑，竟然开始暗恋起这位早熟的女生，并为了讨好她开始锻炼身体，希望拥有一身吸引年轻少女的肌肉。邻家的父亲是一个生活在阴影中的纳粹分子，其儿子却开始恋上主人公的女儿，并用自己的微型录影机时时录下心上人在对楼的活动情影。这种古怪的追求方式终于获得了女孩青睐，他们开始约会。这时，主人公在心态上逐渐摆脱了虽生犹死的状态，"敲"了老板一笔钱离开公司，并首次不顾太太的意见为自己买了辆漂亮的老爷车，而他喜欢的女生也在一个雨夜投入了他的怀抱……一切都像是重现并涂上了亮色。但在这时，枪响了。而这时，主人公正痴痴看着桌上自己与妻女的旧日合影——那些年轻的、意气风发、爱情美满、家庭和谐的时光，那些还没有完全被生活泥塘沦陷的时光。主人公的鲜血染红了相架，像是一朵朵献给家人、献给自己梦想的玫瑰。

"我的灵魂随着垃圾袋舞蹈，那是世上最美的风景。"在一堆黄叶中的一个街角，一个白色垃圾袋随风不停旋舞。它努力飞扬，但无法挣脱命运给它限定的高度和距离，永在街角徘徊着。这一幕被热爱录影、观照世界的邻家少年拍了下来。他把这看作他眼中世界的象征——这个世界有一种执着和无奈，是他不愿参与只愿旁观的父亲们的世界。而父亲们心底里其实还是有梦的，想要穿过岁月的河流回到青春中去，去爱和拥抱自己的孩子，拥抱过去的自己。但是他死在这个穿越的过程里，这个试图超越平庸的过程里。

《阿甘正传》中，我们看到一向快乐的美国人开始带着忧郁的目光看待死亡和生活中的种种缺陷。到了《美国丽人》，这种忧郁变得刻骨铭心了。阿甘一颗痴心感天动地，而同样的痴人在《美国丽人》中却失去了生命。获得成功的阿甘人到中年后会如何？《美国丽人》说的正是后来的故事。生活给过你玫瑰，但不可能一直让它绽放，我们更多需要面对的其实是"凋零"的人生哲学，在绚烂之后那些平淡的时分。

是否，不能超越的平庸也是一种生活的美丽？是否，不能复合的亲情爱情也会有豁然开朗的一刻？《美国丽人》的答案是否定之中的肯定，它想说的就是——生活本身就是一份说也说不清的纠缠，悲喜交集的存在，它魅惑你去了解真相，却最终不给你机会开口，而把一切藏在试图拯救者的心灵深处。

"美国梦"两百年来已经成为一种人文文化传统，但有造梦的人就有来碎梦的人，在迄今着意打碎"美国梦"的许多作品中，《美国丽人》像是一把精致的手术刀。无言中，它似乎暗示一个曾经盛气凌人的年轻民族正走向哀乐中年。对于我们许多还在做着"美国梦"的国人来说，看他们自己锻造的这把"手术刀"也许又有着另外一层意义了。但愿我们也能看过且悟过，那些别人窗外的玫瑰究竟是什么样的颜色。

第六代：
永不哭泣的"安阳孤儿"
——体味第六代独立电影《安阳孤儿》

（注：该片中文原名是《安阳婴儿》，电影英译为
The Orphan of Anyang，我在这里采用了这个英文翻译的
直译"安阳孤儿"，因为觉得这个名字更有力量。特此注
明。）

1

惠灵顿每年冬天照例有国际电影节，电影节上，照
例会有几部亚洲电影。今年，电影节开始之前，新西兰
《影像》杂志的编辑来找我，说杂志每年都要做电影节预
评，写一组评论给观众看电影时作参考，问我是否要写
今年的亚洲电影。

我就问是什么片子，他说都是中文的，两部台湾
片和一部大陆片，其中有大陆第六代导演王超的处女作
《安阳孤儿》。

于是一个人在夜里静静地看这部电影。今年惠灵顿
的冬天与旧年都不一样，风不大，但天很冷，夜里就要
开热油汀，开了这个就必须不停地喝水。看片子时我不
停地起身倒水，看完了，油汀已经烫了，我心里却凉起
来，奇怪。

大概是这部电影的缘故，我想。

第二天，有朋友来，我说起这部片子，他要看，但
是他忙着要去谈生意，只能快走一下带子。我把带子走
到我认为比较有趣的地方，就是下岗工人大刚和妓女艳

丽第一次在面馆见面那一段。我把遥控停了，和朋友一起又看下去，他居然忘记谈生意的事情，一直看下去了。

看完这一遍，我对这部电影有了一些新的感受，但还是说不出来。送走感慨万千的朋友，我便睡了。

然而，到午夜，我突然醒了，很奇怪的。而在醒来的夜里，那一刹那，我晓得我是被这部电影压醒的。

从来没有哪部片子，让我有过这种感受，我就问自己为什么？

暗夜里有个声音问我："你说，《安阳孤儿》里的婴儿，为什么从头到尾竟然没有哭泣过？"

这个问题是惊人的，一个抱在大人怀里的婴儿，导演竟然从头到尾不让他出一声。这是一种电影技法吗？当然不是的。

这部电影的力量，正是沉默的力量。

2

单身的中年下岗工人大刚为了得到每月两百元的代管费，收养了妓女艳丽丢在面摊上的一个婴儿。他每月用传呼联系艳丽取钱，但是艳丽也很快没有了在歌舞厅做三陪的工作，因为她得罪了婴儿实际上的父亲，一个黑社会的小头目。大刚和艳丽住到一起了。大刚在家门口开了个修自行车的摊子，每天看着艳丽在街上拉客，带到他家去。晚上回来的时候，艳丽做好饭菜，他们一起吃饭，一起看孩子，还一起带孩子去拍全家福。

就在这时候，那个黑社会小头目得了绝症，他意识到自己应该有个后代，就又来找到艳丽，想要回孩子，但是艳丽不愿意。两人谈判时，大刚来了，沉默地站在他们身边。老板让他走，他不走。两个男人终于打起来，老板被误伤而死了。大刚因此被捕，且将被处死。在狱中，他交代艳丽在他死后要带好孩子，因为"那是我的后"。

一个月后，艳丽因在街头拉客被抓了。她试图逃跑时，情急中将手上的孩子交给了一个路人，回头却再也找不到那人了。她在囚车上看着隧道顶，眼前出现一个幻觉：

刚才，她是把孩子又交到了大刚手上。

这个幻想中的镜头被定格，电影就结束了。

这部电影在用声、用色、场面调度上都是十二分的吝啬。现场声、自然光源，且都选择冬日阴天，场景反反复复就是中原小城市的面馆、大街、工人宿舍，还有完全原生状态的街道。另外，大部分时候摄影机都在高度控制中，静着，远远地看着人物。（在英文字幕中漏掉了艳丽在邮局给东北父亲汇款那一段中汇款单的英文翻译，是非常可惜的。少了这个提示，外国观众将难以理解艳丽当时在做什么。）

在所有的吝惜中，最让人寻味的是人物的沉默，每个人物都说话极少。而那个关键的、几乎每个情节段落里都出现的婴儿，导演让他一声不出，孩子该有的哭泣也一声没有，沉默到了可怕。

3

去网上看王超的资料，发现拍处女作时的他已经三十七岁。之前他写小说，生病，在工厂工作，流浪，在电影学院读书，为陈凯歌的《荆轲刺秦王》做助手。

这个用电影语言非常节省的导演生于 1964 年。因此从他的电影里可以嗅出二十世纪八十年代国内再版热卖过的那些旧俄小说的味道，放在新华书店里卖七毛或八毛一本的《罪与罚》《穷人》，或者还有傅雷翻译的法国小说，或者还有导演自述的影响过他的萨特的哲学书。

我很惊奇，那些被急于革新的中国小说家在二十世纪九十年代已经革新掉许多的传统现实主义小说的精神，居然在第六代电影导演身上表现出来了。二十世纪八十年代的一滴牛奶，二十年后出现在创作者的血管里，沉沉的。

这是一部谈责任、承担、救赎的电影。孩子的不哭，是因为导演不愿意观众手拿手绢，流完眼泪，舒服地宣泄同情后就离开。

王超把一个孩子放到你怀里，不由分说。

你必须收养他。因为他是孤儿，他要活下去，survive。你是有责任的。

王超是从二十世纪八九十年代走过来的人。这两个时代有完全不同的救赎方针，前者要求精神的、社会的，后者要求物质的、自己的，把这两个时代设计在一起的历史老人，可能原来是希望我们有物资和精神的双重丰收。然而不知为何，加法没有成功，大部分人更多的是感到一种双重标准之下的心之分裂。

于是王超过来了。他做减法，把救赎的一切可能之路全部减去，只留下一个没有声音的承担动作：抱起孩子，走。

王超大概是很害怕眼泪会伤害到真正的慈悲，于是他的孩子根本不哭，不像张艺谋的电影《一个都不能少》里的穷孩子一样，最终获得城里人的粉笔，并且有在电视节目里流泪的机会。

王超对观众要的比这更多。在你没有决定施舍之前，他已经跌跌撞撞抱着孩子过来了，交到了本是路人的你手上。

对道义的强迫执行，是比教化、感化等艺术功能更深一步的探索。而通过电影来执行这个任务，又是王超所独有的一种承担。

这电影里的摄像机是很值得一提的"道义"工具之一。如果说自法国新浪潮电影开始，摄像机被极力提倡用作为"作者"写思想的笔，那么，王超的笔要写的是血之书，故事的疼痛是真的，就连带那镜头都在痛。因此，机位必须固定，因为痛已经使得它腿部残疾。王超把机器摆得很远，动得很少，人物始终处于一种被凝视的状态中，分秒看出导演的存在，看得出他正在承担这一切，而且很吃力。摄像机在思考着，你可以感觉到它悬在故事之上，让整个故事有一种非常之张力。一要先冷下来，把一切看清楚；二要把眼泪丢开，以便让机器逼着观众和导演都在似乎无情的状态下负担义务。（商业电影把悲剧用来卖座已经是常事，因此眼泪会使人有虚化的道义满足，而忘掉承担。）

摄像机如何用来参与思考，而不只是解构画面，在这部电影中很有突破。这一点上，很可贵的是，王超没有现成地去抄陈凯歌。这里也看出第五代和第六代的更替之处。第五代还是把摄像机当作此岸来到达他们心中电影艺术的彼岸，而在岸上建立他们作为艺术家的殿堂。而对第六代比如王超来说，摄像机就是彼岸了，电影已经在脚下，一开机，被思考着的日子即在眼前，那就是一颗心裸陈眼前。此岸是第六代的电影，在岸上，他们也是裸居的，电影就像是他们的日子，或皇帝之新衣。可以看出第五代或者在选择拍电影，而第六代很可能是被摄像机选择的那一群。因为不太有用电影来寻找彼岸的压力，所以他们的电影在无限艰难中总有一种和摄像机彻底的和解与轻松。

4

片尾，摄像机在冷冷扛了一切这么久之后，终于累倒了。于是，人物才帮了它一次忙——妓女艳丽的幻觉画面为导演这种"强迫你来承担义务"的行为作了一次比较直接的注解，达成这部电影中唯一属于艳丽的主观镜头。大刚由对物质的需求而收养孩子，到情感上的被牵连，到被一个母亲在心里认可交付给收养孩子的责任，是走过了一个由物质救赎入门到精神救赎出口的心灵之路。同样，作为母亲（妓女），艳丽在抛弃孩子时留下"如果收养孩子，每月有两百元收养费"的条子，是想在无奈之时再做一次承担，用她的卖身钱救这孩子，然而她最后收获到的是钱买不到的东西——一种可以被回忆的对人的信任。那个黑社会小头目竟然早已经身患绝症。他的脆弱可能是导演目光中物质拥有者的脆弱。他并没有获得救赎的途径。吝惜笔墨的导演在他死时也没有给一个镜头，似乎想要暗示，只有物的人是没有获救可能的。

因而，中国两个矛盾着的十年，被这电影里倔强思考着、承受着的摄像机挖出的一道暗门连通了。

5

再说到声音。大刚用死亡和沉默完成了一种收获。而唯一终于在电影中发出了低低抽泣的，是艳丽。她在大刚被捕且即将被处死后，独自一个人抱着孩子回到他们初次见面的面馆，坐在原来的位置上，叫了两碗面，对面的面碗后是空空的座位，艳丽独自吃面，终于开始哭——

而她怀里的孩子还是没有动静。

艳丽哭的时候，摄像机还是一贯静静地，给出旁观者清的全景，本可以煽情的特写没有出现的机会，你只能听到一个离你很远的女子在隐隐约约抽泣，观众似乎没有理由被感动。

这其实是王超要的。

他要观众在片中唯一的情感宣泄中仍然得不到宣泄的机会，他要那责任在安静中巨石般压迫在你胸口上，他还要大家明白在艳丽的哭泣后面其实有无限疼痛之中的一种感谢，对被救获的感谢。对于她用身体换来的金钱去完成的母爱，上帝交还给她无限多。正如那一碗面本来是三元钱，现在同样的食物里加上了无限的情感、意义，所以那碗没有人吃的面有了神光。它不再只值三元钱。是艳丽用最卑下的工作发起了这次救赎之旅。因此她在感激中痛泣。

两个一无所有的人，竟然最终获得很多。如果说，艳丽用钱来买抚养人时，还是带着母爱的自私和无奈，而大刚却是自觉赴死的，他已经知道了只有舍弃生命来保护艳丽和孩子，他才能最终飞越卑微，被艳丽带着信任刻在心里，永远拥有。因此他毫不迟疑做了这道减法。

承担是一道减法，直到减去生命。然而到了零的时候，意义来了：一碗面，一段回忆，一个人的尊严，无限依依。

于是观众有理由相信孩子会活下去。这个不哭的孩子，有着巨大的力量。

而沉默中，大刚是安慰的，因为孤独的他，有了"后"。

艳丽也是安慰的，因为坎坷的她，有了可以在心中依赖交托孩子的人。

孩子在这样帮助人们完成救赎重任之后，活下去了。

6

这部阴沉的电影内里是极暖的，完全保存了陀思妥耶夫斯基《白夜》中那种藏在暗中的、奇迹般的、理想的光。在没有白领、高楼、都市辉煌曲的黄河边小城里，挣扎着的中国小人物依然有情、有梦、有知觉。看这样的电影，第一次会冷，第二次会有重压，第三次，你会开始为人性永远有高贵库存、永远不会空仓而骄傲。《安阳孤儿》中显示出来的这种宗教性质的、对弱者近于疯狂的同情，我原以为在中国的作品中是很少有的，然而王超却在他三十七岁时拍的处女作中，一肩把这份狂静静担下。

而且，这电影让你触摸出摄像机的神性。正像那个不哭的孩子，它承受并帮助世界得救。我相信，这个无泪孤儿，正是思考着的摄像机在承担之痛中选择的性格，也应该是王超选择的性格，是第六代选择的性格。所谓中国新浪潮，经历了两个十年、两代人的蹒跚努力之后，果然继承了法国新浪潮的精神。

我拍，我思，我在。

7

最后，你可以判断出来，整个第六代（生于六十年代和七十年代初的导演）的境遇是很像片中这个孩子的，他们的电影很少在同族人中播映，只在路人的手上抱着转来转去，然而他们不哭，在沉默中，他们竟然长大了。

又竟然开始帮助承担。

是悲，是喜。

赤足过彩虹：*Osama*

Osama，是我所见的第一部阿富汗出品的电影。它也是塔利班倒台之后第一部全球上映的关于阿富汗故事的电影。

这是阿富汗导演 Siddiing Barmark 的处女作。这个在塔利班时代曾经流放他乡的导演，在自己国家最黑暗的年月里静静地在莫斯科大学攻读电影制作的硕士学位，并且想，他能做什么，为了自己的家园。

他决定拍电影，用摄影机记录黑与红。*Osama* 的故事，是他当年收集的家乡报纸剪报上的一条短新闻。这个故事辗转到导演手中，被他静静收藏了，像收藏一颗疼痛的种子。

他相信岁月能使它发芽。果然，塔利班倒台之后，他回到故土，就任国家电影局总管。他上任后第一件事情就是把那剪报变成一部故事电影。

电影全部在阿富汗拍摄，用当地演员。和一般的战争电影有所不同，这部电影说的是一个小女孩的故事。

12 岁的小女孩，Osama，家中两代都是战争寡妇。由于塔利班的野蛮政策，女子不能单独出去工作。而这个家已经没有男人，母亲在绝望中为了求生存，把女儿的头发剪去，装扮成小男孩出去工作。Osama 在恐惧中奔出家门，去谋生，每日辛苦劳作，换回一个西瓜两片饼给家人。而不幸的是，塔利班召集少年男子集训，小女孩也被赶入训练营中。在各类训练中，她的纤弱体型和声音很快露出破绽，被男孩子们围攻。尤其是在和男孩子一起裸身实行洗礼的时候，千钧一发。最后，她被发现果然是女儿身。绝望中，小姑娘拼命逃跑，但后面无数的男人涌上来。孤独的她被抓获。在被抓的那一刻，露出头部的她笼上了女子用的头罩。光明消失了。

小女孩受到的惩罚是嫁给了一个白发苍苍的老塔利班，成为他的第四个妻子。他用锁锁住家中所有的女子。结尾是婚礼。

这个读来闷到极点的故事被拍得沉重与柔和并在，甚至有些艳丽。不是交响乐，更像慢拍管风琴。惨淡人生淋漓鲜血中透出非凡的人性关照，对阿富汗风俗和人民的刻画细致入微。最后，当电影结束，神秘的阿族音乐中字幕缓缓出现的时候，观众呼吸屏住，泪落无声。这种对大震撼所感激的感觉，可见于电影《辛德勒的名单》《黑暗中的舞蹈》《黄土地》，或者最近上演的旅法中国导演戴思杰的《巴尔扎克和中国小裁缝》。但是 Osama 是格外不俗的。

因为它不是反观历史试图沉淀痛里的彩虹，而是直接在血泪人生中挽住伤痕画桃花。那种扑面而来的现实感有着比石雕更大气的坚强。如沙漠里的花，越过黄沙看清心灵。

那是小姑娘的眼睛。她的明眸中一直贯注着痛和无奈，但被母亲用大剪剪去秀发的时候，当抱住自己的工钱——一个西瓜，在恐惧中被一条狗尾随，疯狂向家逃跑的时候，在被少年营里许多男孩子嘲笑、围攻，被逼爬上树显示"我是男的"的时候，她悬在树干上，不敢叫喊，然而沉默中我们感觉到女孩的心碎。

小姑娘唯一快乐的时候是跳绳子，她露出一点点笑容玩着这本该属于她年龄的游戏。跳啊跳啊，赤着双足。

这个跳绳子的镜头被导演一再蒙太奇到不同的段落里，随着她的悲剧命运一点点走向高峰。她总是在一回首的恍惚间跳啊跳啊，赤足落地的声音像鼓点敲击：啪，啪，啪。

这是个有一双美丽大眼睛的赤足女孩，一开始，她还穿着一双充满女性美丽的高跟鞋，但是在塔利班的威胁下遮盖了她的双足。装扮成男孩子后，她（他）赤足走过荆棘路。在绝对郁闷的结尾中，那个女孩那双不倦跳跃的赤足，让我们悟到第二性的弱小生命将会踏过雪与沙，变成彩虹。因此我感觉这电影还是亮晶晶的，有泪但又有说不出的微笑。不是快乐的笑，而是导演带摄像机抒发对美丽女孩的肯定，那种智慧的笑、热爱的笑。

不知道怎么了，这部片子有点让我想起萧红回忆鲁迅去世时候写的文章。她说鲁迅死前常看枕边一本书，那书里夹着一张图片：

> 在病中，鲁迅先生不看报，不看书，只是安静地躺着。但有一张小画是鲁迅先生放在床边上不断看着的。
>
> 那张画，鲁迅先生未生病时，和许多画一道拿给大家看过的，小得和纸烟包里抽出来的那画片差不多。那上边画着一个穿大长裙子飞散着头发的女人在大风里边跑，在她旁边的地面上还有小小的红玫瑰的花朵。
>
> 记得是一张苏联某画家着色的木刻。

那个飞跑的女子让我想起这个赤足少女，同样是越受压抑越美丽，在风里面无限度地跑着。因为导演的帮助，女孩得以飞奔下去，在我们眼前的电影画框里。

我猜测《朝花夕拾》《故事新编》《野草》的作者是肯定可以看懂这电影的，如果他还在。如他写的：

> 地火在地下运行，奔突；熔岩一旦喷出，将烧尽一切野草，以及乔木，于是并且无可朽腐。
>
> 但我坦然，欣然。我将大笑，我将歌唱。

这部电影里的沉重和美丽，是可以给人地火飞翔的感触的，而那是被扼杀的生命的火焰。因为灭了，我们才见其与黑暗的势不两立。这是这个小姑娘存在的寓意。

我对阿富汗这个苦难国家的理解基本来自电视新闻。但是电视新闻滚动播出，常让我们感觉麻木。这时候阅读一部电影，发现它比纪录片更多元，比抒情诗更立体，比一个文字故事更真实。影像之美和影像之载重，都可见于这部规模甚小的电影。看完之后，我们对苦难的感触升华，我们格外珍惜我们可以飞扬的生命。

　　一向爱看第三世界国家来的电影，因为这些片子的导演都要很花力气才能走进那些不太为人知道的角落，而角落里的体验和故事总是格外有力量的。片中描写了塔利班如何处死一个来拍摄采访的西方记者，这也侧面写出了这些影像到达我们眼前是多么艰难。甚至可以想象导演为此走过了赤足画彩虹的艰苦之路。有的艺术真是用生命作代价的，这类电影不说个性故事，只是愿意关爱众生，因此如丐帮帮主乔峰的雁门关一掌，力道非凡。大约数年才会在你面前冒出这样一部电影。不容错过。

　　它是 2003 年戛纳电影节国际影评人大奖得主，2003年伦敦国际电影节最佳导演新秀奖得主，2004 年金球奖最佳外语片得主。

　　话说回来，这类导演不能被说成是新人。他们在被注意之前早已经在黑暗中吟唱了很久很久。那歌声苍凉安慰。

Together

陈凯歌的《和你在一起》英文翻译为 *Together*。我比较喜欢这个英文名字，可能是因为它的紧，而且温暖。这是这个王气冲天的北京导演作品中最为天真的一部。

片子在惠灵顿放映的时候，正是圣诞档期，处处花好月圆，人人脸上有阳光。这时候看这部电影的人，大多是在笑的。

我一直觉得看电影的时间、地点、人、人群始终是导演不能安排的电影之一部分。比如这次，好像是第一次看到中国导演的电影在海外悠然过圣诞节，不再是在电影节上孤独盛放，这里面有个中国电影和世界人平起平坐"together"的味道，这是这部电影甜美的外因。我喜欢。

电影的制作已经圆熟优美到许多经典欧洲电影都没有的地步，让我想到同样甜美的法国电影《巧克力》，包括里面的和解。它在很多方面都已经不再是第五代的基本模样，曾经震动过一时的青春影像摇滚群体第五代现在有了美丽的中年归属，变成提琴曲。那是一种希望和更多人在一起的"和解"，但是导演在里面对这种和解姿态作了解释，更多的，不仅仅是对国内主流意识形态的和解，更是对整个世界的和解。这是一部面向世界的电影。

当然最有意思的是陈凯歌在变化中的始终坚持。他还是和他的过去不离不弃"在一起"，他很像一种只有一把琴的琴师，一辈子反复的三根弦，虽然曲变，意境变，观众也变，但是他的魔法就是那三根弦。

这仍旧是一部讨论艺术家心理的电影，像《命如琴弦》，像《霸王别姬》，里面的人物符号也还是那几个：学艺的孩子，充满霸权的师傅，可能会被背叛的父亲／母亲，还有一个导演妻子扮演的、美丽简单的、好莱坞旧电影中常有的温情妓女莉莉。这个妓女也是母亲的一个代替品。像程蝶衣的生母，她也在帮助孩子寻找师傅，和父亲在一起奔波着。

但是不同的是导演讨论了艺术家究竟应该和谁在一起的问题，这个指向艺术真爱的符号究竟是谁，在导演的心中，师傅——奖杯——主流的认可，曾经是艺术家心中最焦虑的一个问题，也是困扰过少年、青年时期陈凯歌的一个大困惑。在旧日他的心中，艺术始终代表一种亲情上的背叛，甚至是性别的丢失，以及爱情的永远失落，如蝶衣，必须完全为舞台殉葬才能获得掌声。

而现在这个提琴少年却是陈凯歌安排的一个对旧日自己的背叛，他为莉莉卖琴买衣，在精神和物质欲望之间选择后者，那件温暖的白衣是为了给一个类似姐姐、母亲的女子遮挡伤痕的，这件衣服让人想起蝶衣母亲留下的那件大衣。不同的是，蝶衣一直没有报答过母亲，因为他无法原谅她的身份，而晓春却一见如故，选择了莉莉的风情。他对莉莉的迷恋似乎是替旧日程蝶衣和母亲疏离关系的一个弥补，而导演用妻子来演出这个角色，似乎是决定性地说明他要从为了艺术男女不分的"疯魔"中走出来，重新找到自己的性别，以此"和你在一起"，和心中的正常欲望在一起，和自己的本来面目在一起。

第二个背叛是对师傅。俞教授是由陈凯歌亲自演出的，导演要自己给自己的过去一记耳光，他要自己看着旧日的自己重活一遍，背叛师傅，选择父亲，选择舞台下的车站，选择一种没有奖杯、没有光环、没有对父亲背叛的日子。这里有导演对"文革"中背叛父亲的伤痛记忆的又一次淘洗，而师傅永远地被留在了灿烂但孤独的舞台上。这里的师权形象，无论是江教授还是俞教授，都在背叛的孩子面前非常零碎尴尬，无法和父亲的温暖天真、人性洋溢相比。

我在这部电影中看到导演流畅而快乐地节节击败旧日自己，重新选择和谁在一起。我看到他心中不再为艺术本身该和谁人在一起焦虑，而是关注自己本人应该和谁在一起。我看到这里徒弟轻轻放弃了奖杯和师傅，似乎那是一个阴谋，而流动的车站上却有他穷的父、贱的母，他们组成一种真实的诱惑，为他重新接生。他不再孤独。琴声如故，但充满背叛和碎裂的年月，竟不再回头。中国电影提供给这个世界的，毕竟不再只是焦虑，也有甜美的安慰。

　　但我们感谢导演始终和我们在一起，度过那些帮助中国电影破除百年孤独、走向更多人的铁与血之年月。许多人诟病第五代不再愤怒，我却觉得其实现在他们更需要给我们看看中年人的那种平静和宽容，还有适度地享受名利（用于电影制作的资金）。

　　焦虑自有后生接去。如电影中那个孤傲的小女孩选择站在舞台上，和师傅同在。

　　Together。

香港别姬

在 SARS 病毒的一片哀声中听闻张国荣的死讯,有一种异样的不快乐感。

其实我不太听粤语歌。在港台文化之中,我比较取台湾那一面,可能是其源流更近于中国古典的缘故。

而注意张国荣,则完全是因为他的《霸王别姬》。那时候,他已经从歌手的面具里剥落出来,正重塑着自己,一捧由陈凯歌导演全力燃出的电影之火中,我们看到张国荣的凤凰涅槃——由男而女,由阳而阴,由港台衣钵入京腔京韵。

记得我第一次看这部电影,是在国内。看完了之后,有被砸晕的感觉,站在电影院里听《当爱已成往事》,发呆。最重要的记忆就是,巩俐为何在这里如此弱,戏份虽多,但演出很僵硬,形象更呆板。

后来在国外念书,再看这部电影,知道这是因为张国荣把"女"字演绎到十足,巩俐是被比下去了。

为了一篇关于第五代电影的论文,我反反复复看这部电影,在外国大学图书馆的窗下,眼角扫着旁边金头发蓝眼睛的同学,耳机里听张国荣一遍遍哀且爱地唱"大王啊——"。

不能忘的镜头有二:一是他演蝶衣,帮小楼整衣,手在小楼腰间轻按,动作慢了下来,眼中柔情似水,有妻的温存,而小楼只当是两兄弟间的玩笑,叫:"别闹!"瞬间,蝶衣眼中哀怨顿生。我一遍遍看这一段,真是被感动了,虞姬后面的蝶衣,蝶衣后面的张国荣,一片片的女人,一片片的坚持,一片片没有回报的柔情,那其实是一片片的古典。

二是蝶衣上台,一个亮相,下面疯狂的观众流泪大叫"蝶衣!"他慢下步子,款款抬手,微笑环视全场,含羞、含傲、含娇,是明星与观众之间独特的交流。其后我们想到蝶衣幼年时在戏班里吃过的万千苦头,血泪生命的搏杀,一切都是为了这个刹那。还想到少年出来唱歌的张国荣苦苦挣扎,出道后七八年才引起人们注意的事实。我惊叹那镜头被张国荣演得如此细腻、丰满、真实,甚至他只是用了眼神。

这都是使电影《霸王别姬》成为《霸王别姬》的一些理由,一部有理由排在世界经典行列里的杰作,很大程度上被张国荣的几个眼神成全了。虽然内地文化和香港文化有时很有口角,但是在这部电影里,陈凯歌的黄土地影像确实是被来自香港的艳丽刺激苏醒着,由此复活了他被"文革"血污陆沉的许多记忆,才把一段京华旧梦再现得完完整整。而张国荣在这部电影里所得的,是一个在更大背景下舞蹈的机会,也是第一次,在这部电影里,他用最美丽、最含蓄的姿态倾诉了他的性取向。

由此,他似乎获得自由。

在这部电影中,我们也看到内地和香港文化的那种互相成全、在交错中融为一体的例子。这是很值得玩味的。由此,我们或可以为我们伤痕累累但又生生不息的文化,找到某种神秘的存活契机。"姬"后面寓意的吞吐阴阳,也或者暗示文化中某种奇异的无穷整合能力。对此,我无能力去深究,只是,感谢张国荣的勇敢。

张国荣作为香港的"姬",由此被刻写在电影里,也刻写在历史的书签之上。

　　　　而今日,这片书签自香港中心高楼处飞落。落进许多戴口罩的人群里。

　　　　一片静场之后,我突然想起他的老歌《风再起时》。

　　　　我最爱的歌,已经唱过,无用再争取更多……

　　　　珍贵岁月里,寻觅我心中的诗……

原来我记得很清楚他的歌，还有他三十三岁告别歌坛前那种明亮的男生笑容，如他自己所回忆："三十三岁前，没有人能把大红的礼服穿得有我好看！"他的左右手原来都如此亮丽。

　　今日因他逝世，记忆中突然自动被他的歌声环绕，这才明白他于我们关切之深。

　　我很恍惚于我这个内地人，说自己不太喜欢听粤语歌，是真的吗？

　　香港别姬。

南澳的一夜

　　我刚下飞机又上飞机，手表一直在乱旋。时间飞舞，从北京到奥克兰，再转南澳首府阿德莱德，去看电影节上一些新的纪录电影。

　　记得在悉尼机场，我见到两个中国留学生互相勉励：何必觉得离家远呢，出国，就当是坐慢速火车从北京到广州不好？

　　我暗暗喝彩，果然英雄自古出少年，这么一说，真是展现出我们中国人作为堂堂大国人的气质呢。毕竟，地球村也就是个北京到广州，或者天山到海南的慢速火车。

　　所不同的，当然是时间差了。在一个看不见的蓝蓝山谷里，空间转变的脸上，时间的表情也在变。才看惯了北京冬的严谨，眼前忽然是惠灵顿晚夏的懒懒笑容。之后，南澳盛夏的大笑出现在面前。

　　一见钟情，我很喜欢阿德莱德，虽然只打算住一夜。短短的一瞥，看到这个城市有齐整的建筑和完善的交通。屋子古新杂陈，但都干净清新，四周海碧蓝，地平，葡萄酒很有名，说明阳光的质量高。它是那种不大不小、不新不旧、不老不少的城市，犹如邻家之女，美在触手可及间，不是大城市的压迫人，又不像小镇的气闷。天空蓝无缺。

　　我住在市中心，维多利亚广场那一带。小背包旅馆有些年头了，门窄，里面倒很大，店堂墙上画了一只笑眯眯的大龙虾。我住二层，在一个长长的走道后面，面对一个古老的雕花木阳台。

　　天气很热，是那种不打算被海风吹散的郁热。肯定不像惠灵顿的温软，永远不会太高温，风一来，季节就走远了，永远只一季，就是不冷不热。但是南澳的热让我想起中国北方的夏天，热到可以骂娘。我迅速穿上在惠灵顿不太有机会穿的吊带细洋布白底蓝花裙。彻底地过一次夏天也不是不好的，我其实很怀念故乡那种攻击性很强的夏天，很像一种朗声大笑。这恰恰是惠灵顿不存在的表情。

阿德莱德还有惠灵顿见不到的完整唐人街，高高红木牌坊上毛笔字描出"唐人街"，夹杂在纯粹的欧洲感觉建筑里，里面无非是叉烧、珍珠奶茶、成龙的录像带。城里另有免费大巴士带游人走城，不过我因为急着要去看电影，错过了。

当夜热到三十八度，小屋子里没有冷气，想换旅馆也没时间了，只好被"煮"，无论怎么念佛也睡不着。周围是从欧洲来旅行的年轻人，他们也不睡了，齐齐坐到夜阳台上喝淡酒并阔谈。这些景象都很像故乡的夏天，除了没有蚊子。

我在他们的笑声中和衣歪在老的布沙发上胡乱睡去了。梦中眼睛里似乎也一直见到阳台外面红红的路灯，还有被路灯照红的行道树，应该是法国梧桐吧。那也是老家常见的树。如果你把故乡拆开了四处投递，它出现在各个地方的方式有所不同，但是这样拆散了回忆再换地方重现组合的电子切入方法及人生状态，在这个目前被唤作"地球村"的土地上，是会越来越流行的。然而如果我们旅行下去，我们的心反而会越来越稳定。因为从各个角度都看过自己和自己的家。蓝色漂流，黄的自我，都是一体的。我从来不肯定也不否定旅行。我只是用一台相机在不同角度反复拍摄一样东西。

那心中的玻璃城市，是这样被岁月的窑一点点烧制出来的。由不得你不好好疼爱自己的旅程，无论是永远固守在一个地方生活留下的重叠细节和无穷特写，还是有时候飞远拍到的精彩全景和寥廓远镜头。好在我们用的镜头始终是一颗玻璃之心，里面同时反映着乡土和海。

我离开南澳的时候是夕阳之下，温暖的阳光穿过旅馆前面的阔叶梧桐树，穿过旅馆二楼阳台的白色雕花，还流了一地白金样的光，反衬唐人街红红的牌坊。我觉得这种光景是非常热忱俏丽的，可能因为这阳光经历过南澳的海又经历过南澳的沙，被海张扬过又被沙压抑过，才如此掷地有声。

　　背了一个从电影节上拿来的海蓝挂包走的，非常适合身上那件裙子。在阿德莱德小小的国际机场，我试图买一张明信片放进这个蓝包里带走，但是最终没有。

　　——只觉得心里面那剪影样的一瞥，是阿德莱德的真实。

　　因此不需要介绍景点的明信片了，一瞥之间，城市的心已经被我带走。

归乡手记

1. 落地的花儿

那落地的平静很久以后还记得，不是平淡，而是平静。好像这几年从来没有离开过。

我喜欢第一个面前人，一个海关官员的微笑。

落地中国，海外五年后，回家。

无论如何语无伦次，我还是迅速开始讲话，中文。

语言、食物、朋友，五秒钟之内，都回来了。

回不来的是我自己，是过去的那些片段。

但是我如此安详，安详到让自己吃惊。没有失落、惆怅，没有骄傲、狂喜。

这不是一滴水回到海，而是一滴血回到血管。

平静中，慢慢走入中国，2004 年春天。上海延安中路上，我的目光追逐着每一个行人的面容，狂吞国人影像。我不怕人多。因为我是在里面长大的。

很害怕有一种回国的人，一切都不习惯。我则觉得一切熟悉。

有时说英语，不是故意的。只是习惯了。

天空不蓝，咖啡不香，这些都不要紧。我喜欢街头人，莫名其妙地喜欢，好像他们都与我有关。

而我慢慢走回去，成为他们中的一个。

落地的花儿，带着海风的吻痕。开在我回家的路上。

2. 上海不见上海人

我几乎认识不了上海。上海一直给我的印象是有点孤独的，排斥很多东西，要保持自己。

但是现在外滩几乎没有我想看到的那些老派的、收拾整齐准备藐视外地人的上海人了。灰色的江、灰色的天、灰色的明珠塔，旁边是许多一定要往我手中派航空广告的外来务工人员。

机场边所有的灯箱广告有三分之二是我们温州的产品。

现在上海仓促而整齐，华丽得有点气不均匀。朋友带我去看浦东，一路高楼让我想起二十世纪九十年代初的深圳，那种飞快到自己都陌生的速度。我觉得它如一只孔雀，每一分钟都在为表演紧张。那种华丽的紧张让我感觉上海变了，印象中上海应该是有点从容的。

夜十点，浦东金茂九十楼的酒吧里满满是人，在令人喘不过气的高度中，大家安详地喝着啤酒。空气中有白种人和黄种人的体味，可能是太窄了。我很快离开。

处处都是别处来的人，所有的朋友又都在说一个话题：买楼。在大家都来这里买楼的气氛中，上海人变得低调、驯服。

上海有点像变成一个简单的楼市。

我却有点怀念以前的上海，那一点点矜持。仍然记得以前淮海路上那些格外标致、骄傲的上海女孩子，不知道她们哪里去了。

朋友们听到我的评论，笑死。

"她们当然在写字楼里……忙着。"

我依然喜欢二十世纪九十年代中渐变的上海，我如路过必然要在这里买衣吃饭。那时候上海仍然是有距离的、美丽的，有点像个暖暖的玻璃城市。而现在所有温州朋友都在上海有了屋。上海变作温州的郊区。

我们曾经有的海上花呢？

对人间世，我依然喜好其渐渐变化，如果五年间沧海桑田，反而会觉得害怕。怕那种速度会撞到一些喜欢慢慢走路的人。他们会被高楼遮蔽，看不到他们喜欢的风景。

3. 通州：清明故乡　天下黄花

渡过长江是我通常走的一条路线，去看外婆。

我的外婆一百零一岁，她依然健康，有电话来都要抢着接。坐在家中，我看中央九套，外婆也看。

外婆问我要吃什么。我说：百叶结红烧肉、黑鱼汤。于是有了这些菜，我表姐八岁的小女儿站在椅子上为我拼命布菜。

我吃到晕。

故乡是那样一种地方——你少穿一双袜子都有人来说了又说，怕你冻了。而在乡间无垠的油菜花地里走，会希望其实我从来没有离开过这里。我被泥土埋住脚，我喜欢这里的一切。

通州有外婆，有黄色油菜花，有蓝印花布。这三条理由，已经够我回家了。喝亲戚做的米酒，我喝到大醉。

没有人说得清，为什么一个你离开了这么多年的地方对你有如此意义。

那是我的通州。

4. 温州人

生在通州长在温州，我是那种可疑的温州人。

温州是另外一个故乡。它给我的空间大而小，它是一个古怪的城市。人们酷爱经商，爱到人们不能说他们商业，只能说他们天生如此，商业是他们的星座和血型。我一直无法和他们混血，但是在这里长大成人。

我在飞机上认出温州人。主流温州男士们永远穿金色西装配金色领带，黑衬衫，坚持在飞机起飞前最后几秒钟都使用手机，非常忙碌。是这样一个城市，现在把上海人都买低了。

幸运的是，温州是中国城市中最符合小康时代人格要求的一个城市，因此可以说它在近二十年会格外健康和正常。它独特的商业文化使得它没有任何矛盾地成为小康时代的明星。

我是温州的旁观者。但是岁月消灭了我这个两岁落地温州的外来小姑娘的叛逆心态。我逐渐承认我是温州人。因为我在这里读幼儿园，因为我在这里初恋，因为我在这里疯狂工作过。我在这里有所有的同学和朋友。朋友们在机场上出现，给我花，玫瑰。

　　这次回国，我终于知道我是温州人。至少，是温州的爱人。我们同居二十五年。我们知道彼此的问题和好处。我在街头吃汤圆和水饺，用温州话谈价钱，和朋友们一夜夜狂谈，说别后种种。有小学同学来见我，从包里慢慢摸出三个本地产的柑橘，送我。那是一种金色的柑，只产于温州。

　　"很久没有吃到了吧？"她说。

　　一直到我真的累发烧了，她们陆续陪我，体温总有人量，饭总有人送。我终于在这次回国后，承认自己是温州人。临走的时候，我悄悄哭了。这次是向来明亮的我，唯一一次因为旅行而掉泪。

　　我承认，故乡是那种不是你最欣赏但肯定是你最牵挂的一个地方。我一定要在世界上飞行过才肯承认故乡就是脚下原来的那片土地。我曾经是那么倔强。

　　蓝色的花儿悄悄开在远行的路上。惠灵顿的灯火又在眼下闪动的时候，我正在新航的飞机里小睡，手上握着一叠和家乡朋友的合影。

　　那是 2004 年的歌。

　　回家。

远在温州的家

1. 眼中华屋

我记得院中深绿的树上总是积满灰尘，像所有中国南方那些多水也多人的城市里面疲惫而又有活力的植物。

回国的飞机上，我策划好不踏入旧家的院落。为此，还费了一些心机。

在上海落地的时候，已经问好朋友睿拿到了她在温州家的钥匙。整个假期，我要过家门而不入，住在睿的空屋里。

睿的屋仔细装修过，婉约清丽，像她，也像她设计的衣服。

时装设计师睿在今年四月嫁到上海去了，她母亲的那间旧屋也已经被拆掉。记得她未嫁时我们曾在那屋里穿她设计的各类衣服——拍照，有时候还喝温州的杨梅酒。她喜欢将屋内设计得女性而低调，窗帘子密密地垂到地，颜色是杨梅的红，永远给人淡淡醉意。天气不冻的时候也用地毯，朋友永远可以坐在地上，懒在橙黄的灯光里和她说话。现在她则迁往上海的华居了，徒然留我自远方来，思念那个杨梅红的旧屋，和屋里旧日微笑着的未嫁女孩们。

不是不惆怅的。

整个温州被地产商嫁到上海去了。而走的朋友和留的朋友都拿着上海投资房的钥匙。

见了一些朋友之后，我手中有了一些空屋的钥匙。他们盛情邀我去上海的时候便住那里。

这是 2005 年快要到来的中国温州。一次又一次地产狂潮后，旧日的小居都卖出金价，让人有点入海看浪的晕眩感。只有我，在一片新城中默默记忆眼中的华屋。

它是伴我二十多年的旧屋。

它已经老态龙钟。荒草入阶凉，灰墙上的毛主席语录几乎不能辨认。

我决意不走进去，只远远看着。

眼中华屋，记忆犹存。因有回忆，旧屋华美而沧桑。

城市飞快成长，我们仓促老去。

终于忍不住打开暗红的门，旧书柜里一本《罪与罚》，在灰暗中照耀着一点什么，书的扉页上应该还有旧友G的签字。他在雪中的北方古城念大学，小小的年龄就觉得自己应该背负中国所有的命运。

我们曾经在院中灰尘很多的树下看《罪与罚》，讨论俄国应该如何改变。当时我穿紫色的有花边的裙子，麻纱的。夏天来时唯一用过的香水是沪产的花露水。

那时候，我们还用笔写信，用脚走路，闲钱都拿去买所谓名著，且常常为一个字、一首歌大笑或者惊呼。那时候，温州还有许多小巷，供愤怒青年愤怒时在里面郁闷地跑过。那时候，我们院子里还有白色喇叭花在夏天开放。那时候，未来世界还是装在玻璃里的梦。

后来遇见睿，她帮我设计造型，挑选优雅的服装。如今，男生远娶，女生远嫁。一代人年轮忽然画好。地产飞升，无人跟我讨论地产之外的屋的其他意义。或者我们不应该再投资于回忆了。谁帮你付这笔利息？

我推门要出，门口地上还飘着一张旧照片。捡起来一看，是1990年的我，正在屋里玩呼啦圈，脸上闪动着憨憨笑意。黑衣白裤，马尾跃动，在1990年的夏天里。

1990年，中国南方，读者，你那时在哪里，做什么？我想邀几万名同代人一起吃一杯回乡酒，把桂花细细捣到酒里去。然而在2005年的温州，如不谈地产，已经没有太多其他话题。

我穿粉色羽绒衣服，戴一条惠灵顿设计师刻画的紫色撒白珍珠细绒围脖，从夏天回到冬天，从回忆奔到现实，从英文弹回中文，从圣诞转回新年，笑嘻嘻出现在老朋友的眼前。像一个装修过的老屋，空空出现在天地间，谁都可以来我这里度假，因为我身无长物，除了认真搜罗关于他们的记忆。点点，片片。我在海外把他们都冻在过去，他们在我眼里是群少年。

我们越过山河岁月，在破烂的华屋中踩着碎碎的回忆握手，很快，时间的火把我们点得清亮无比，我们顿悟，有一个一定升值的地块在跟着我们，让我们无端大富。那是记忆中的青春。我就是"记忆居"的开发商。

这屋永远不用电梯，屋子里全不设计家具，空空墙上，黑白照片，笑容都是永恒的。屋外，时间的雨飞飞，我们却在屋里喝忘忧的茶。记忆居地在情海深深处。

2. 细雪

几年不见，朋友金的孩子已经开始读小学，他善用文言说话，显示中文天赋，让母亲很惊慌。

和这代人所有中文专业毕业的女子一样，金已经不愿意再选择棘手的中文，愿意孩子们简单、清亮，远离《罪与罚》。

我宽慰了金，指出中文已经解构，可以传播，可以影视，可以公关，可以外交，可以市场，可以……地产。

不妨将他的语言天赋看作一种沟通能力。

不知道这样说是否有效，然而现在的孩子是不一样的。通过高科技，他们一早就面对一个广大的世界，无须拿着古典小说争论人生意义，或者在网络上下载一本《罪与罚》，总之是不一样了。不和我那本褐黄面子上有无数细格的、几毛钱的老书相同。记忆中那些书籍是重的，无论价格多少。

总之，现在我很不为孩子们担心。我只担心旧日那些我们，是否学得快乐些了呢？答案是肯定的。大多买了新屋、新车，物质的大风车，转着，轻轻笑着。

金是其中不买屋的一个。她和我一样是军旅家庭孩子，自小随父亲由黄河流域往长江流域迁徙，大学毕业后回父亲的故乡，自此害怕变动，不顾地产潮，死守她的六十平方旧屋，在屋里挂对联："有好友来时如对月……"

她也有开发记忆的习气，一根头发丝也藏着，书架上还整齐明亮地堆着少女时候的读物，一直排到最新的《小说月报》，放不下了就堆到床边，越来越高。

　　而我，因为远游，几乎荒废了所有旧书之友谊。说来真是对不起当时买它们那时的热和狂。

　　所以我一次次坐到金的小屋里，安全地被她收藏着，是一个旧朋友。

　　天气越来越冷，回乡几日，已经吃了几次火锅。金给我添置了一个小的暖手炉，让我和她对坐，抱着暖手炉，听"女子十二乐坊"。

　　金做报纸副刊，在高楼群里积累散淡之气。旧日大学里那些在北方的雪地里撒野的少年，现在慢慢变成一种城市内游弋的盆景，不再刻意流浪做天问姿态，不过，骨子里面还是滋生出一种硬的蔷薇。三十以后，日子变得平淡、丰润、天成，如稼穑久了的农人，彼此都有了田中之禾，慢慢沉淀下灵魂里来的是另外一种新泥。如何在快速物化的世界里做一个生活层面上的中产阶级而在精神层面留一点边缘空隙；如何在徘徊中学习独立，在独立中展示平衡，在分裂中不被撕裂，始终是二十世纪七十年代出生的我们，心里特殊空间之肇始。

　　我骄傲我记得他们旧时的模样。

　　感谢远游，使我有了只谈往事的特权。

　　心事如长青藤，在密密地往上爬着，在老去之前围好一个小屋，就够了。

　　金的一个老朋友在远方给她寄来一个"细雪"的电子礼物，只要一敲，电脑上就白雪飞舞。

　　整个假日，我常常坐在她的电脑前，喝她给我冲的人参乌龙茶，看着雪的走。

　　电子的雪，非常离奇地深厚，像一种抽象的情感。而窗外是灰色的都市，楼群鳞片般延伸，几乎杀没了所有可能疯狂放电的绿色植物，如我在南半球可以常见的。因此我的目光更多的时候留在这一群电子雪上，并在一篇小文字里写下"窗外细雪飞舞"几个字。

写完以后几天，真的下雪了。旧历年前，温州飞雪。

我躺在睿的屋子里，拉开窗帘，看和金电脑上一样的绵绵细雪，正飘洒人间，手机上出现另一个朋友欣的短信。

"果真是细雪飞舞！"

雪下过后，我飞往北京。

去看另一个十五年来没有认真见的朋友。

3. 水晶相架

照片上有她的哥哥。

小学同学的小弟，也是我们朋友的鹏飞已经一去数年，我回温州的时候，总还是去拜访他的姐姐和妹妹的。

他去世后，因为哭得太多，我同学原来明亮的眼睛变得有些下垂了。她也逐日坚强不屈，不像小学时候那样平静温婉，每日都坚持起来长跑，无论雨或者晴。她坚持为我切开一个温州地产的水果，炒本地的蔬菜，坚持把我荒废的故乡记忆全部吃回来。

我觉得她作为一个长姐去牵挂和关怀人的习惯是不能被改变的。

妹妹清秀而弹性，像一滴露珠，非常美丽，笑起来的时候如一朵淡菊。但是不知道为何，那笑容让我心疼。也许做一个妹妹的娇柔和等待被疼爱的习惯也是不能改变的。

很多时候，我们被生活改变，只是习惯却会永远轮回，像一个紧箍咒，把生命的本相淡淡念了出来，我们往往在疼的时候才知道我们是谁。

我在小妹的新屋里游走，这里宽大而新潮，一切安好。小妹知道我是二十世纪七十年代那一段的人，特别淘出一张罗大佑的旧唱片《家》给我听。

　　　　每一首苍老的诗 写在雨后的玻璃窗前……

罗的声音永远如秋叶飞旋，有那样历尽过红尘黑土的、厚厚的浪漫。歌声穿越在"宜家"家具的简约物质感觉里，补充了一种时光里才见得到的电。

在歌声里，我默默坐着。忽然小妹打开深深的书柜之门，微笑着拿出一个一尘不染的相架来，把上面一个穿绿军衣的少年给我看。

"我留下一张哥哥的照片。"那是鹏飞在复旦军训时的照片。

她的眼里有一种亮极了的东西，比笑容更容易一碰就化。

我笑笑，看看照片里哥哥之目光，看看小妹的水晶之眸子。不是照片本身，而是那个收藏照片的动作中，我又见到时间的电，比歌声更动人心弦。

这是远在温州的家。即使天堂游子，也被一份牵挂远远地锁定在地上的屋中。

小妹勇敢的笑容吹不破也融不掉，是一个精心收藏的相架，是一段箫声般淡远的追念，是越老其实越童心的期盼，是团圆永远的心意，是远在温州的家。

我觉得看见了丁香花，虽然城市越来越拥挤了，天空上的流云都变了颜色，但是记忆中被祝福过的青春还是鲜嫩的，有点香。时间和生命的消失之寂寞脸面，全在我们转身一握往事的温情中，被改了颜色。如不回乡过年，我当无缘逼出环境中暗藏的如许丝绸般的思念。

谁在保护着她。有时候，表面冰冻的日子下面鱼群在走，慢慢带我们去了远方的春天。也许真的有一天，到天堂会有直通车，把小妹挤压太久的思念，一次捎了过去。

那是她哥哥的照片。

4. 舞蹈着的，行走着的

高中同学又见面是有如一盘青橄榄的聚会，而小学同学相见则是一树红樱桃的碰头。我小学时的班长，某日默默开车过来接我去吃夜宵。

三十以后的女子，总是要等孩子睡后才能默默出来陪老朋友一会儿。她在温州那些著名的红泥小火炉夜点摊头给我吩咐了一些精妙绝伦的点心吃，照顾细腻，一如当日我们小时候春游时她的尽职尽责（而少年时候我们惯于一群群坐在夜市摊头，自由而洒脱地吃到夜深）。

我吃的时候，她笑嘻嘻撑着头看。友谊有如掌上纹路般熟悉的，就是小学同学了。我们见面只是吃和笑，这就够了，没有什么特别沟通的需要，见面已经是最放松的一种沟通。

我们决定在一次聚会后一起去跳舞。

在夜的歌厅里，有各种不同类型的关系。但是有一类，如那天晚上的我们，是一种比较奇异的组合。

——是二十多年前的一群孩子。

他们曾经一起戴红领巾过"六一"，又在校园里栽种向日葵和蓖麻。

那时候大型活动献花是用塑料花的，因为城中还没有鲜花。

小学学了什么竟然就忘记了，只记得每一个人的外号。

当日热忱喊我外号、坐在我前排的一个男生今日向我说他的满足感：三十而立，有了奔驰，有了儿子，有了上海的投资房，自家生产的打火机卖到日本市场。

我不知如何，听着很亲切。

他小时候曾经是班上最淘气的男生，如今热烈地希望为我们的聚会买单。沧海桑田，多好。

我们十个孩子在黑黑的、酱色的歌厅，一首一首唱《请跟我来》《萍聚》，不是唱歌，只是要一种调料把被时间冷落的童年叫回来。

后来 Z 提议我们跳舞。

我们这一代人真的从来没有过校园的舞会，都是乖孩子静孩子，中学考完考大学，大学后就分糖结婚了，今天跳舞算是补课吧。

我们一起灭了灯，把音乐开到最强。当年前排、后排分门别类常常打架吵嘴的男孩女孩忽然一起起舞，姿态自由，像爆炸的烟火。在小小的歌厅里，只有我们几人，一起游着，游着，慢慢沉回童年去。

我们一直跳了很久，跳到最后，人变抽象，只有音乐、人影和笑容浮沉着，颠簸着。舞像拂尘，抖落了身上浅浅二十年光阴。男孩和女孩纯洁地拉手转圈。在动作里面，理解了我们不会消失的一些共同。

我们行走着，生命如舟，而在日子里是什么又一次次倔强地、静静地酝酿反弹的舞蹈，告诉大家无论如何行走，被生活的大浪细波推来咬去，我们依然有着可以支持彼此的东西让我们偶然回到此岸去——共有的记忆。包括毕竟是那样寂寞的童年。路的美丽不在于长短宽窄，而在于同行者。

舞蹈一直持续到所有人大汗弥面。汗水浸润，旧日童心的昙花开了一夜。

之后散去。

班长那夜没能来。她在照顾孩子。

他们要我春节过后再聚会吃酒，而我却要远飞了。万千中国商品，我只在书店淘了李宗盛的二十年精选歌带走。歌集的名字是《1986—2004 爱的代价》。

心中记得旧历年前温州那场唯一的舞蹈，显现地下河一样积累的友情。只在故乡有。

地下河里有活泼流过的日子。那细水长流的寻常车马，灰尘和灯火同在。蓦然回首，新楼旧楼变化中迭现出来的影片，题目竟然就是"远在温州的家"。

老板

电铃一响，将门打开，我看到一个穿棕色衣服的短发中年女人走进我的酒店房间。

虽然已经有了心理准备，我看到李小姐的时候，还是有点吃不消时间飞逝的感觉。

毕竟，一晃已经十几年过去了。那时候，我刚来广州打工，进了李小姐的公司做文员，还是个刘海密密、笑容深深的女学生。一手抱着《唐诗三百首》南下的人，也就是我了。难怪跟李小姐做了一小段时间，感觉商场不会是我的归宿，就宣告退出了。

李小姐是老板，当然不会退了，她一直做，终于把那间小公司做得风生水起，在广州立住了脚，又投资物业，现在有了千万身家。

我呢，也不坏，退出商业公司，抱着《唐诗三百首》去了传播行业工作，做了自己喜欢的事情，虽然没有千万身家，但也有自得的许多经历。

从海外回来，倒是很想见见李小姐。时间磨掉一些感情，却也磨锐了一些感情，李小姐和我，现在变成了两个都有许多故事的女人。彼此都很愿意倾诉。

我还是叫她"老板"，她笑个不停。

李小姐告诉我，她又结了一次婚。原来的丈夫，我也认识，非常年轻，喜欢赌博，竟将妻子的血汗钱一气在澳门挥霍了。

李小姐有朋友来邀请去吃饭。她说，我要问老公的意见，被对方笑骂她装傻，原来她丈夫竟在外面早有红袖添香的迹象。

爱情是经不住这样的折磨的。他们最终离婚了。现在李小姐说起这个人，还是非常皱眉。

在我们聊天的时候，李小姐现在的丈夫一直在酒店外面的车里等她。直到我们谈尽兴了，一起出来寻地方喝茶，他才露面。他是一个很安静稳重的小生意人，比李小姐大十几岁左右。看得出来，他凡事以李小姐为重。

他们又有了一个儿子。

他唯一对太太的抱怨是她太牵挂事业，不爱和他出去旅行。

说话时分，李小姐叫了一盘东坡肉，笑着请丈夫吃下，因为是他最嗜好的。丈夫记得她是江浙女子，为她点了她喜欢的醋鱼。两人一直"老公""老婆"叫个不停。

他们举案齐眉。

过了这些年，在广州这个繁忙的城市里，我的老板终于获得了幸福。

美人樱

少年时候颇有美丽崇拜症。

樱是我这个"爱红"之毛病产生的朋友。

樱在盛年时候有如怒放的花,我以和她同行为荣。她有如一贴视觉胶,赚得所有男生回头,不是为我,为她。

我没有因此不快,反而一直对樱念兹在兹。

记得春三月和她携手京城,一日横扫数校园,从广院到外院再到最后的北大,路上男生看她如看奇花,一边的我则当然变成异草。女生谁会这么乐乐地陪美人跑?其实我想说我也是被樱吸引的,不论男女,美丽就是美丽,我一向喜欢醒目之物。

我那时候在电视台工作,日日见到许多美丽主播,樱是某日被朋友推荐来上节目的一个嘉宾。但是她之出现,有如彩虹飞天,使我大开眼界。多年之后也记得,她修长的颈,修长的腿,修长的眉。我说过女生的美丽最在仪态,樱就是。她端庄而艳丽,不多言辞,清纯之中却有威严,有如大家闺秀,但浅浅一笑的时候,又见邻家女孩的妩媚。她家境好,衣服也多,但是最不能忘记的是,她穿白蓝水手服设计的一套学生装,站在京城校园一棵白杨树下的模样。那俏丽恬静,直逼任何明星。她是学校里唱《梦里水乡》的歌手,而那首歌,确实如为她定做。她就是水乡的女孩,柔而纯。

那张照片被我收藏了许多年。

后来呢。

樱当然也嫁了。

并没有学很多美人的滥爱或迟嫁,樱保持了低调,风华正茂的时候便悄悄选择了殷实而爱他的一个男人嫁了。我记得她的一个爱慕者有点悲哀地说:"我以为樱可

以嫁得更……"

意思是很明显的。但樱只是垂粉颈淡淡一笑。

和很多女人一样，她需要的，首先也是安全感。

美丽不是永久的，但幸福是一辈子的。

海外几年，我第一次回家过年，从北京飞到家乡的飞机刚刚落地，我跳上机场里的大巴。那是夜十点。昏红的灯光一打，我看见大巴芸芸众生中一道亭亭玉立之光一闪。

是樱。

她微笑了。不知道是否对我。

我知道她这个似远似近的微笑"电"过许多人。

现在的樱是四岁女儿的母亲，她上穿不过分夸张的素色貂皮紧身小袄，下穿一条绣花牛仔裤，神采飞扬，见之忘俗。只是旧日那披肩秀发，变成一个圆圆的髻，系住了为人妻母的恬静感觉。

樱目前的工作是幸福的全职主妇。这个我们以为会倾国倾城的红颜，聪明地选择了平凡人生路。

有多少美丽女孩知道矜持地守住上天给的资源，并合理利用。秘密全在是否给自己的青春设置一条防线。

夜，机场，我依稀看到少年樱在时光铜镜的后面，如一张古画，依旧怒放。

如果看见贾樟柯

1

惠灵顿的冬天，色素是灰，大风昼夜，整个城市像一幅奔拉了一半脸儿的水彩画，画名是"无题"，作者那一栏恰被风吹烂了。

这样的天气里，我去海边一家小影院看从中国远航来的一部电影——《站台》。

等这部电影等了很久。2000 年，它在国际几大影展上获奖。先是九月入围威尼斯国际影展正式竞赛单元并获最佳亚洲电影奖，之后在 11 月 28 日闭幕的第 22 届法国南特三大洲国际电影节上，荣获最佳影片金球奖及最佳导演两项大奖。贾樟柯成为第一个获该影展最佳导演奖的中国内地导演。而这样的成功紧连着他的处女作《小武》(《小武》之前他仅拍过短片《小山回家》)的成功，不能不让人瞩目。评论认为他改写了中国第五代电影给世界已定型的印象，将中国电影由抽象的文化寓言方式改变为对平凡生活的直接触摸。

而我对这部电影有一种特殊的钟情，因为它的导演贾樟柯是一个出生于黄土地的二十世纪七十年代生的中国青年，我的同龄人。

2

还在高中念书的时候，悄悄看一些我以为只有大人才看的高深书籍。记得十六岁的一个夜晚，被赫尔岑一本《往事与随想》所激动，夜深独自面壁击掌喃喃："我一定要找到……"

少女的我，心中萌动的不只是对某一个人的爱情，而是对自己代际定位的探寻。模模糊糊间，我想等待并找到属于我们这一代人的寄意，一份连接一个群体的激情。对我而言，青春似乎只是存在于相同年龄的人之间，会被同样时代同样的密码激活。我固执地相信，只有同龄的人才能在精神上真正相互慰藉，因为他们拥有同样的历史年轮。

整个二十世纪八十年代里，七十年代出生的人尚是孩子，身量未足，形容尚小。我们面对一个刚刚退潮的异形时代，许多在"文革"中被禁的青春正延时绽放，和我们的少年期淤塞在一起，比之他们的苦难、挣扎和觉醒，我们的青春相形见绌，似乎变得那样单薄。

然而我们终于在这拥挤的精神小道上寂寞地长大了，并且开始匆匆忙忙描绘出自己的自画像。

3

《站台》让我想起自己旧日灯下面壁时节的野心，为自己的这一代人画像。

这是一部只有在二十世纪八十年代度过青春期的人才能完全看懂的电影。一个记录了全部八十年代乍暖还寒时节所有细节的密码箱，打开它就是打开自己的回忆。

《往事与随想》。

4

高晓松的校园民谣是我记得的这一代人第一次浮出水面，之后有李皖言简意赅的文字《这么早就回忆了》，之后又有零零落落一些歌和文字。然而《站台》是我知道的这一代人辞典里颇精确而厚实的一本。甚至独立电影那种难免有些粗糙的制作都给它一种意味深长的风韵，让人想到表面华丽的我们这一代人有着如何朴素枯寒的芯子。

在导演眼里，二十世纪八十年代的中国也是如此的，星星点点华丽的传说下是青涩的平常日子，大浮大躁的一代心魂只总结得几首借之于他人之口的港台流行歌曲。

电影的内在线索正是二十世纪七十年代生的人回望自己在八十年代里的青春。片中的小县城是一个颜色斑驳的文化视窗，来自远方的各类流行伴随着主旋律在这里若隐若现，却始终暗暗主宰了少年们成长的心路。导演着力抽去了故事电影的戏剧桥段，用一种散文状态来叙事，让手头的电影像一片鱼，横截在十年的刀刃上，慢慢抽泣。由少年们在伟人像下将裤脚改成喇叭状的开篇，到主人公随着被承包后的县城文工团出去流浪"走穴"，到他归来后娶了在工商局工作的旧日恋人为妻永久地留在小镇上，导演与其说是在关注一个人或一个群体的存在，毋宁说是在借人物的行走过程勾勒十年一瞬的文化草图。《站台》中，对二十世纪八十年代流行文化在中国的滥觞有一个明确的记录，从邓丽君到张行、张明敏……一系列歌声环绕着人们的生活，似乎构成了一种转型期的特殊意识形态。

影片不断运用背景的影音媒体之声和图像来暗示人物所处的历史时间，在喇叭、电视、宣传画、流行歌曲的各类背景中，有重大政治事件的余音，也有沿海来的流行文化的激荡与渗透，人们的生活在其中有了波澜微动的摇晃，然而终于复与安静。小镇上居民楼环间，抱着孩子的少妇在阳台上寂寞远望的镜头是电影沉闷的结尾。

《站台》在使用影音媒体作历史的假借物一点上类似德国导演法斯宾德的电影《玛丽·布朗的婚姻》，然而法斯宾德电影中的历史表现为沉重的战争与人、血、爱、怨，《站台》却描写凡人于非传奇年月的历史感，坚硬的历史质感和片中人物的散文状态成为一种反差，最终所有历史细节只是成为人物存在的参照而非直接介入，在这样的关系中，历史和个人呈现出一种彼此"弱化"的局面。因此可以判断，在导演眼中，《站台》后面的八十年代好像是一个奇异的、没有成形的胚胎。

《站台》的历史感，是二十世纪七十年代生人心中对自己的定位：没有历史的历史，一种盼望记住什么或被谁记住的情绪，一种沉重的自怜。

5

《站台》很多地方仍然会让人想到第五代导演的开山作《黄土地》。正如贾樟柯自白里曾经说的，他从一个山西县城的寂寞少年转变为一个电影人的突破点是高中时候偶然看了陈凯歌的《黄土地》。在这部电影中，同样有沿袭自《黄土地》的野心：记录普通人的历史寓意。片中对大全景的偏爱，刻意延时让人"思考"的镜头语言，都看得出《黄土地》的遗传，让男女主人公在古城墙下见面约会，人被巨大的古石墙反衬到极小。这类布景里也仍然有第五代文化寓言考证的痕迹。

而我更注意的是相似之中的差异：《黄土地》宏大而精细，力欲扛鼎，内里是英雄主义的悲歌，充满了一种欲承担历史的大写情怀。而《站台》却在淡淡的生活流边缘拷下历史的声线，是极真实却又缥缈的，把那些不同日子的录音广播集锦起来，一一回放。对于历史，陈凯歌是背了矛来应战自己的盾，知其不可为而为之；而贾樟柯呢，他只是像个有收藏癖的怪孩子，把历史当作自己情感的背景记录。

但我不以为他的平淡只是写实主义，他事实上是俯视生活的，并且害怕和怀疑平庸，于是更深情地来摩挲那些琐碎的流年。《站台》因此有一种把象征和写实巧妙融合的风格。

《站台》在继承《黄土地》的内在悲悯情怀中显现出我们这一代人的特质：我们是在消解神圣的美学中继承对于神圣的追寻的，因此我们总是能更清楚地知道什么是平凡日子流逝本身带来的感伤。其实在转型时代这样刻意追求个人化存在的"个人"仍还是时代的孩子，只不过由主动地承担什么变成了随波逐流，内心却又无法满足于仅仅这样的表述。《站台》就写出了这一代人的矛盾：感伤的个体和残余的英雄野心之矛盾。心灵中一半沉淀了前代欲为大写之人的勇毅，一半却是想要摧毁这种认真的怀疑。

因此，比之《黄土地》，《站台》的历史感如云如雾，若重若轻，个人对生命本身（而不是《黄土地》中的文化母体）的体验却更深。我喜欢电影的结尾，主人公崔明亮一步跨出家门边的蜂窝煤群，下个镜头已转为几年后一个白天，他睡死在家中的沙发上，妻子在一边逗着孩子，这时，煤气炉上水壶里的水开了，壶越叫越响，像是火车的汽笛声，崔明亮在梦中不安地扭动着身子，火车的声音越来越响。全剧终了。

这个密码式的结尾里有很多可以回味的地方。在蜂窝煤到煤气的变迁中，我们付出了什么样的代价？火车是一种遥远的承诺，而站台上的曾经等待变成了一种近于荒诞的内心回忆，所有的情绪不可避免地流入水壶里流逝的平庸岁月……这一代人只是一个站台上虚化的背影，一个转折期短短的过门。

于是我们更加急忙地开始回忆，急忙在大家忘掉我们之前说明我们是谁，这样的心情使所有的回忆都伤感不已。

6

《站台》的力量还在于它保留了对普通草根人物的尊重和爱，一种要为他们呐喊的情绪，欲哭无声地流泻在电影中煤矿工人孤独的背影里，还有两个"走穴"女孩的娇嫩和纯洁如何被对金钱的欲望一点点撕裂时的画面。当铁黑色群山怀抱下的黄土地上偶见驶过一辆火车时，县城里一群年轻人飞奔前去迎接，而火车却只给他们留下一个遥远的背影，他们焦急和茫然的脸孔陪衬着那首歌：

长长的站台／寂寞的等待／只有我出发的爱／没有我回来的爱

这是沉默的大多数的歌声，黑暗中的舞蹈 ——不仅是感伤，却更有愤怒。这里，有被大多数七十年代生人遗忘而贾樟柯一人还奇迹般背着的一种情怀。

我来自黄土地。

7

如果看见贾樟柯，我也许会感谢他的记录，对于我们这一代人。

如果看见贾樟柯，我也许会告诉他，希望他不要丢弃他和土地，以及底层人的亲和力。

如果看见贾樟柯，我也许只是默默走过，因为他如果是这一群人的眼睛，我们却是其中一根根疼痛的神经。

本是同根生，如樟如柯，都是那棵老树上，一片无邪却有思的绿意。

如果看见贾樟柯。

新东方长镜头
——记忆北京一间出国英语培训学校

新东方是拍纪录片的好题材。

然而到现在，似乎还是没有导演去接触这个地方，用镜头去感知这个在中国和世界上都该是独一无二的学校。

我常想，给我一盒磁带，我会先拍下这个学校的什么？

首先当然是海淀小剧场边报名处小楼墙壁上那行夺目而来的宣传语——新东方自创的校训——"从绝境中寻找希望，人生终将辉煌"。北京流行的透明条形塑料门帘冬凉夏暖，在八月的骄阳下被晒成半融化状态。用手将这一堆糊糊拨开，就见"绝境"两斗方字，黑压压顺汗流进眼睛里。这是通常学校的暑假期间，而新东方作为一个民办的出国语言培训学校，正是最爆满的时候。全国各地的学员自费由五湖四海涌来，为了一个共同的目标"出国"，聚集到这里，来轮番拨动糊糊状和一般餐馆所用相类似的门帘，来让"绝境"两字顺汗黑压压流进眼睛里。

没有去问过最多时学校有多少学员，只记得我来的那天，1998 年 8 月的太阳下，报名处外一带胡同停满自行车。烈日、尘土、自行车纷至沓来。也还记得我上的英文基础班开课的第一天，原来定了一百人的班报进了两百余人，大教室成了人肉罐头，两部空调的出气被迅即淹没。我迟到了，在汗湿中，在人群的缝隙中，艰难地挤进去，听校长俞敏洪拿着话筒喊出美音的"you know"。后来两百人被分成 A 组与 B 组，A 组上午加中午，B 组下午加黄昏。A 组有许多同学每天坐早班车颠簸几小时来，B 组的就要入夜后搭几小时公交车回去。然而没有人抱怨过，也鲜有人迟到或早退。还有这样的日常镜头：每天中午下课时，新东方租用的那幢小小三层教学楼每一寸都是人，面粉般揉成一团，在窄窄的空间里，动弹不得。此时，外头还排着长龙，准备进去上课的同学站在骄阳直射的泥土路上等着进去。整个疏通的过程会有半个小时：托班（托福）的进，G 班（GRE）的出；口语班的进，电影听力班的出。拥在里面的，人与人相贴，汗如雨下。站在外面的，被烈日焦烤，就人人拿起手上的书遮头，烈日下摊开一列的"托福词汇""GRE 试题"。有人这时候仍然大声背着单词，有人塞着耳机听美式英语。如果这一切被拍下来，该是一组全曝光的画面，里面人面模糊，只贯穿一种类似梦中的氛围。一种为了忘却的前进，一种独木桥上疯狂的、拥挤的、宿命的狂奔。在这里你不需要名字，不需要性别，只要留下一种纯粹的、挣扎过的痕迹，并以此和千万人的生命共同捆绑在一起。这种气氛让我回忆起高考。然而那是专属于少年的，总有一种青春故事的美和凄凉，即使是没头没脑的，我们执着过，就够了。然而新东方学员是少年、青年、中年杂陈的，是一把切过中国不同代际横截面的小刀，故而略去了抒情的花边，只在杂沓拥挤中，验证着《霸王别姬》里说的"你真是不疯魔不成活呀！"那种集体性的疯魔，似乎是中国人各种故事的核心。故此，新东方是学校，也是一种被中国人创造出来的特殊文化氛围，又因为这种氛围是在盼望出国时出现的，就更加意味深长，更加无法解释，更加中国。

同学里面记得的有芳。芳是福建姑娘，和我一样，想尽了办法住进了清华大学暑期空着的寝室，为和在清华南门的新东方教室靠近些。芳面白腰细，长发飘飘，瞧来是闽中文弱女子一个。她实际上已经出国了，在新加坡工作过两年，拿了绿卡又回来，继续准备 GRE 考试，因为她的终极目标——美国——还在路的那一端。

芳是个意志惊人的女子，和我一同借住清华女博士楼某屋。她每夜自十二点开始夜读，通宵与台灯为伴，之后睡到中午，又起来读书。我知道她已婚，且甚爱丈夫，然因丈夫不愿出国，仍恋闽中的家乡水土，芳常常叹一句："到时候，真没有办法，也只得各人归各人了！"
她给我看过她和丈夫的合影，那是个白白高高的书生，
看来对她很是体护，芳在他怀里，也是一副小鸟依人的
样子。究竟是什么力量让一个二十九岁的女子独自抛家
离夫，抱定不去美国死不休的念头孤行？我问过芳，她
只是淡淡一笑。

"喜欢呗。另外一种活法……"她又去梳她的长发了。

我和芳很快分手了，因为她固执地坚持夜猫生活，
使我没法和她同住下去，就搬到另一屋独住了。巧的是，
我新屋的墙上贴着一幅巨大的美国地图，想来地图的前
主人是清华哪位已经去了美国的女博士。这张地图被有
次前来拜访我的芳看见，爱不释手，说是比例这么细的
美国地图现在已经买不到，就千欢万喜问我讨了去，贴
到自己的墙上了。

又一次见到芳，是一个黄昏，在清华操场上。就在
离朱自清曾散步的荷花塘不远，离陈寅恪给王国维写的
纪念碑不远，离闻一多、钱锺书在里头毕业的大礼堂不
远的一个操场上，芳独自坐在那种让男生练臂力的铁架
子最高层上看落日。

碧色短袖衫，白色帆布短裤，黑发齐腰，芳坐在高
处，背对路上来来往往的人流，静静看着通红的夏日太
阳，落到清华黄沙悄飞的古旧操场后面。操场边，立着
好多"五四"时期造的红砖欧式建筑，爬满着灰尘密布
的长青藤——这镜头，该是新东方考试厮杀声中一幅罕
见的静物画。

也许，芳正在看未来的另外一种生活吧。那一刻，
不被我看懂的她，好像抖开了一线可以让我理解的心迹。
像热和热之间衔接着的微凉的夏天黄昏，那种精疲力竭
之后的耳目一新，让人回忆起来，会有点想哭又有点想
笑。那是芳。

芳在美国梦的路上已走过了一个站台，她毕竟已有
了新加坡的绿卡。而新东方更多的是万里长征刚开始第
一步的人，燕就是。

燕从河南一个还很封闭的古城开封来，那里有比北

京更多的尘土。燕没有读过大学，是个中专生。她的二姐在美国，嫁了个开餐馆的小老板，做了老板娘，就一力要保下面的三个妹妹出国去，燕只是其中一个。燕说她现在在北京住了半年了，在考过托福之前，申请到奖学金之前，拿到签证之前，她的生活费与学费都是在美国的姐姐和姐夫负担着。燕说姐姐现在是她的老板。

燕住在清华校园里面一间大约十平方米的农民造的小土房里（这类房子大约是校园某次大建筑请的农民工留下来的），没有窗，我不知道她如何在里面度过北京夏天40度的高温，但燕说这里已经够好了。这个土屋的租金是每月五百元。

燕是那种一边看《新概念英语2》，一边背GRE 20 000词的人，是那种同时念了新东方G班、托班、基础班，在课和课之间眩晕着奔跑的人，是那种普通话口音里还有很重的地方腔就开始记忆美音的人，是新东方一个很常见的特殊学生。正是他们成年累月地留在这里，学着，等着，熬着。他们是新东方的支柱，是被关闭太久因而孤注一掷要出海去远航去改变自己命运的中国平民。

燕扎羊角辫，穿的确良花衬衫，眼镜上有一条裂缝，骑男式自行车，讲话微微口吃。时日递变，将会把这个河南少女转变成一个年薪五万美元的美国会计师吗？这是燕的梦想。

燕跟我讲她的爱情观："现在谈啥恋爱呢？那个人能出国，他干吗要我？！那个人不能出国，我干吗要他？！"

因为燕在表面的平凡、土气中显现出来的这种大智若愚，因为她这句话对新东方的爱情、人情或者就是中国一代人的心态之精辟论断，我相信，她是会成功的。

新东方长镜头里不该少的特写还有那里的老师。事实上，新东方是一个由老师们自己创办的学校，所有的校长都是老师，因此，这个民间学校还是在不自觉间保存了学人办学的风气，商业化运转的机制又使它变成了一个废话少说的地方，所有的空气都留给美式英语。所以，我以为这里的老师们对得起他们的高薪水。换言之，他们比通常学校的老师敬业。新东方的几个校长、老师都善于在讲学的同时为自己的事业造势，出国的重要、艰辛的必然、美好的未来、自己出国的奇遇记（几个骨干老师大都有出国求学的经历），一切一切，都烘托着新东方的必不可少。在他们的嘴里，新东方是一条路，是一种人生原则，而不仅是一所学校。于是，就有了"从绝境……辉煌"的校训，有了"每年奖学金由北美滚滚而来……"的宣传。新东方贯彻的是"人定胜天"的古老哲学。

我深信，在各类型的集体疯魔中，总要有一种犹如至高无上的原则作为信念悬挂在人们头顶，才会使大家在极度的疲惫挣扎中保持一种麻醉。膜拜式的虔诚一旦被激发，我们就进入了自造的圣境，由脆弱变为坚不可摧。我深信，新东方的老师是很懂中国人的，所以，就有了一个老师的 GRE "兵法"，又有了另一个老师的签证"哲学"，一切有关出国的细节都被放大提高了，与人格的提升连接起来。这是典型的儒家心术，而被用在出国的培训上，我以为是格外有趣的。

在各个风格独具的校长中间，每个人都有传奇的段子可供学生传播，比如俞敏洪没有留过学却能让外国人以为是同族，王强以外语系背景在美国进入电脑界。与其说这些段子是传奇，不如说它表示出我们对出国的百倍热情，有关的一切都可以成为传奇，新东方就是在这样的气氛中被孕育了出来。

学校常在海淀剧场开电影听力的大课，这是新东方的保留曲目，由老师串讲英文原版电影作为听力课程。一天，校长之一杜子华讲美片《我最好朋友的婚礼》。记得那天上课时，能容纳千余人的剧场座无虚席。远远的但见老师独自站在舞台中央，拿着话筒，犹如一个布道者般喃喃自语。

"I hate you！"他说，"跟我读。"

人群中奔泻过一道语言的流：一千多中国人一齐喊了起来，没有感情，只为操练出和老师一样地道的美音。

"I—hate—you!!"

音波在黑洞洞的老式影院里震荡。我旁边坐着一对情侣，女子将头靠在男的肩上，两个人一起在人群中认真地叫道："I hate you!"。

老师伸出两指，表示满意。

在这样的狂热中，偶然也有其他的声音。北大来新东方兼课的女老师，从《时代》周刊选了些好文章给我们上精读课。我从那里第一次学到了美国登月宇航员那句著名的"这是一个人的一小步，人类的一大步"。四十出头的她，温言细语，但言辞有力；衣装朴实，但气质清华。她讲英文，也讲美国的文化。

北大来兼课的老师还有沈。他自牛津毕业，又去哈佛进修过，据说是一个在国际上也颇有地位的英文研究学者。他每次上课之前都要在黑板上给大家默写一首英文诗，从华兹华斯的《水仙颂》到狄金森的《我是无名小卒》，有时甚至整段默下来艾略特的《四个四重奏》。沈说自己念英文起步于背诵这些他以为极美的诗歌。

沈是新东方的"反动派"。他拿着话筒，声音低低厚厚的，眼睛看着地面，说着水仙、罗兰·巴特、伦敦的雾，对着燕、芳、GRE 20 000 词汇、签证哲学。我觉得他在新东方如一个外星人。同学们对他爱恨交织，很快纷纷逃课。他却仍然坚持背诗歌，坚持讲一个词讲到它的拉丁文词源。他的最后一堂课只剩下十几个学生。这对总是拥挤着的新东方教室来说是件怪事。他像高山之水，希望浇熄我们的集体疯魔之火，想要我们有时自诗歌，而不仅是因考试，去学习英文；能够尝试阅读典籍，而不只是单词本，去了解另一种文化。

沈结束给我们的最后一课时，依旧淡淡远远地笑着，回头将一个号码写到黑板上。

"大家有问题，打电话来问我。"

就这样，他离开那个人头稀稀拉拉的教室，缓缓走出新东方学生的视线，独自步入外面铁青色的、预兆暴雨的北京夏日黄昏里去。

玫瑰的故事

——给 Vera 和我的宝藏 / 硬核读者们

（写在《新西兰：未经触摸》重印时）

1.序曲：鸡，蛋，鸡蛋

按照钱默存先生的说法，作者们应该谨记读者感兴趣的是你的作品（蛋），而不是你本人（下蛋的鸡）。

从发表第一篇文字开始，我相信我的目标就是关起门来写写写，直到自己有大部头传世作品了，才会出来拍个侧脸黑白媒体照片什么的。古典等于寂寞，寂寞等于古典，只有扛过大寂寞，才能抵达作品成为经典和古典之境。这是中文系人的必备心灵法则了。我相信我完全会恪守。然而这些年回首我和亲爱的读者朋友的故事，却慢慢滑出了钱锺书所描绘的鸡和蛋的轨道。最终我势必根据真实情况，把自己和读者朋友的故事，记录了一个和钱锺书先生说的完全不一样的版本。为了大家读起来轻松，我又把这个故事，用亦舒师太的《玫瑰故事》魔鬼结构无厘头参仿一下。

嗯，慢慢道来。

2.玫瑰，玫瑰——孤独是我的左右手

首先，二十多岁的时候，作为一个标准的七零后理想主义文艺青年，我离开了工作已达七年之久的电视台纪录片栏目制片人和导演岗位，出国读书，工

作，生活，变成了一个旅外的华语作者。语境的变化，使得钱老爷子说的"鸡"的外在环境发生了裂变。简单说，原来我周围有十几亿个同胞，现在，在我居住的惠灵顿，一度只有几千个同胞。2000年在惠城，如果在路上见到任何一个黑头发黑眼睛黄皮肤的人，我们彼此都会激动地立即停步，认识，求电话……路上，只要听到有人在说普通话，我们就会亲切地、欣喜若狂地回头寻找声音来源。

不过，中文系学习背景的"鸡"毕竟还是中文系之"鸡"，在任何环境里，我们照样生蛋。其时初到海外，我周一到周五扑在维大电影系（教室叫做"绿屋"，因为在山里面，被绿树环绕）读英文（电影理论和制作），或者窝在我们系那个霉味严重的内部看片室里刷老录像带上的欧洲老片子，密密麻麻洋文读得听得要呕吐；周六下午就躲在家里，闭门写写中文，用方块字抒发乡愁，保存自己和祖国文化的心灵纽带。

很幸运，我此时写的文字，很快经由网络被新西兰南北两岛论坛，华报，以及几个主要的老牌留学生网络杂志如《新语丝》《枫华园》，还有我国的网易、榕树下等网络平台广泛阅读转载，开始拥有不少读者。

不过，第一批文章发出后，立刻有新西兰本地读者希望和我见面。我心里铭记的文学前辈关于鸡与蛋的老规定，在海外，受到巨大挑战。

记得某天，我坐在彭特妮陋室的小小卧室里，面对一架白色386配置老电脑，披着一头因读书太辛苦无法照料的乱发，一手抱着我们系主任罗素老师发的厚厚一叠女性主义电影理论文章，一边拿着彩色荧光笔笔画文章重点，一边盯着电脑上标注的，眼看要降临的小论文截止日期，压力巨大，红肿着眼睛。此时，收到一封奥克兰读者的电子邮件，由刊登我的文字的美国老牌留学生网刊编辑郑重转到我手上。编辑部没有轻易向读者透露我的联系方式，而是在征求我的意见后转了读者邮件。

读者是一位老资格新西兰留学生，复旦大学毕业，理工科的，二十世纪八十年代自上海来新西兰，已经成功奋斗为奥克兰著名商人。

他在邮件里详细介绍了他的成功之旅和他的奋斗心情，附上英文媒体报道他的大幅照片和新西兰商会向他的企业授予的奖状。看来是个意气风发、英俊儒雅的四十不惑之人。

他详述了看到我文章的惊喜心情，觉得在"荒凉"的新西兰，居然终于有了一个中文系的声音描绘周围的风景和环境，又认为文字美好灵动，有完全不一样的出群气质。他希望有我的电话号码聊天，方便时候见面。

现在想来这个要求没有不合理。他是远离故土多年，看到我用母语（尤其是那家美国老牌留学生杂志是多年来第一次出现新西兰作者）描绘他奋斗了多年的新家乡，希望认识我。就像我们在惠城街头，听到有人在说普通话就如听到仙乐。要知道，他是在没有网络，没有电子邮件，更没有微信的二十世纪八十年代抵达新西兰留学的。

然而，偏偏我当时是钱锺书的忠实追随者……

我婉拒了，貌似不近人情。刚刚抵达一个新环境，如所有刚开始海外读书旅程的人一样，惊喜和忧愁交织在内心，状态像汪洋中的一条船，我被系里罗素博士这么知识渊博的西方学者拿一摞摞英文书时时心灵暴击，所有的思考框架都打碎了要重启。中文写作当时是我生存的唯一方舟了，我简直无法去言说我对它的依赖，就是乡愁担当，就是左手握右手的暖。我还是觉得我的"蛋"还没有恢宏到我可以以"鸡"的身份和读者见面的时候，而如果是大家喝喝咖啡谈谈家常，又为什么要见面呢？我需要一个中文作者的身份和壳子保护当时如此脆弱的我。我记得何其芳写的"冰天雪地，牧羊十九年，表示我一点忠贞之心"，这就是我刚刚抵达海外用中文写作时的心情，是在另一种文化间被天崩地裂放逐时候的孤独的自我建构。当时竟然无法和任何人分享这种体验，甚至自己也不清楚那道心灵暗流和漩涡的内容。

作者在惠灵顿诺伍
德玫瑰园

在这个文化冲击阶段，写中文的人状态容易自闭，情况严重点如顾城，可以戴帽子去住激流岛。

但是我坚持的是要达到中西合璧的目标。中文不是我的"帽子"，如我在《紫凤凰：再读傅家的儿女们》这篇文章里所记忆的，是我心中两件不同颜色的裙子（中国文化和西方文化）中的一件，中西合璧的状态是我崇拜钱锺书的另一原因。于是，我一边坚持守在母语壳子里写中文，一边仍然在非常认真地，固执地，面对一切压力跳出原来的文化壳子，跟随罗素博士打造另一条"裙子"，以便终有一日可以面对我内心的钱锺书先生。

奥克兰读者有点发火。感觉得出来，他是大公司经理，手握新西兰商会颁发的奖状，应该没有被太多人拒绝过的经验。而我这个刚上岛的华文小女子作者居然在他的鱼塘前扮演钱锺书，连个电话号码都不愿给。他再发了邮件来，说不给电话号码可以，但只希望知道我的身份。语气有点强硬了。

我简单告诉他我在维大学艺术。

他再发邮件，有点抹黑我地调侃了一下我和我的笔名（小比），撤了。

这次经历没有改变我坚持钱锺书观念的决心。之后一段日子，我保持了周一到周五在罗素老师课上学习西方电影，下课按照他的要求去做短片、录音、剪辑、摄影等作业，写电影理论论文，周六下午在家写中文的习惯。还写了一首小诗歌描摹这时候的状态：

习惯
慢慢习惯孤独
习惯
说英文的蝇
在我颊上浏览
轻道一声
HELLO
习惯
翻动乡愁
像翻动一枚硬币
一面是走
一面是留
我用一种语言购物
另一种语言写诗
孤独
逐渐成为
我的左右手

这首诗歌没有求发表，而是寄给我出国前的好友，其时在牛津念人类学博士的项飙看，和项飙分享了一下。

项飙看了，自牛津回信，极其赞赏这首诗，说细致有韵味，还谬赞了一下，说在他眼里我的文字有时竟然有丝丝张爱玲的清冷文风气息，这首小诗更写出了海外留学人的心灵状态，建议我投稿给《今天》发表。

得到我一贯特别尊重的好友项飙的肯定，我是极其高兴的，但是我并没有膨胀。我告诉他自己在写作上的目标是专攻散文，而且一直对写作有点要求，要好到自己认可才见人，因此诗歌就玩玩，不求发表，有时给朋友读读就行。

日子在惠城缓缓流逝，我逐渐习惯了西方课堂上的学习和课堂下的交流，慢慢内心有了更多定力去搏击如海的乡愁。我这个出国前背景是中文系的女生，竟然也没有如我担心的挂掉全英文课程，反而意外获得罗素博士的嘉许，拿到了几个 A 和 A+ 的成绩，在大半时间是课堂哑巴的情况下，面对导演制作班上那 11 个创意天才Kiwi 同学（罗素老师的导演班有严格名额限定，要看作品才收入班，一年限定只收 12 人，我是他一生中导演班里收的第一个也可能是唯一一个中国背景学生），终于顺利完成了所有课业。其间，我坚持写作的一篇篇描绘新西兰风光、文化、风情的中文文字也透过网络在国内、新西兰南北两岛和美加留学生群里逐渐流传越来越广，其中有不少被国内纸媒报刊转载，如《闲情万种的新西兰人》被《读者》转载，《惠灵顿的海事与花事》获得了老舍散文奖的认可，载入获奖作品集出版。不知不觉间，一份新的、独特而缤纷的读者友情慢慢在身边展开。

3. 玫瑰，玫瑰—— 在一起歌哭他乡的读者与我

《惠灵顿的海事与花事》这篇文章的发表和广泛传播，应该是我在他乡写作的一个真实起点。这篇文章是我在维大读书期间用周末下午的时间写的，其间灵感积累陆续经历了约半年，在生活中自然体验惠灵顿的风、花、雪、月。有一天我去了市中心的玫瑰园。那天是黄昏，南半球与北半球完全不一样的光线强度，周围植物的色彩感强度，绿色群山映衬下的玫瑰园内的玫瑰，连接在一起，那景象竟然是超时空的美，接近于幻觉——但是真实的。我的内心突然像被炸裂了一样充满了新的

对风景中隐藏的感官超验世界的感知和狂喜。

第二天，在惠灵顿图书馆附近的麦当劳里，我坐在靠窗的位置上看着流云，忽然拔出笔来，开始在笔记本上写作……

整篇文章虽然不长，但是完整记录了我对惠灵顿的美的初恋感觉——初见，永远如初见。那种感觉甜美而干净，流畅而简单，但就此开启了我心中积累的中国古典文学文化素养和新西兰风景山水天人合一交流的旅程。就此开始，我在他乡的中文写作中持续展示这个中西合璧，发现、体会天人合一的心灵成长旅程，并因此不再寂寞。

文章写完，我打算寄回国内找期刊发表，但是邮寄太慢（当时很多期刊都没有电邮收稿），和编辑的沟通也成问题。记得当时我和一位编辑通话，由于记错时差，竟然在北京时间半夜拨通对方电话，十分尴尬。

面对海外作者的发表畏途，我的好友童冰建议我直接把文章放到本地华人论坛 BBS 上发表。

我第一反应是拒绝的。我觉得作为一个专业文字作者，不可能将用心写作的文学作品随意丢到每天分享柴米油盐和各色工作、移民、留学信息的论坛上。这不是玫瑰花扔进杂草堆？

我把头摇得拨浪鼓一样。

童冰是理工男，是实证主义者。他极其喜欢这篇文字，觉得应该立即分享。

于是当晚，在我还在熬着瞌睡在维大图书馆啃女性主义电影理论文章的时候，童冰将这篇文字放到了当时 Asky 博士（汉米尔顿一位华人留学公司负责人）打理的新西兰留学移民论坛上。这个移民留学论坛在那时是岛内最火的一个论坛了。

第二天，童冰惊喜万分地告诉我："小比！你看看统计数字！你的文章在半小时内有 282 人阅读！你看看这些跟帖！"

我放下女性主义电影理论读本，啊，真的，后面的赞赏、讨论、跟帖一页又一页……Asky博士还专门出来感谢我把这篇文章放到论坛给大家分享。一句话，挺轰动的。

我出国前是传统媒体工作人员，文字发在正式报纸，节目出在正式电视台栏目，充满主流媒体工作人员的自豪感。我对网媒其实刚开始是不太能接受的，但是论坛读者的热情评论和对文字本身的理解与尊重，以及我们可以进行及时的、在线的、个体的鲜活沟通，在海外确实吸引了我。我开始逐渐养成文字写完后即刻放到论坛上分享的习惯，同时在美国一个留学生老牌网刊上开了每周出的专栏，因此，新西兰读者在论坛上读的文字，美国留学生也能基本同步分享。

在论坛上我很少和读者互动，一般只会关注他们的回复和讨论，我坚持文字写作者的定义就是提供文字本身，越纯粹越好。读者讨论互动部分是网络福利，你可以看到你的文字对大家点滴的动态性影响——不仅仅是文字本身，而是它带来的话题。

比如《柠檬树》这篇文章，带来很多刚刚移民的朋友分享旅途上的疼痛、欢喜，探讨移民得失，他们也将自己的想法纷纷贴上去。给了我很多启发。慢慢地，我感觉我是用文字在建立一个大家的心情据点，或者是我的文字给风雨或彩虹同在的迁徙路途上的朋友们一份乡愁担当。是的，用我的专业——中文写作。

我开始看到这种貌似不正规的发表和分享的透明担当意义。如果说文以载道，那么这就是了。还有什么比自己的文字能像一块丝绸手绢一样及时擦拭周围朋友们的汗水，或者泪水更有意义的事情呢？在论坛的分享和讨论里，我看到自己和读者们在一起歌哭他乡，一起成长。这是一种奇特的读者和作者关系，是特殊时间段特殊地方的一次倾城之恋。在风城，在南北两岛，在整个华人群体，在2000年以来于当代新西兰社会一点点刚刚成长起来的时候，我被读者们热爱着，我也热爱着他们，在一起分享他乡生活的泪与笑，成功与挫折，以及在此之上的自身族群文化坚持——人在他乡的 diaspora 漂流和离散间，我们是在论坛上一天天抱团前进着……我们一起分享着一代人在南半球橄榄树的少年奇幻漂流之旅。

我开始认真地写，认真地为论坛新移民、留学生写。我看到为这海外几千几万读者及时写作的意义，和为十几亿围绕身边的同胞是一样的，甚至更有意义。因为只有我先写出了我旅程上真实的颠簸、收获、感悟，以及如何去净化这种颠簸，升华那些感悟，才能去凝聚、共情每一个人。读者们阅读我的文字，也参与着我的成长。反之亦然，我是在参与他们的成长中体验生活和创作的。

一天天的，我的私信箱总是塞满读者来信。许多读者来信是鼓励和感谢，是对我的文字的认可。我将他们视作宝藏读者，虽然不一定回复，但在心里感恩着，并因为他们的肯定而有了持续写作的动力。另外还有一群读者，则坚决要求见我——我把他们看作是硬核读者——这又撞击到我心中的钱锺书格言了，于是故事连连。

先说宝藏读者，灰天论坛上的乐天派是一位。他是云南的一位著名建筑师，事业有成，喜欢背包旅行，看了我的文字，很喜欢，来新西兰背包旅行的时候，竟然从中国背了重重一套唐诗、宋词、元曲给我作为礼物。在惠灵顿见面的时候，他也给我分享他拍的各地古老建筑图片。他是一个有想法、有情怀的读者，怕我在他乡没有母语书籍可读，特意跨越万水千山背书给我，希望更多地协助我阅读，去滋养文字——这行为太宝藏太感人了。

另外负责奥克兰一个网络论坛的 J 和红夫妇，自己也在刚刚迁徙他乡的重建人生旅程中，风尘仆仆，但热情地为我转发文字，将《惠灵顿的海事与花事》置顶在他们的论坛上一周，又在我去奥克兰采风写作时候热情接待我，让我在他家的客房里写完《他乡的玫瑰》和《激流岛：大笑的隐者》。他们给我的理解与支持竟然是家人一般的感受。

还有一位在维大读艺术的学妹读者，几乎评点我每一篇文章，几乎看了我的每篇文章都会写信给我谈感受，交流人生。走在他乡学艺术这条艰难孤独的路上，她几乎视我为一个心理依靠……她能在我吐的根根丝里看见无尽的亮光，我几乎像是她的心理疗愈师，虽然没有见过面。

　　而硬核读者们，则不一定只谈文字。他们读完文字，希望见我本人。

　　一位硬核读者是个八零后留学生，跟着我的文字读了蛮长时间，也写了不少交流的信，最终告诉我他是真的因为《惠灵顿的海事与花事》这篇文章而选择来惠灵顿读书。

　　整个留学手续办好，他真的要抵达惠灵顿了。我也乐意见面，看看他是否有什么事情需要我帮助的。但是抵达新西兰前最后一封信里，他忽然问我对村上春树作品的看法。

　　我实话告诉他我没有看过村上。我最喜欢的书是——《战争与和平》和《包法利夫人》。

　　他忽然非常失望了，从此不再联系我，也不再希望见面……

　　为了这位读者，我回国探亲时认真读了《挪威的森林》。其实并非孤陋寡闻，实在是七零后们在成长阅读的黄金时代与村上在国内的出版年代不对称就对了。这位年轻读者倒没有帮我背一套村上来惠灵顿的意思，他简单地把我扔在代沟里了。但是很多年了，我还是对他抱歉——想想他有多幻灭：他是为了我的文字来的惠灵顿，行包打好了，却发现我没有读过村上春树。这肯定好比我们七零后发现一个自己认可的人没有读过三毛，没有听过罗大佑……

　　我从此不敢不读村上。他的书我本本买。而有时候走过惠灵顿的街头，看见八零后的留学生，会突然想一下他是不是那位因我的文字而选择来这里读书的小弟弟读者？

只要看他书包里有没有村上就好了，对吧？

我不可能跳起来去要求翻街头任何一个陌生华人男孩的书包。

我们没有再遇见。

另外一位硬核读者也是跨代的，是一位老年北方女性，已经随孩子移民新西兰多年了。原来不知是做什么工作的，但肯定不是文艺界人士。她不上网，因此唯一看到我的文字，是惠灵顿华文报纸《乡音》上转的一篇《维大二三事》。读了以后，她坚决希望见我。于是由《乡音》的老板凯文征求我同意后转了我的电话。我知道是一位老人，不好意思再演钱锺书，于是当即定了见面时间和地点。

其时我已经从维大毕业，进入惠灵顿一间著名的女子学校秋藤女校工作，一边教书，一边写作，同时策划我的第一部纪录长片《浪花一朵朵》，晚上又要去念教师注册必须的教育学院（选了夜间部学习以不影响工作）。每晚我都要独自开车两个多小时穿行惠城的两个卫星城市——我当时住的上哈特与学校所在的波里露娃之间。惠城常常下雨刮风，晚上下课后，我的小白车开在不停绕大弯的波里露娃海湾边，风雨中，前面海上时时于大风中浮出茫茫白雾，好多次我担心自己会连人带车掉海里去——但是并没有。

我和这位读者是下班时候在惠灵顿市中心 Courterney Place 的一间中餐馆 Cha 见的面。这是惠城最主要的街道。《魔戒》首映的大使电影院就在这条街道上。

Cha 是读者根据我的意思定的。Cha 不是纯餐馆，也可以坐着喝东西。我那段日子常去 Cha 喝他们的奶茶。

读者（一位六十出头的女性），衣装朴素，言谈简单，看起来是一位家庭主妇。

她不希望和我谈文学，她告诉我她不懂文学。

"你写得好。"她只是简单地、硬核地肯定。

我说不出话来，貌似我们之间没有话题。我在想《维大二三事》是一篇写留学生感受的文字，而且是写文艺类留学生的体会，结尾大段出现"雕刻时光""体验是那么私的东西，谁能代替得了谁，谁？"这些文艺调调——貌似和她没有交集。

但她不是因为找共同话题来和我见面的。

她只是想见面说一句"你写得好"。

硬核读者不需要我说话。她为我点了一桌子菜。她不懂文学，因此也没有切磋和评论。

说完那句"你写得好"，她只希望看我吃饭。

我吃着，有点不安。她坐在我旁边。

"你比他们都写得好。我在这里几十年了。"

此外，她没有多的语言，也好似没有什么特别要说的，除了这两句判断"你写得好""你比他们都写得好"，她确实是来为我点菜，看我一个个吃下去的。我想她也许只是要证实，写《维大二三事》的那个我，在惠灵顿，是一个真实存在的人。

我吃完后，她坚持买单，然后在门口分手了。

她甚至也没有煽情地说一句"请你继续写啊"之类。

但我有点被这位貌似简单粗暴其实温柔无比的硬核读者颠覆了。

我似乎醒悟到了什么：在他乡，星星点点的同胞间的碰撞凝聚感会让人感觉暖和，甚至产生一种华丽的看不清楚的情绪冲动。然后你又不知道这冲动指向何方，是否应该掐灭它还是继续燃烧，忽然就曲终人散，你再度面对另一主流文化——在他乡。和老人分别后，看着惠灵顿海边的夕阳，耳边鸣响着那句"你写得好"，我泪流满面。

那一刻，甚至如果当年那位二十世纪八十年代来新西兰的复旦大学毕业的留学生再给我要电话见面，我会给他了，我也不再觉得需要扮演钱锺书。此刻，我知道，和这个已经迁徙了数十年已连根拔出故土的老人一样，他只是想要点支烟坐在我旁边，看我喝完一杯咖啡，或者吃掉几个春卷，说几句话，确认这个写了感动他的中文字的人，真实于岛上存在着，活着，然后带一点点内心的如烟般的小小温暖，去面对他乡的人生奋斗——我知道了。

然而此刻，离他从美国留学生杂志编辑部转来的见面诉求，已经过去了那么久。我不记得他的名字，也不再有联系方式——无从弥补亏欠。

在歌哭他乡的成长旅途中，等我走到把原来在国内习惯的价值壳子打碎掉再起一个新人的轮廓，能接纳更多的人和事的心情阶段，好多应该的沟通已经时过境迁。

转眼曲终人散。

那夜，我回到自己的小屋，点了灯，和往常一样，继续写字。

歌哭他乡

我们辗转
不为奢华的梦
是因一片青草
孩心
为碧而狂
歌哭他乡
你屡问
我屡默
只因
天空难以解释
电子邮件 access 不了颜色
还有雨下过之后
南半球容易彩虹
彼端的写字楼里
我也曾经如此的奋斗
有一天我说我可以走
连地图都不带
从此歌哭他乡
快乐的足迹后面有静静裂纹

而漂流的终点是心的不在意
不要问我们收获多少
歌哭他乡
我终于得在寂寞时候
收拾了一地谁也没有见过的
梨花

4. 再见玫瑰

在新西兰几年后，我持续论坛写作，积累了二十多万字的中文作品，并且利用在秋藤女校和哈特中学教书的机缘，深入了我在维大读书时候开始关注的中国小留学生群体，拍摄了 120 分钟的纪录长片《浪花一朵朵》。

《浪花一朵朵》的拍摄是我主动向西方主流文化沟通，裁剪另一条"裙子"的尝试。整个片子的拍摄历时约两年。其间我的第一本书《新西兰：未经触摸》已经在国内出版了。

书出版前我和论坛读者们有一次见面——但是居然不是为了交流作品——我那段日子以自己的本名在论坛上发表作品，有时会用网名出现在论坛上，向网友咨询柴米油盐和各种生活信息。最后，大家邀请了用网名的我去参加一次网友聚会。

聚会在下哈特区一个新移民朋友的家里，大家聊得很开心。吃甜品的时候，旁边一个女士问我要电话和真实姓名，想要保持继续联系，因为在聊天中，她觉得我和她一样喜欢亦舒的作品。

我想了想，告诉了她我的名字。

她尖叫起来。

"啊——陶理！原来你就是陶理！"

声音很响，其他本来吃甜品吃得很 high 的网友都围过来了。我很尴尬。不知道怎么解释我的小分裂——又是要扮演钱锺书实现作家的寂寞，又和大家一起 high，而且看起来我更高兴的其实是大家一起吃甜品。

但是好在读者和网友们并不介意。他们热情地认识了真的我，活的我，表达了爱意。

那一次以后，我的钱锺书状态就消失了。我真实地出现在读者群里，一边写作，一边谈柴米油盐和我们的共同人生。鸡和蛋的纠结没有了。

《新西兰：未经触摸》出版后，纪录长片《浪花一朵朵》完成剪辑并入选新西兰国际电影节，在新西兰主流社会取得了我意料之外的成功，在两岛十城获得25场院线放映，票房大卖，被新西兰评委和观众评选为年度十佳作品，首映等多场爆满，多场放映时当地一票难求。我在影院里，亲耳听到新西兰观众们看到片中主人公中国留学生因思乡情怀的抽泣而泪流不止。

片子在英语观众里获得如此成功，我当然也是高兴的。我要把两条辛苦裁剪好的"中""西"花裙子和我亲爱的读者与网友们分享。其时我的一位宝藏读者S君刚好从奥克兰来惠灵顿出差，我们见面喝咖啡。我兴奋地和他说起了《浪花一朵朵》拍摄的故事。第一次尝试从头细说，如何在各个中学里调研，如何晚上去读教育学院了解西方中学体制，如何锁定故事主人公，如何手持摄影机独自拍摄200小时素材，又如何为节约经费每晚在我导师的工作室里，等所有人下班后，使用免费剪辑室，之后如何开40分钟夜车回家，有时忙得来不及吃饭——这些都是我的读者们不知道的我的另一面创作生活。因缘巧合，我固然一直是文字、影视双栖的。

我说完以后，期待获得S的赞许，并且打算邀请他去影院看片子。

不料S拒绝了。他感慨地说："我是不会去看的，看你这么辛苦拍摄出来的片子。你，陶理，天上掉落人间的精灵，应该在海边闲住，写美文——海事与花事。"

我目瞪口呆，看着我的文字读者，看着他们对我的人生美学期待。

从此，我把我在文学上的创作当作娘家，影视创作当作婆家。在娘家，我是"蔷薇"，养花，闲住；在婆家，我是"猛虎"，一头一脸汗和摄影机同在。我的娘家读者有权利不关注我在婆家的种种。

我于是没有更多地和网上读者分享这部片子。此时，我获得邀请，回到上海一所大学执教影视制作，向年轻学子们分享两种文化间的体验和创作建构，同时继续拍摄纪录长片《返乡》及其他作品。其间，关心我的读者们依然和我在博客、微信上保持着联系。

2020 年，我带着在上海筹备的两部长片回到新西兰准备后制和拍摄前期制片工作。一天，我从原来居住的惠灵顿下哈特市中心的星巴克咖啡馆旁走过，竟忽然见到了原来 NZ Free 的网友——读者 Vera 女士正在星巴克里喝咖啡。

Vera 也一直是我的宝藏读者。她也和我通过私信，见过面，当时是我关闭在后期机房里最寂寞、最煎熬的一段日子。Vera 和我的文字读者一样，不太知道我在"婆家"的生活模式。在当时我借住的靠近机房的一个小屋里，我们短短见了一面。当时因为剪辑，我内在深度关闭着，交流不在状态，大概只是短短和 Vera 聊了几句就散了。

回国后 Vera 关注了我的博客和微博，有时候也会线上问我一些作品内容的事情，或者我的动态。从我对 Vera 不多的了解中，我知道她是英文专业毕业的南方女子，七零后，移民后在新西兰政府机构工作。

当日我从星巴克边走过——和国内不一样，新西兰人并不太喜欢星巴克，他们有他们自己的咖啡品位，所以整个惠城，你也见不到几间星巴克。然而在那样一个日光清亮的早晨，突然见到多年没见的惠城宝藏读者 Vera 在这间异乡的咖啡馆里默默独坐着，准备享用上班前的一杯充电咖啡的时候，我却有点被震撼了。

一时间，忽然所有关于惠城的往事涌上了心头，点点滴滴……关于远行出国前中西文化两条裙子的设计和中西合璧的梦想；关于在他乡就文字作者鸡和蛋的执念之改变；关于一段历史和岁月里一群人的必然相遇和离别、重逢；关于我们曾经的论坛，曾经的柠檬树，我们的海与花，与我们在国内星巴克里思念过的，远方的乌托邦，与身边不同肤色的江湖，与我们一起感知过的，分享过的他乡玫瑰，与 Cha 里老人给我点的菜，与二十世纪八十年代来新的老牌留学生给我的邮件，与行囊里带着的村上春树之书但是被我写的惠城玫瑰感动过的来到此城看云的年轻一代……与 Vera。

时光流逝，Vera 容颜上却没有什么变化。

我也依然又在后制中，内在对外深度关闭。

我默默在远处看着星巴克里的 Vera 的侧脸，没有上前相认。事实上，我们只正式见过一面。原则上，我们还是陌生人。

但我决定约 Vera 再见。 这大概是我第一次跨过鸡、蛋等古典作者法则，去约自己的读者见面。

Vera 和我在见第三面的时候，我们已经在文字上相识了近二十年。

当她落座我惠灵顿寓所的沙发上的时候，我发现了她的身高。她比一般南方女子要高出一个头，面容娇艳而刚毅，走中性路线风格，端的是可以猛虎，可以蔷薇。

一坐下来，Vera 讲起了我的《惠灵顿的海事与花事》里的一个词——波里露娃。

"你记得？"

"呵呵，记得。"

我微笑了，和 Vera 聊起下面的创作。

Vera 比较不赞同我写关于孩子教育的部分。

"你不是写妈妈文的人。"

我又笑了。

"你们对我的期待高过这个对吧？"

"是的，你……"

Vera 又俨然成为我的半个编审。

漂洋过海，飞越千山和岁月，打碎鸡和蛋的执念，我终于坦然获得读者、朋友、编审的保护。

"借我肩膀一用，Vera。"我迅即发起哆来，对二十

陶理于惠灵顿

年只见过两三面的宝藏读者。

"我年前要去趟基督城采访，但是我不愿意一个人去。"

"你陪我？"

"我陪你。"

Vera 看了手机日历，定下一个和她工作不冲突的时间。

之后，我们两个七零后女子，就"老夫老妻"般喝着茶，看着窗外的惠灵顿春天的夕阳……

诺伍德玫瑰园的玫瑰，应该还有几个月就又要盛开了。无论看了多少次，我们还是会共同希望，世间的玫瑰，爱与哀愁人生之上的——那对美好的感知和信念。

你是永远的！

永远的玫瑰！